Martina Bohnet-Gerber

DEM LOTUS ENTGEGEN

Bibliografische Information der Deutschen Nationalbibliothek:
Die Deutsche Nationalbibliothek verzeichnet diese Publikation in der Deutschen
Nationalbibliografie; detaillierte bibliografische Daten sind im Internet über
http://dnb.dnb.de abrufbar.
© 2023 Martina Bohnet-Gerber
Herstellung und Verlag: BoD – Books on Demand, Norderstedt
ISBN: 978-3-7534-0582-7

Ich bin meinem Mann Hannes zu unaussprechlichem Dank verpflichtet. Ohne ihn wäre dieses Buch nicht entstanden. Er hat unermüdlich diese Schriftstücke gelesen und mit seinem Rat belegt. Auch als Lektor war sein Wirken ohne Beispiel. Diese Textsammlung widme ich ihm zusammen mit meiner Tochter Mirjam. In späteren Jahren werden vielleicht auch meine beiden Enkel darin eine Anregung finden können.

Martina Bohnet-Gerber wurde 1958 in Würzburg geboren,
sie lebt heute in Roth in Mittelfranken.
1981 Abschluss Studium Dipl. Ing. Technische Chemie.
Fernstudium der Literatur, jahrelange Leitung eines Lesekreises,
Veröffentlichung mehrerer Bücher, Mitwirkung in etlichen Anthologien.

Inhaltsverzeichnis

Von Wassern gerahmt

Wenn Sie zuhause bleiben, haben Sie natürlich Gründe dafür. Vielleicht haben Sie einen Garten, zumindest eine Fläche oder Plätze, die Sie für grüngefärbte Gewächse vorgesehen haben. Haben Sie solche und verreisen dann und wann, könnte es auch Ihnen wie einstmals Goethe ergehen. Die Umgebungen der langsam im Meer versinkenden Stadt Venedig mögen zu einem seiner oft zitierten Aussprüche geführt haben. Der Geruch des Wassers in den Kanälen und die sich langsam zersetzenden, modrigen Hölzer in den schaukelnden Wellen, die andersartige Gleichmäßigkeit dieser landfernen Welt, auf Eichenpfählen gegründet, dieses Eigenleben, das diese Stadt in sich trägt, brachte ihn zu folgendem lyrischen Ausspruch:

„Bringet mich wieder nach Hause!
Was hat ein Gärtner zu reisen?
Ehre bringet ihm und Glück,
Wenn er sein Gärtchen besorgt."

Doch auch Venedig hat Gärten zu bieten. Es sind ganz besonders gezielt angelegte Oasen, da die Stellen dafür so knapp und damit wertvoll sind. Es sind keine großen gestalteten Räume, sondern verdichtete Orte in einer gefestigten Ebene, die nicht sofort als solche erkannt werden können. Diese tiefen Einsichten beginnen sein bisheriges Bücherwissen zu zerstören. Wie hätte er wissen sollen, dass es so anderes gibt, wenn er wie gewohnt nur seine bisherige Erfahrung als Maßstab zugrunde legte. Alles liegt für ihn noch in schöner Verwirrung unentschieden beieinander. Das Gefühl schreibt sich bei ihm seitenweise ein. Wie im Rausch durchlebt er die einzelnen Stunden und saugt diese fremdländischen Ansichten förmlich in sich hinein. Ein nahezu nicht enden wollender Strom historischer Stätten und sensationeller Kunstwerke liegt nun in seiner Reichweite und er verbringt Wochen damit, diese ergiebigst und ausgiebig zu studieren. Seine späteren Werke zeugen von dieser eindringlichen Reichhaltigkeit, sowohl in ihrer Sprachfärbung als auch den verschlüsselten Inhalten und Örtlichkeiten. Sie bricht auch einem regelrechten Schreibschwall Bahn, davon zeugen die Unmengen Papiere und Briefe, die er bei diesem verlängerten Aufenthalt und danach in alle Himmelsrichtungen versendet. Aus dieser geheimnisvollen Bewegtheit schmiedet er eher Metaphern als Begriffe. Er verwandelt dieses Zwischenreich in Zwischenzeilen. Lässt sich von dieser Außenwelt überschwemmen. Wie von einer seltsamen Warte blickt er auf jenes Leben dort hinüber und hinein in ein anderes. Die schwimmende Lagunenstadt, in der er nicht lebt, eröffnet ihm eine völlig andere Perspektive. Es dauert, bis er zu einer Kontinuität der Empfindungen gelangt. Es ist ein Strom der überraschenden Eindrücke, die diese Aura in sich hat, die er allmählich in seine poetischen Texte und seine ausgedehnten Studien als Gelehrter übernehmen wird.

An jeder Woge, an jeder Blume wird ihm künftig diese Erfahrung als Gedanken hängen bleiben. Der charakteristische Geruch des alles rahmenden Wassers trägt auch die Farbe der Erinnerung weiter als das mühevolle Sprechen, wenn alles kunstvoll sein soll. Ein sprossender Baum wird in den dortigen Gärten von keiner Straßenlampe durchleuchtet. Die Meeres- und Wasserwege vielmehr brechen Mondlicht in hunderte Bestandteile auf. Dort kann man nur innehalten und staunend aufblicken, wenn die Flächen von Meer und Firmament schwimmend ineinander übergehen. Dafür gibt es kein eigenes Farbenwort. Kein Pinselstrich, kein Ausdruck hat diesen Übergang bisher taufen können. An diesem Verfließen verliert sich die Zeit, an diesem außergewöhnlichen Phänomen kann man die Grenzen des Sagbaren ertasten. Diese Gärten dort sind trauter, verschlossener als ihresgleichen auf dem Festland. Sie sind kostbarer, begehrter als vergleichbare Anlagen in den Ebenen der breiten Flüsse. Die Gebäude bilden die Bühne für jedes Gewächs, für jedes Areal, das ein Besitzer sein Eigen nennen darf. Die Leute dort oben in der gemauerten, befestigten Welt reden weit über die Wasser hin.

Nicht nur die Gespräche werden in ihrer Vielstimmigkeit zu unkenntlicher Lautmalerei oder zu einem aufschwellenden Wort- und Geräuschgemisch. Das beständige Gluckern der auf- und absteigenden Wasserwellen mischt sich mit allen Tönen dieses Universums. Auch die Düfte und Gerüche trägt der Wind in einer Brise anders als an Land. Er treibt sie weit mit sich, wie die Nebel, gefüllt mit Salz und ätherischen Ölen. Er entlässt sie später als übersättigte Lösungen an die Umgebungen. Es gleicht einer Kunst, in dieser Atmosphäre den Boden vom Salz des Meeres zu befreien und eines dieser bewachsenen Juwelen, dieser monochromen Arrangements am Leben zu erhalten. Das Süßwasser zum Wässern sprudelt nicht reichlich, die Zisternen füllen sich mit Regenwasser. Zwischen den einfachen Räumen, die als versteckter Garten den größten Teil des Jahres im Schatten liegen und dem Himmel naheliegenden Dachterrassen sammelt sich alles an Zwischenstufen der machbaren Garten- und Architekturkunst. Empfindliche, rankende Pflanzen finden in der aufrechten, unerschütterlichen Standfestigkeit der zähen, harzigen Immergrünen einen Untergrund zum Festhalten. Palmen- oder Rosensammlungen wetteifern mit der verschwenderischen Farbigkeit orientalischer Blüten, gedeihen friedlich neben flachwurzelnder, pharmazeutischer Iris und führen ihren Dialog zwischen Farbe und Oberfläche, Duft und Wirkung. In der von Nebelschwaden gesättigten Kleinlandschaft täuschen die verdeckten Übergänge schmale, in sich gewundene Pfade und Hügel vor. Uneinsehbare Winkel verdichten sich zu magischen Orten, denen lediglich der Widerhall des Meeresrauschens

Zeitlichkeit und Kontur gibt. Eine zwischen den Wellen der Kanäle aus den wilden Gerüchen entstehende Gegenwart, die immer einen Anteil morbider Vergangenheit in sich hat und die im nächsten Augenblick einen feuchtdunklen Torbogen einstellt, im dichten Grün verborgene Stufen freigibt, welche hinauf locken in leicht höhere Bereiche, in denen sich die Wurzeln der Gewächse verlässlich außerhalb jeden Hochwassers ausbreiten können, schenkt den Augen keine Müdigkeit, hinterlässt aber eine ungewohnt tiefe Sicht.

Eine schillerndgrüne Stille wie diese bleibt das wirklich erinnerungswerte Besondere unserer geräuschvollen Tage. In diesen Erinnerungen an sie wird kein Ton sein. Der Lärm ist abgestellt, ergibt einen Erinnerungsstummfilm, der nichts als natürliche Geräusche bereithält und menschenerzeugtes, technisches Gelärme auf die Kanäle und Wasserwege mit ihren meist motorgetriebenen Booten legt. Dies ist ein Ausschnitt, der dem heutigen Leben einen Moment gestohlen hat. Der Mensch braucht technikfreie Räume, Orte der Ruhe, naturgewachsene Umgebungen mit all ihren sanfteren Klängen. Die Besonderheit der kühleren Jahreszeiten, in impressionistische Gemälde eingetaucht, sie spricht dort von dunklen Zypressen, deren Schatten nahezu einfarbig bleiben, fast keinen anderen Farbton zeigen. Sie verstärken den Drang zum Nachdenken, einem anderen als üblich, jetzt, in der kurzen Gegenwart. Auch zwischen Lorbeer und Glyzinie bleiben Drinnen und Draußen, Schmerz und Tod, Abschied und die andauernde Trauer bindende Zusammenhänge in einer langsam aber stetig vergehenden, allmählich untergehenden Welt.

Schwärmerische, intensive Beschreibungen legen immer nur einen Ausschnitt der Empfindungen offen, sind mitunter die ganze Wirklichkeit nicht getreu wiedergebend, also idealisieren die Verhältnisse. Das heutige Venedig wird von Touristenmassen überrannt. Die meisten der ursprünglichen Bewohner haben der Stadt längst den Rücken zugewandt und sind aufs Festland gezogen, nur noch wenige Zehntausend halten dem Trubel stand. Zu allem Unglück, gegen den Willen der Bevölkerung, fahren tausende Besucher ausspuckende Personenschiffe direkt in die Lagune vor Ort ein, mit noch nicht bezifferbaren Schäden an Gebäuden und der restlichen Unterwasserwelt. Nach heftigen Protesten hat sich dieser Ablauf seit wenigen Monaten verändert, diese schwimmenden Städte müssen jetzt außerhalb des Zentrums anlanden. Der Markusplatz mit einem mehrstöckigen Schiff im Hintergrund hatte offensichtlich keinem gefallen. Mittlerweile werden, in einem ebenfalls ungewollten Großprojekt, etliche Stauwehre in den Untergrund vor den Toren der Stadt gepresst, die die Änderungen und Rauheit des Meeresspiegels und das permanente Absinken der Gebäude abmildern sollen. In der Jetztzeit stellen sich Fragen, die in Goethes Leben noch keine Rolle gespielt haben. Wie kann man solche Ziele für künftige Generationen erhalten? Wie kann man unsere Massenbedürfnisse und wie das Reisen sinnvoll begrenzen, wie die Schäden und deren Folgen geringhalten? Wie verhält man sich selbst, um möglichst glaubwürdig und widerspruchslos zu bleiben?

Dann und wann bricht der Schwarm Möwen auf. Er wirft keinen Blick zurück in die langsam versinkende Stadt auf Schwemmland. Das Licht nimmt die letzten Schatten mit und immer öfter verschwindet diese eigentümliche, altertümliche Stadt auch in den Gesprächen.

Der Kreis schließt sich irgendwann

Ein von seinem Leben geprägter Eichenstamm. Aus dem Boden gehoben, umgestürzt. Vom letzten starken Sturm ausgehebelt und gebrochen. Bewachsen mit Moosen, Flechten an manchen Stellen, in einem Riss seiner Rinde wächst ein leuchtend rosafarbenes Weidenröschen. Es sind die einzigen farbigen Blüten weit und breit, sie fallen auf. Sie sind der baldige Begleiter, falls in unseren Wäldern Baumlücken entstehen. Sein Erscheinen zeigt an, dass der hölzerne Riese schon länger liegt. Die Pilze an seiner Borke sind fest, sehr hart. Sie haben sich mit ihm auf die Seite gelegt. Bis dieses alte Leben der wuchtigen Stieleiche völlig verloschen ist, werden ganz andere, vielfältige Lebensgemeinschaften zu ihr kommen und sie bietet sich ihnen an, legt die Grundlage dafür. Es ist also wichtig, dass sie ihren Platz behalten darf, dass sie niemand wegräumt. Ist es dieses Wissen von den Zusammenhängen, das sich in uns rührt und die vielen Gefühle, die damit verbunden sind, die mit an die Oberfläche wollen? Dieser mächtige Eichenstamm bietet mehr Raum für Erneuerung, als jeder neu gepflanzte Baum geben kann. Ohnehin können in seinem Wirkungskreis junge Waldgewächse bestens von selbst keimen und wachsen.

Vielleicht ist es das echte, richtige Leben, das sich da zeigt. Er jedenfalls lebte mit der Natur. Aber was bedeutet das eigentlich? Wann ist die Natur eine ursprüngliche Wildnis? Wenn die Füße sie nicht mehr durchschreiten können ist das der entscheidende Schritt, der alles ausmacht? Dieser Baum lebte in vollen Zügen. Er hatte stattliche Ausmaße, bis eine Orkanböe kam, die deutlich stärker als seine Wurzelkraft war. Er war ein Teil der Natur, untrennbar mit ihr verbunden. In einiger Entfernung von ihm standen noch andere, gebogene Bäume, die sprachlos eine geringe Anzahl an Ästen ausstreckten. Gebeugt vielleicht von einer Wasserader auf der sie gedeihen mussten oder aber ebenfalls vom alles abschleifenden Wetter getroffen. Das Kennzeichnende eines Waldes bleibt, dass Jahreszeiten, Wind und Wetter ihn stets in den Armen der Natur belassen. Selbst wenn er von Menschenhand eingesetzt wurde, wird er sich in eigenen Zeiträumen wieder von der zweiten Natur in die ursprüngliche erste zurückverwandeln.

Die überirdisch anmutenden, ernst und dunkel aussehenden Eiben gaben den völligen Kontrast zur einzigen, gen Himmel strebenden Form, derjenigen der Pappel. Der Unterschied im Tonfall der beiden Bäume lässt sich nicht wegdenken. Wenn sich wieder einmal zwei ungleiche Luftdruckschichten treffen, beginnt das helle Blätterraschen des sich um die Stiele drehenden, schnell flatternden Pappelgrüns das dumpfe, fast lautlose Wiegen der immergrünen, wertvollen Eiben zu übertönen. Gemeinsam lassen sich beide Klänge wie Gesänge der gefiederten Bewohner bis in entferntere Umkreise verwehen. Sie duldete keine Nähe bei sich, die abseitsstehende Birke. Sie hatte eine regelrechte

Schutzzone um sich herum aufgebaut. Ihr Lichtbedürfnis war offensichtlich groß. Deswegen hat sie auch diese weiße Rinde, die zur Spitze hin immer eindringlicher, intensiver wird. Diese Farbe reflektiert das Sonnenlicht am besten und hält den Stamm dadurch kühler. Dadurch reißt die Rinde weniger auf. Birken erobern sich mit Leichtigkeit auch kältere, nordische Ländereien.

Eines der Bilder, die sich seit Jahren halten konnten, welches nahezu jedes Mal identisch in der Erinnerung auftaucht, holt sich immer noch die gleiche Spur an Gedanken. Unweit dieses liegenden Baumes stand das gedrungene, steinerne Bauernhaus, mit Fenstern, die sich längst nicht mehr öffnen ließen. Ihre Farbe hing in halben Kringeln locker am vergrauten Holz, das sich ebenfalls aus der einstmals angepassten Gerade gebogen hatte. Das Gestrichene war fast vollständig abgeblättert und von der Verwitterung zerkleinert. Die reif gewordenen Samenstände des Weidenröschens schlagen ebenfalls halbrund nach Außen auf, wie Schoten, die gespalten werden und dann eintrocknen. Die Fenster dichteten das Innere des verwinkelten Gebäudes nicht mehr gegen die heftigen Nord- und Westwinde ab. Die Regenmassen, die an diesen Gläsern stets abgelaufen waren, mögen schon Bäche gefüllt haben. Jetzt schaffen sie es nicht mehr, alle Tropfen abzuleiten. Der Leinölkitt im Falz war versprödet und konnte die Scheiben nur noch mühsam halten. Die Brennesseln, die fest mit ihrem weißen Wurzelwerk zwischen die teilweise sichtbaren Fundamentquader eingedrungen waren, können mit ihren oberen Spitzen in den einen Raum hinaufragen. Weshalb ist es ausgerechnet dieser Anblick, der sich so lange erhalten hat? Vielleicht wohnte noch jemand in dieser Einfachheit, mitten im Zustand des Rückbaus, der alle Alter zeichnet. Es bewegt einen, obwohl man selbst nicht so leben könnte. Aber man ahnt, dass es sich irgendwann um die eigene Realität handeln wird, sie wird so oder so ähnlich aussehen. Seltsamerweise trägt dieses Bildnis auch etliches an Schrecken mit sich, einen Anteil Angst. Ist diese Schwäche erlaubt, wenn man inzwischen mehr als eine Handvoll Lebensjahrzehnte hinter sich hat?

Mit Mauern aus Steinbrüchen in der Nähe hatte der Hausbau begonnen. Aber eventuell war es gar kein abfallendes Gelände, mit einem Hang, aus dem die Quader geschlagen wurden. Solche großen, behauenen Steine feinster Körnung waren Luxus. Sie waren bestimmt noch weit vor dem restlichen Abraum herausgearbeitet worden. Der Transport dieser tonnenschweren Fracht dürfte ebenfalls ein respektables Unterfangen mit einigen Schwierigkeiten dargestellt haben. Jede Person verrichtete ihr Handwerk. Man hatte Arbeitspferde zur Hilfe und verstand es, die Hebelgesetze anzuwenden. Es könnte auch eine Mulde im Untergrund des Waldbodens gewesen sein, aus der sie mit Keilen förmlich herausgesprengt worden sind. Heute zeigen sich solche Oberflächen voller Blaubeerkraut über verschieden hohen Erdaufwürfen. Die Dachfläche war ebenfalls nach innen geschwungen. Die Hölzer und Latten darunter gaben unter der Last inzwischen nach. Vielleicht hatten dies die schweren Schneeschichten vergangener Winter mit verursacht. Noch lagen alle Biberschwanzziegel an Ort und Stelle, wie seit über einem Jahrhundert gewohnt. Die Stärke des Wetters hatte keine Öffnung in die Dachhaut gerissen. Es sah ganz ruhig und gelassen aus direkt um dieses Haus. Beinahe glichen die Zeichnungen und Linien, die unterschiedlichen, rostbraunen Farbtöne vom Brennen der Dachdeckung den noch erkennbaren Jahresringen des Baumes, der stumm geworden war. Jeder Ziegel sah anders aus. Die Dachfläche wirkte lebhaft. Zwischen den Fenstern hielt ein Holzrahmen die kräftigen Türflügel zusammen. Diese Eingangstür wirkte verschlossen, sie hatte keinen Griff. Lediglich in ihrer Mitte gab es einen Knauf aus Metall, einfach, nur zum Gebrauch bestimmt, keine Zierde.

Einen solchen Anblick findet man bemerkenswert, fast romantisch. Er trägt eine längst vergangene Zeit, längst gelebte Jahre in sich. Er zeigt die bäuerliche Kultur, die heute auf der Schattenseite des dicht aufgewachsenen Waldes liegt. Menschenspuren, die sich einmal bis dorthin vorgewagt hatten, um ein arbeitsschweres, lastgebeugtes Dasein zu begehen, voller Bescheidenheit und immer in der Abhängigkeit vom Gebaren seiner Umwelt. Viel Spielraum ist ihnen da nicht geblieben. Ein Garten ist nicht mehr sichtbar. Kein Gewächs von außerhalb des Baumdunkels. Der Waldsaum rückt gemächlich vor, aber stetig. Er hat Zeit im Überfluss.

Es bleibt erstaunlich, wie unterschiedlich die Beziehung zu einem Garten auf jedem Kontinent ausgeprägt ist. Für uns Europäer bleibt es außerordentlich schwierig, den asiatischen Umgang mit Pflanzen, Steinen und ihren anderen Ausschmückungen eines umgrenzten Grüns richtig zu deuten und zu verstehen.

Wenn wir uns entschließen, einen japanischen oder chinesischen Gartenteil umzusetzen, fließen doch immer unsere grundlegend anderen Betrachtungen von Natur und ihren Geschöpfen mit ein. Wir sind es gewohnt, meist im Stehen oder höchstens im Sitzen von einem Stuhl aus unser Stückchen Erde zu betrachten. Die japanische Kultur zieht ein Niederlassen auf dem Boden direkt auf Augenhöhe eines wichtigen Bestandteils eines Gartens, dem Moospolster, vor. Dies ist natürlich auch dem feucht-warmen Klima geschuldet, das diese polsterartigen Nässespeicher kaum Austrocknen lässt. In einem japanischen Garten werden Zusammenhänge gezeigt, darin angelegt, die die Natur eher selten von selbst auflegt. Man will sich damit nicht über die Natur hinwegsetzen, sondern sie lediglich helfend unterstützen ihren vollendeten Zustand zu erreichen. Es ist dies kein einfaches Abbilden, sondern es wird ein besonderes Maß an Harmonie erreicht, mit dem sich der Gärtner den Willen der Natur zu eigen macht. Sie kennt sich besser aus als er, wächst zügiger und doch folgt er nicht jedem ihrer Ansinnen frei nach. Aber ebenso wenig zwingt er sie in gegensätzliche Muster. Man begeht das Leben demütig, fühlt sich als ein Stück dieses großartigen Erdballs und nicht als eine Krönung der Schöpfung. Der einzelnen Person wird auch kein besonderes Wesen zugeschrieben, das sie von anderen abheben könnte.

Selbst innerhalb der asiatischen Welt gibt es konträre Sichtweisen im Umgang mit der Ausgestaltung von Gärten. Während in chinesischen Gärten bestimmte Pflanzen, wie Bambus oder Pfingstrosen, Chrysanthemen, vielleicht noch Azaleen und selbstverständlich der wundervolle, farbige Fächerahorn einen gewichtigen Platz im Garten einnehmen, verzichten die urjapanischen Ausführungen gerne auf jede, doch nur eine kurze Blütezeit andauernde, farbige Ablenkung, wie dauerhafte Stauden und einjährige oder zweijährige Blumen. Ihr Augenmerk liegt eher auf den widerstandsfähigen Kiefern und der Darstellung einer Landschaft in den Variationen der grünen Tönungen. Eine Ausnahme bildet die Gruppe der Kirschbäume, zu denen während der kurzen Blütezeit regelrechte Pilgerreisen unternommen werden, es sind jährliche „Festtage". In keiner der Anlagen wird auf das Element Wasser verzichtet, sogar das Spiel des Windes und die Töne des Regens werden in diese Atmosphäre eingebaut. Aus dem speziellen ZEN-Buddhismus wurde die Unendlichkeit der Bergwelt in Form bestimmter Steinausführungen und deren Ursubstanz, dem fein gebrochenen Sand, übernommen. Solche mit geschwungenen Linien durchzogenen Flächen fangen die Blicke des Gastes ein, genauso wie die Wellen der großen Meere, die sie darstellen. Ein derartiger Garten dient nicht, auch nicht dazu, darin Umherzulaufen oder Spazierenzugehen, sondern er beinhaltet das gesamte Dasein, fordert und fördert Ruhe und Zeiten des Nachdenkens. Viele asiatische Gärten sind ebenfalls, wie bei uns, in den lebensvernichtenden Kriegswirren zerstört worden, und zusätzlich bringen in diesen Erdteilen regelmäßig verheerende Erdbeben ganze Regionen zum Einsturz. Die Beschäftigung mit einem Garten ist nicht jedem gegeben, sie ist abhängig von den unterschiedlichen Gewohnheiten der Menschen, vielleicht auch dem Erleben in der jeweiligen Kindheit und den zu jeder Lebenszeit anderen Notwendigkeiten und Notlagen. So können aus fürstlichen Flaniergärten in unsteten Jahren schnell öffentlich zugängliche Orte werden, wie zum Beispiel in Bayern, als Kurfürst Carl Theodor, einem Rat folgend, im Angesicht der Revolutionsumwälzungen in Frankreich anno 1789 die Parkbegrenzungen des Englischen Gartens demontieren ließ, um einem Aufstand vor seinen eigenen Toren zuvorzukommen.

Manchmal erwecken Texte den Eindruck von überaus schnell dahingeworfenen Gedanken und Erinnerungen, von Silben, die irgendwann zu festen Sätzen aufgewachsen sind. Doch wie lange ihre Entstehung dauerte und ob sie ihre geschmeidigen Inhalte ewig gedehnten oder kurzen Stunden verdanken, lässt sich aus ihnen nicht ablesen. Höchstens kann man an der Auswahl der Wörter, an den Formulierungen, an eingefügten, anschaulichen Beispielen und den in ihnen vorkommenden Dingen und Gegenständen ungefähr auf das Alter des Autors schließen. Egal, wie schnell jemand im Niederschreiben ist, wie oft er den Worten einen neuen Platz zuweist oder auf welche Art und Weise er den Klang eines Schreibens zustande bringt, es dauert eine gewisse Weile, bis sich die Fassung gut unter den Titel einfügen lässt. Die Zeit verstreicht bei dieser kreativen Arbeit, wohlgenutzt. Dieser in gleichmäßige Einheiten unterteilte Maßstab der Zeit stellt nur ein künstliches Hilfsmittel für uns dar, um uns mit anderen Menschen auch wirklich verabreden zu können. Noch bis nahe an die 1900er Jahre heran hatte jede Gemarkung, jeder andere Regierungsbezirk, gar jede Stadt eine eigene, die Uhr bestimmende Vorgabe. Dies musste bei Reisen oder wichtigen Angelegenheiten immer beachtet werden.

Genaugenommen gehört uns von der Zeit lediglich dieses jetzige in Momente zerlegte Stück. Alles andere halten wir schon nicht mehr. Es lebt bereits in einer anderen Zeitenebene. Uns bleiben nur unvergleichliche Blicke hinüber in eine für immer vorbeigezogene, ehemalige Gegenwart. Wir nähern uns in Tagträumen wieder an diese an, doch das gesamte Ereignis können wir nicht mehr gänzlich zusammentragen. Jede einzelne Person wird ein Geschehen nicht nur aus anderen Buchstaben zusammensetzen, sondern auch mit verschiedenen Höhepunkten und verschobener Dauer für sich notieren, um es schließlich mit dem eigenen Wortschatz seiner Umgebung mitzuteilen. Es ist etwas sehr Individuelles, genauso wie das Farbensehen. Jeder Mensch erkennt Farben anders. Um eine gemeinsame Grundlage zu schaffen, die sich vergleichen lässt, wurde eine Farbpalette, später dann eine normierte Farbtafel entworfen. Genau wie jeder von uns eine andere Beschreibung, seine eigene, persönliche Abtönung in eine Farbe hineinlegt, so wird er auch bei dem abgelaufenen Zeitgeschehen andere Schwerpunkte setzen, von denen er der Überzeugung ist, dass sie des Merkens würdig sind. Wir haben nie den völligen Ablauf solcher Zeitpunkte auf einmal im Kopf, sondern das Bild erweitert sich im Zuge des Erinnerns um immer mehr Feinheiten. Es wird auch nicht mehr die gleiche Energie sein, mit welcher wir eine Stelle in unserem inzwischen etwas länger gewordenen Lebenslauf nacherleben. Es ist anders geworden. Was wir jetzt als Nichtigkeit empfinden können, war in den damaligen Tagen bedeutender, wir deuten es inzwischen aber anders. Die abgeschatteten und beleuchteten Anteile des sich wandelnden

Innenlebens finden darin auch ihren Widerhall, das macht es wahrscheinlich so schwierig, eine Selbstbeobachtung aus uns heraus zu legen. In unseren Erzählungen wirken Augenblicke auf einmal so, als ob es in ihnen niemals einen eisigen Winter oder eine trostlose Nacht gegeben hätte. Wir haben nur Einfluss auf diesen knappen Moment, in dem wir etwas tun oder lassen können. Nur dies können wir gestalten, ob wir ein freundliches oder nichtssagendes Wort in Gang setzen. Später bleibt nur ein ohnmächtiges Anstandsgefühl des Bereuens übrig. Das quält, aber erleichtert zumindest etwas, wenn das Eingeständnis noch rechtzeitig an die richtige Stelle gebracht werden konnte. Es gibt lediglich diesen kurzen Augenblick, der zwischen der Vergangenheit und der Zukunft liegt. Den Einfluss auf das Eine haben wir verloren, wir können nichts mehr ändern. Von dem Kommenden können wir vielleicht einen Anteil ahnen, was es sonst noch alles mitträgt entzieht sich unserem Wissen. Uns bleibt also nur diese kleine, unsichtbare Portion von allenfalls einigen Sekunden, die so kostbar ist. Die gilt es im Blick zu haben. An dieser sollten wir unser Handeln ausrichten, das bleibt schwer genug.

Das Licht begann diffuser zu werden, schwächer, als ob sich ein Schleier vor ihre Augen schob. Sie senkte den Blick und versuchte die verwitterte Bank zu betrachten. Eigentlich sah diese nicht wirklich anders aus. Es war die harte Lehne mit einer Strebe in der Mitte, die den Rücken schnell schmerzen ließ, damals wie heute. Ihr eigener Körper war mit den langen Jahren deutlich gewachsen, sie spürte das Holz, es war immer noch fest. Und genauso wie einst nagten die Wespen die graue Oberfläche ab und bauten damit ihre manchmal fast kugelförmigen Nester auf. Sie saß darauf in einer entspannten Haltung, das linke Bein heraufgezogen, die Arme ums Knie geschlungen, wie früher, eigentlich wie immer. Wie konnte es sein, dass der gleiche Ort so vertraut und doch so fremd erschien? Oder war alles nur in ihr selbst? Auch sie war die gleiche, aber nicht mehr die selbe geblieben.

Sie hatte es sich doch immer gewünscht, sie wollte den alten Garten wieder sehen, in ihm verweilen, ihn fühlen. Jetzt, da sie hier war, spürte sie diese Gegensätze deutlich. So konnte sie, wenn sie genau hinsah, das Früher entdecken, ab und zu noch herausfinden. Das Gras der Jahre war durch den Garten gezogen. Nur noch der weiße Phlox mit dem karminroten Auge, „Kirmesländer" war sein fröhlicher Name, schimmerte von der Stelle in der Mitte des Gartens, an der das weitläufige Staudenbeet, die Rabatte, gewesen sein musste. Dahinter stand der große Birnbaum in seiner typischen Pyramidenform, genau wie einst voll kleiner, rauer Früchte, die schnell abfielen, aber gut zum Trocknen geeignet waren. Sie waren für den Winter gedacht, landeten dann in der Weihnachtsbäckerei. Die Sorte hatte eigentlich einen lustigen Namen oder doch eher nicht. Der Großvater hatte immer gelacht, wenn er „Stuttgarter Geißhirtle" sagte und regelmäßig, schmunzelnd erwähnt, dass der Baum 1750 auf die Welt kam. Es war eigentlich der betagte Mann gewesen, der meistens ein sonniges Gemüt zeigte, trotz der harten Zeiten, die er erleben musste. Daneben konnte sie noch die Taglilien, die Sorte mit dem Namenszusatz „fulva", die seit 1562 bekannt war, erkennen. Sie war wüchsig wie eh und je, mit den braunroten Blüten des Sommers. Jede mit ein paar Stunden Lebensdauer, nicht mehr. Die standen damals in nahezu jedem Garten. Es war eine Art von Verlässlichkeit, ihnen zu begegnen. Man traf sich wie gute alte Bekannte, von denen man wusste, dass sie dort wohnten und nahezu immer zu Hause waren. All die anderen Blumen waren verschwunden, hatten das Alleingelassenwerden nicht überstanden. Drei breite, stahlfarbene Irisblätter reichten noch über das Gras hinaus, doch sie schien nicht mehr zu blühen, diese Schwertlilie. Ihre Rhizome liebten Licht und Sonne, keinen drängenden Pflanzenwuchs, mochten keine harte Konkurrenz. Das Paar der gewaltigen Kirschbäume war auseinandergebrochen, gespalten, sie trugen fast kein Laub mehr. Zartes Piepsen klang aus dem Inneren eines Stammes. Noch diente er

Vögeln als Brutplatz, als schützendes zuhause. Der Apfelbaum war verwachsen und vergreist. Der Baum mit den einstmals leckersten Äpfeln der Welt, leuchtendes Gelb mit Orange. Auch für diesen hatte es einen klangvollen Namen gegeben. Er sei aus England zu uns gekommen und eine Muskatrenette, die „Cox Orange" heißt. Ein Geburtsjahr hatte der Großvater, der Gartenmensch, bei ihm nicht angeben können. Irgendwann in der ersten Hälfte des 18. Jahrhunderts habe man diesen nicht allzu großen, festen Apfel entdeckt. Hier trug er jetzt nur noch schorfiges Obst ohne Glanz und Farbe und war doch auch von damals. Sie erkannte den ausgreifenden, verzweigten Wuchs, das knorrige Geäst. Wie die wohl jetzt schmecken würden? Durfte sie sich eine dieser Früchte pflücken? Genaugenommen nicht, das Grundstück war längst verkauft.

Was hatte sie erwartet, erhofft? Die Geborgenheit der Kindheit wieder zu finden in dem fernen Garten, Gewissheit - Sicherheit. Wenn sie lauschte, konnte sie die Zeit der Veränderung wahrnehmen, den wilden Lärm, der fast alles ergriffen, auch hier vor diesem Garten nicht Halt gemacht hatte. Wenn sie fühlte, spürte sie die Nähe, und doch lag zwischen damals und heute etwas Unvertrautes. Sie spürte den Schmerz des Abschieds erneut, der einst dem Wechsel in ein anderes Leben vorausgegangen war. Diese Gegensätze des Daseins waren überall vorhanden, es gab diese Unsicherheit auch woanders, nur in der Kindheit war sie noch nicht ausgemacht. Diese Sehnsucht war immer schon und wird immer wieder unvermittelt auftauchen. Sie bemerkte, wie ihre Gedanken hin und her wanderten. Von der Wirklichkeit, vielmehr dem was sie sah, zurück in ihre Kindheit, quer durch die ersten Schuljahre und irgendwie plötzlich in den höheren Klassen waren die Empfindungen so mehrdeutig geworden. Obstgärten werden zu Straßen, zu Bauplätzen, oder die Natur holt sich, was ihr einstmals abgerungen wurde, zurück, mit der ihr eigenen Kraft und Phantasie. Andere Menschen haben ihre Jugend und erleben die für einen fremde Welt als geborgen, bis es sie trifft, sie an der Reihe sind. Alle Lebenszeiten tragen ein dauerndes Trennen, wieder Loslassen, ein Fortgehen und Lebewohl sagen mit sich herum, also hat es nicht nur mit der räumlichen Entfernung zu tun.

Es begann merklich kühler zu werden, sie schloss die Augen, versuchte die vielen Gedanken zu ordnen und so gut es ging keine weiteren Kapitel ihrer Biographie zu öffnen. Da fielen ihr die Worte ein: „Du hast dich überhaupt nicht verändert. Ich habe dich gleich wieder erkannt. Du siehst noch genauso aus. Hast dich gut gehalten." Sie hatte gelächelt, es als Kompliment auffassen, nicht als Stillstand bewerten wollen. Die meisten auf dem Treffen hatte sie nicht benennen können. Diese mit der Zeit gegangenen Gesichter, nur die Stimmen schienen ihr gewohnt. Nach den langen Jahren waren die Namen verloren. Wie so vieles, was lange vorbei war, auf einmal nicht mehr existiert. Man hatte sich an sie erinnert, sich sogar gefreut sie wieder zu sehen. Sie war es nicht gewohnt, solche Aufmerksamkeit zu erhalten, doch sie nahm sie gerne an.

Sie werden nicht sehr geschätzt, diese für Teile Frankens charakteristischen Sandböden, in der Wirklichkeit der privaten und öffentlichen Gärten. Woran es liegt, dass sich viele Menschen in ihrer Freizeit gerne in diesen natürlichen, sandgeformten Gebieten bewegen, die prägend für unsere Heimat sind, aber im Alltagsleben in ihren Gärten ganz andere Werte festlegen? Dort füllen die Besitzer ihre Grundstücke tief mit fremder, dunkler Erde auf und dulden nur eine spärliche Auswahl an Pflanzen in ihren Beeten. Früher war der Ablauf ein anderer.

Man beobachtete, was um einen herum wachsen konnte, welchen Rahmen Natur schenkte. Man tauschte sich mit Nachbarn aus, nicht nur mit Worten, sondern bekam oftmals auch gleich einen Ableger oder Samen zugesteckt. Hinweise, wie eine Pflegeanleitung oder Wachstumsbedingungen, Erntezeit, Blütenfülle, samt Rezepten und Wissen über die Heilkraft gab es meist noch obendrauf. Bei Problemen holte man sich Rat und die entsprechenden Pflanzen bei der Baumschule oder Staudengärtnerei vor Ort. Auf jeden Fall in der Nähe, da das dort gezogene Grün den selben Klimabedingungen unterlag. Ganz nebenbei bekam man einen genauen Überblick über die Vielfalt der Pflanzengemeinschaften und deren Ausdrucksformen.

In der landläufigen Gartensprache werden Sandböden als „arme" Böden, „magere" Standorte bezeichnet. Sie sind von ihrer Struktur her durchlässig, trocknen schnell ab, erwärmen sich zügig. Ein Garten auf Sand hat seine eigenen Grüntöne, grundsätzlich dunkler, ins Blaugraue übergehend, manchmal silbrig überzogen. Nur kurzzeitig, vielleicht beim Neuaustrieb im Frühjahr oder nach längerem Regen, prägt sich auch der mittlere Grünbereich an einigen Gewächsen aus. So betrachtet wirkt ein sandiger Garten immer gereifter, dauerhafter, niemals mastig. In Wiesen behält man den menschlichen Überblick, auch als Kind. Man kann die einzelnen Strukturen hervorragend von oben, aus der Vogelperspektive betrachten.

Ein sandiger Grund erzieht seine Pflanzen. Das wuchernde Element ist beschränkt, „sozialer" im Verhalten, die Artenvielfalt ist um ein Mehrfaches größer. Allerweltspflanzen ziehen sich zurück und Individualisten können aufleben. Selbstverständlich gibt es auch hier dominante Geister. Kronwicke und Quecke sind durchaus in ihrem Element, dem Giersch allerdings behagt es hier nicht sonderlich. Der Breitengang scheint allgemein verhaltener, als ob jeder den ihn umgebenden Nachbarn respektiert, auf eine lange Lebensgemeinschaft aus ist. Der Versuch, auf einem umgegrabenen Lehmboden eine blühende Wiese anzulegen, wird häufig scheitern, er muss scheitern. Nicht am Begrünen an sich, das äußerst zügig fortschreitet, sondern an der aufwachsenden Gleichförmigkeit der Mitbewohner. Es gelingt nur Wenigen einzuziehen und über längere Zeit harmonisch miteinander zu leben. Nach kürzester Zeit baut sich eine eintönige Gräsergesellschaft auf, die ziemlich üppig in die Höhe strebt und den damals mit ausgesäten Blumen und Kräutern jegliches Licht und jeglichen Platz zum Wachsen raubt. Vielleicht als Einzige schafft es die so oft gescholtene Brennessel, sich gebührend durchzusetzen. Heute möchte sie niemand mehr so richtig zulassen, diese alte Heil- und Nutzpflanze. Kaum vorstellbar, dass vor Jahrhunderten noch ihre groben Fasern geerntet und mit blanken Händen zu Nesselgewebe verarbeitet wurden. Aber die Rezepte für die Heilung der rissigen, juckenden Finger, wie Ringelblumensalbe, kannte man ebenfalls. Für die Haut zwar schonend, dafür aber für unsere Nasen intensiv erlebbar, bleibt eine angesetzte Brennesseljauche. Ein hervorragender Stickstoffdünger. Nicht umsonst legten alte Bäuerinnen früher Stücke des Krautes zuunterst in die Pflanzlöcher von Tomaten, Gurken oder anderen „Starkzehrern". Man kannte immer einen Verwendungszweck.

Anders zeigt sich der Sandstandort. Er wächst zwar zögerlich zu nach dem „Anlegen", aber bietet Raum für unterschiedliche Charaktere, entfaltet Heimat für Verschiedenheit und ist von seinem Wesen her nachhaltiger, so gesehen durchaus friedlicher. Auf Fettwiesen herrschen Gräser vor, Mengenwachstum. Magerwiesen haben reichlich Blühpflanzen und Kräuter zum Inhalt, die Bandbreite der Güte, das eigentliche Kennzeichen des Artenreichtums. Vielleicht ist diese Bodenart auch deshalb wertvoller, weil diese Pflanzen den wuchernden Ausbreitungsdrang, dieses Geltungsbedürfnis, nicht im Inneren tragen und toleranter, tugendhafter daherkommen.

Die Zeiten, in denen Regionen vom Ertrag ihrer Böden leben mussten, sind längst vorbei. Heute bewegen wir uns in zu großen Abhängigkeiten von erntesteigernden Hilfsmitteln oder Methoden mit umweltschädlichen Folgen. In dem Maß, in welchem erlebbare Natur verschwand, konnten Ende des letzten Jahrtausends sogar naturhafte Gärten etwas Aufwind erhalten. Einzelne zusammenhängende Flächen, als besonderer Lebensraum anerkannt, genießen inzwischen sogar Projektstatus. Von staatlicher Seite, über Landkreis- und Stadtgrenzen hinweg, entstand, von der öffentlichen Hand gefördert, die SANDACHSE FRANKEN als Biotopverbund der Sandlebensräume zwischen Weißenburg und Bamberg. Artenschutz beschränkt sich inzwischen nicht mehr auf einzelne Gattungen, sondern bezieht ganze Naturlandschaften mit ein. Unser persönlicher Firmengarten in Georgensgmünd war eine der ersten Anlagen innerhalb eines Gewerbegebietes, wurde von uns eigens für unser Ingenieurbüro geschaffen. Im Unterschied zu späteren Projekten hatten wir kostenlose Pionierarbeit geleistet, die dann nachgemacht und prämiert wurde. Aber in diesem Zusammenhang bleibt das Vervielfältigen ein Segen, da es mehr Natur zulässt. Ob dafür unbedingt Preise und finanzielle Zuwendungen nötig sind, erscheint mir fraglich. Überhaupt locken heutzutage nahezu sämtliche

„Mitmachaktionen" mit Prämien und Gewinnen. Es ist der durchsichtige Versuch, andere Menschen für das eigene Ziel, die eigene Aktion zu gewinnen, sich damit eigenes Lob oder Ruhm zu verschaffen, es ist meist zweckdienlich.

Weshalb kann uns das eigene Zutun nicht Ansporn genug sein? Weshalb fragen wir so oft nach einem Sinn, einem Nutzen oder einem weiteren Zweck? Es wäre schön, wenn sich in Gärten wieder mehr Raum fände für diese sandliebenden, besonderen Geschöpfe. Wenn die Eigenheiten und Fähigkeiten des Sandbodens, die vielen Variationsmöglichkeiten, die es auch hier gibt, wieder ins Bewusstsein der Gärtner zurückkehren könnten. Und die grundsätzliche Frage, wie viel Ursprünglichkeit ein jeder wirklich in seinen Garten lässt, nicht länger so verhärtet, so einseitig gegen mehr Naturnähe und Zwanglosigkeit beantwortet wird.

Wenn man photographiert, ein Photo versendet oder ein Bild malt, sind darauf keine Fahrzeugschlangen oder Müllfahrzeuge zu sehen. Man gibt lieber die Idylle weiter anstatt der tristen Wirklichkeit. Dort gibt es nichts Dreckiges, keine Industrieanlagen. In uns wohnt offensichtlich ein Gefühl für Ästhetik und Ordnung.

Wenn wir beim Betrachten auch einmal den Blickwinkel oder auch die Beleuchtungsverhältnisse ändern, entdecken wir oftmals Neues. Ganz Einfaches, Schlichtes kann sich mitunter zu einer Sehenswürdigkeit entwickeln. Unser Auge gewöhnt sich an gleichbleibende Ansichten, sie verblassen, werden schnell gewöhnlich. Beide Augen gemeinsam sind lediglich Bewegungs- und Räumlichkeitsmelder für unser Gehirn und kein eine Fläche exakt abbildender Mechanismus. Unsere Vorliebe für bestimmte Details, die Entscheidung, ob wir ein Gemälde oder eine Photographie erst mittig anschauen und uns von dort zu den Rändern vortasten, diese Reihenfolge bestimmt unseren endgültigen Eindruck mit.

Wer von einer Szene überzeugt ist, sie passend findet und für sich festhalten möchte, der stellt dafür keinen Künstler an, der durch seine eigene, besondere Sicht der Dinge die Ansicht verändern könnte. Selten werden die Hinterhöfe, die sonnenabgewandten Rückgebäude und vom Menschen vernachlässigten Bereiche aufgezeigt. Auch auf den Ölgemälden früherer Generationen erscheint keine Außenwelt. Sie wurde als fremd und feindlich angesehen. Sie stellte die von gefährlichen Tieren und giftigen Pflanzen durchsetzte Wildnis dar. Schon immer gab es den geschönten Ausschnitt, der durch einen Rahmen betont wurde. Genaugenommen sind es nicht nur wir, die ein Photo oder Bildnis betrachten. Die Bilder sehen auch uns an, sie werfen ihre ureigenen Blicke auf uns zurück. Fordern uns auf, sie wahrzunehmen, uns in sie zu vertiefen.

Die großen Maler, wie Claude Monet (1840 – 1926), begannen ihre Gemälde bereits mit dem Einkauf ihrer Pflanzen und dem Saatgut für ihre Blumen vorzuzeichnen. Ohne diese Blüten und den Garten gäbe es die großformatigen Bilder nicht. Sie holten sich diese zusammengeballte Lebendigkeit entweder direkt vor Ort heran oder malten aus der Erinnerung heraus die Farben und ausgesuchten Motive. Dabei wirkte dieses aus dem Gedächtnis Arbeiten wie ein Filter, der Unwesentliches einfach weglässt. Um Not und Verfall wiederzugeben, wurden die Farben der Flora und der Hintergründe deutlich dunkler angesetzt. Manchmal scheinen auch alle Merkmale einer Pflanze samt Wurzeln gezeichnet worden zu sein, um den Ausdruck zu stärken. Die botanischen Malereien des 16. Jahrhunderts zeigten selten eine naturgetreue Ansicht eines Gewächses. Die naturwissenschaftliche Aufarbeitung und Sichtweise setzte sich nur langsam durch. Sie nahm die Pflanzen auseinander und isolierte die Teile von ihrem

Umfeld. Trennte und trocknete das Material, bis es dann einer Begutachtung und Namensgebung unterzogen wurde. Heute beeindruckt uns diese vergilbte und manchmal brüchige Ansicht alter, gepresster Blumen und Blüten. Bei dieser Art des Vorgehens fielen die für eine genaue Bestimmung mitwachsenden Begleitpflanzen weg und damit auch alle Bemerkungen und Bewertungen der Standortbedingungen, Fundorte und der vergleichenden Größenverhältnisse. Diese Kriterien sollten lediglich bei seltenen, gefährdeten Pflanzen verschwiegen werden, da könnten sie unter Umständen zu einem Verschwinden der kostbaren Gewächse beitragen. Erst mit der folgenden, weiten Verbreitung derartiger Naturkundebücher dürfte dies damals allerdings zu einem Problem geworden sein. Der Pflanzenhandel durch die Gärtnereien begann seinen Höhenflug und brachte jetzt, neben näherem und längst bekanntem südländischen Grün, eine Vielzahl von Stauden, Nutzpflanzen und Ziergehölzen aus Übersee, dem amerikanischen Doppelkontinent und dem asiatischen Lebensraum in Umlauf. Es war die Zeit der Pflanzenjäger und der gläsernen Orangerien, die nun auch vom aufstrebenden Bürgertum in ihre Grundstücke gebaut oder an die Häuser gelehnt wurden. Der Garten in Giverny ist einer der wenigen Künstlergärten, genaugenommen ist er ebenfalls ein Kunstgarten, der heute noch nach den Gemälden bepflanzt wird. Mit der Ruhe einer Malidylle allerdings, braucht man dort nicht zu rechnen. Die Besuchermassen werden regelrecht durchgeschleust. Andersherum werden die Türen geschlossen gehalten, um die Spuren der Touristen zu beseitigen und die Pflanzen zu versorgen. Des Meisters spätere Seerosenbilder lösten in sich fast alle Formen auf, was nicht nur seiner Maltechnik, sondern auch dem beständig schlechter werdenden Augenlicht geschuldet war. Seine Gartenansichten waren kurzlebig, seine auf Leinwänden festgehaltenen Eindrücke sind nach wie vor große Kunst. Claude Monet war damals schon eine Berühmtheit und ist eine Berühmtheit in unserer heutigen Zeit geblieben.

Die Natur der Natur

Natur kann nicht in eine der Sprachen des Geldes und der Zahlensummen übersetzt werden. Die Bedeutung des Begriffes Natur muss sich eigentlich immer auf die Gegenwart beziehen. Was wir heute als schützenswert erachten, ist aufgrund der Arbeit für den eigenen Lebensunterhalt durch vergangene, frühere Generationen entstanden. Damals konnten diese vielleicht nicht aus dem gängigen Maß, dem Ablauf und den Pflichten eines kleinbäuerlichen Alltags aussteigen. Den Gedanken fortführend, waren sie mitunter sogar sehr stolz auf die von ihnen erworbenen Bearbeitungs- und Herstellungsmethoden. Waren sie doch eine der Ersten mit diesen fortschrittlichen Verfahren weit und breit, und Anderes war nicht bekannt in ihrem Umfeld. Jedenfalls dauerte es, bis sich verändernde Techniken oder die Gemeinschaft betreffende, neuere Sitten oder Gebräuche feststehend einführten, weil Altes nicht mehr mit genügend Leben auszufüllen war. Die völlige Bearbeitung der naturnahen Flächen war mit einfachen Geräten und vorwiegend handwerklichem Geschick und menschlicher Muskelkraft oder unterstützender Ochsenkraft und Pferdestärke gar nicht umsetzbar. Es blieben genügend unkultivierte Bereiche übrig, die wir heute Wildnis nennen würden. Bei Naturschutz kann es sich genau genommen nur um den Schutz der Kultur durch vergangene, frühere Arbeitsweisen entstandene, unterschiedliche Landschaften und darin bevorzugt vorkommende Geschöpfe handeln. Natur wurde als Lieferant aufgefasst. Ihr kostenloses Vorhandensein war einträglich und wurde als selbstverständlich betrachtet. Damit war sie frei zur Verfügung stehend für den Stärkeren und Schnelleren.

Der Erhalt der Umwelt wurde als der Gegensatz zur technischen und industrialisierten Welt gesehen, konnte deshalb nur in Teilbereichen einen Erfolg oder gar Verständnis hervorrufen. Dem Einsatz vieler besorgter, naturliebender Menschen in ihrer näheren Umgebung, die sich für ein stärkeres Nachdenken, eher ein besseres Abwägen der Folgeerscheinungen einsetzten und einer sich weiter ausbreitenden, großtechnischen Ausrichtung der ehemals bäuerlichen Strukturen hin zu einer durchgehend industriellen Arbeitsweise kritisch gegenüber waren, standen wie gelähmt wirkende staatliche Stellen gegenüber. Gerade in den Anfangszeiten wurde oftmals offengelegt, dass die zuständigen Behördenvertreter durchaus mündlich mit den Antworten und Erläuterungen übereinstimmten, aber sich aus rechtlichen oder gesetzlichen Gründen nicht so weit vorwagen könnten.

Bei unseren Vorstellungen von Natur besitzen Sinnfragen an und für sich keinerlei Berechtigung, da wir zur Beantwortung dieser uns eigentlich außerhalb dieses Weltraumes aufhalten müssten. Wir also eine Stellung einnehmen müssten, von der aus wir Absichten und Pläne eines „Erschaffers" beobachten oder wahrnehmen könnten. Zeitlich müssten wir uns ebenfalls in der Spanne vor dem inzwischen allseits angenommenen Ursprung, dem Urknall bewegen. Nachdem beides für uns sicherlich nicht machbar ist, können wir uns lediglich diesen vorgestellten Ausgangspunkten annähern und einen Ablauf hineinlegen, genauso wie es seit Jahrtausenden von Jahren Philosophen, Gelehrte und Denker von Europa über den Orient bis hin nach Asien, später auch in der Neuen Welt getan haben.

Während diese Sinnfragen nach der Entstehung der Welt und damit auch dem Wesen der Natur so alt zu sein scheinen, wie die darüber rätselnde Menschheit, hat sich die Frage nach dem Sinn des eigenen Lebens oder nach einem Sinn im eigenen Leben vorwiegend in der Neuzeit in den westlichen und auch den alten Industrieländern stark ausgebreitet. Die in den christlichen Botschaften des Abendlandes vertretenen Ansichten, dass der Sinn eines jeden Menschen in ihm selbst und Gottes uneingeschränktem Wollen liegt, steht für uns im begonnenen dritten Jahrtausend nicht mehr als kirchentragende Säule haltbringend und unantastbar da. Die Pfeiler der Kirchen werden durch lange verschwiegene und immer noch nicht abgetragene Lasten einiger Kirchenoberer angegriffen. Uns ist inzwischen die richtige Auslegung der Urschrift der Bibel abhandengekommen. Die moderne Lesart ist nicht jedem vermittelbar. Jedes Jahrhundert hat eine eigene Ausprägung der Heiligen Schrift verfasst. Und so kennen wir einfachen Menschen bis heute die Textstellen nicht genau, die Martin Luther (1483 – 1546) in seiner Bannzeit auf der Wartburg im Jahre 1521 in die Landessprache aus der bis dahin geltenden lateinischen Schrift frei und ungebunden übersetzte. Zumindest konnten die Seiten jetzt von vielen Personen ohne langandauernde, teure Unterrichtsjahre ebenfalls eingehend gelesen werden. Durch die weite Verbreitung seines Werkes trug er auch zu einer Vereinheitlichung der deutschen Sprache bei. So werden auch in folgenden Zeiten den Abschriften jeweils veränderliche Zeitzugeständnisse eingepasst. Sicherlich verbreitete sich dadurch manches an Lehrinhalt, was sich von dem Bedeutungsgehalt der Originaltexte und dem Ursprungsleben der Erstkirchen weit entfernt hatte.

Der ausgeführte Naturschutz der Anfangszeiten nahm bestimmte Flächen, wie zum Beispiel die Torfbereiche, große Heideflächen oder die kalkliebenden Wacholderweiden aus dem dort üblichen landschaftsprägenden Umgang der Landbewohner vollkommen heraus und vergaß dabei, dass diese entstandenen, besonderen Flächen nur aufgrund deren bäuerlicher Tätigkeiten entstehen konnten. Eine absolute Notwendigkeit war dies ohne Zweifel für die durch Trockenlegung gewonnenen Torfabbauflächen. Es dauerte geraume Zeit, bis sich Alternativen zum bisherigen Handeln auftaten. Ein ausgetrocknetes Moor ist dauerhaft zerstört. Eine Einmaligkeit stellen die Hochmoore dar, die alleine aus dem Regenwasser gespeist werden. Bei diesen sind keine weiteren Pflege- und Erhaltungsmaßnahmen nötig. Aber welches soll der Zustand sein, in dem eine bestimmte Fläche mit ihren Pflanzen und Tieren gehalten werden soll? Wie lange bleibt dies in überschaubarem Rahmen vertretbar oder überhaupt machbar aufgrund äußerer Umstände und Einflüsse durch Luft, Regen, Sturm oder Trockenheit, durch den Ausbruch von Vulkanen oder durch das starke Beben verschiedener Erdschichten, also durch klimatische Vorgaben und durch von Menschen hervorgerufene Belastungen, wie Luftverschmutzung, Eintrag von Schwermetallen oder Radioaktivität? Ein völliges Herausnehmen des Menschen und seines Zugriffs aus manchen Gebieten muss mehr oder minder schnell zum Aufbau einer Strauchschicht führen, und damit zu einer Verbuschung, und als weiterer Entwicklung wieder zum Aufwachsen eines Baumgürtels oder Waldes führen. Der heute eingesetzte Umweltschutz zeigt sich völlig ungeeignet gegenüber gentechnischen Verfahren, die in die freie Umlaufbahn der Umwelt entlassen werden.

Wir betrachten die Natur in vielen Bereichen nach wie vor als Materialgeber, dem man dann seine unwirtschaftlichen und für einen selbst unbrauchbaren Überreste wieder zurückgibt, indem man sie, je nach Ausführung, oberhalb des Erdbodens sichtbar oder unterhalb desselben versteckt. Um die bekanntesten Schäden abzuwenden, vor allem das Grundwasser zu schützen, müssen flächendeckend Messpunkte und Sonden eingerichtet werden. Falls es sich um eine Mischung aus untrennbaren Stoffen mit kaum bekannten Materialien handelt, werden diese sogar über große Bereiche mit Planen bedeckt, der gefährlichen Auswaschungen wegen. Die bergartigen Hügel können begrünt und von einer Tierherde beweidet werden. Hier müssen dann die zersetzenden Gase des Untergrundes entweichen können. Sie wurden früher vor Ort abgefackelt, mittlerweile jedoch manchmal als Energiestoff verwendet.

Der Einsatz auf privater Ebene hat inzwischen andere Abläufe eingenommen. Die Menschen wollen sich nicht mehr so intensiv den größeren, erfahreneren Bewegungen mit ihrer aktiven Mitarbeit anhängen. Die Nischen mit kleineren Gruppierungen und Bürgerinitiativen, die direkt eine einzelne Problematik angehen, bis diese gelöst ist und dann wieder im Alltagsleben aufgehen, haben in den letzten Jahrzehnten stark zugenommen. Der Bedarf ist anscheinend gegeben. Der damalige Naturerhalt wird heute teils von eigens dazu eingerichteten Behörden und Untergliederungen gesteuert und in einer Mischung aus vertraglicher Landschaftspflege und kommunaler Ausführung bezahlt, durchgeführt. Den großen Naturschutzverbänden schenken allerdings immer noch abertausende, helfende Mitglieder ihre Zeit und bauen damit ungewollt, aber wichtig und sehr effektiv, einen Druck allein durch ihre Anwesenheit auf, den Naturschutz nicht zu vergessen, ihn fortzuschreiben, zu verbessern und anzupassen wo es möglich ist.

Naturschutz ist Lebensschutz, dieses Plakatzitat der vergangenen 1990er Jahre gilt heute noch genauso. Allerdings sind in der Jetztzeit diese Worte aus der Dringlichkeitsliste der Bürger von der vordersten Front in den Rängen nach hinten gerutscht. Ein virales Teilchen dieses Kosmos hält uns seit Jahren unter einer künstlichen Fasermaske und sortiert unser Leben um in ein größtmögliche Sicherheit vor einer Ansteckung suchendes, verstecktes und Gefühle verkümmerndes Leben, ohne Umarmungen und Nähe zwischenmenschlicher Art. Wie einfach war es, sich Filme über die Pest anzusehen, wohlwissend, dass diese krankmachende Keimgruppe heute nicht mehr vorhanden ist. Bücher über diese den Schwarzen Tod beinhaltende Zeiten haben Hochkonjunktur. Man versucht, sich am Umgang der Altvorderen mit diesen für sie so bedrohlich gewesenen Jahren zu orientieren, um für sich einen besseren Schutz zu erlangen. Natürlich auch ein Ausdruck der Unsicherheit und der Angst ist diese Suche nach Lösungen in der Vergangenheit.

Freiheit kann man nur ermessen, indem man sich mit dem Leben seiner Eltern, vielleicht auch noch seiner Großeltern, und den zu ihrer Zeit herrschenden politischen und sozialen Gegebenheiten auseinandersetzt. Erst dann lässt sich begründen, wie weit die eigenen Möglichkeiten sich heute ausbreiten können, wie groß die zugehörige Unabhängigkeit geworden ist. Die Kenntnis der ehemaligen Lebensart und deren Begrenzungen vermitteln ein Gefühl für die Unterschiede zum heutigen Dasein. Leider haben die jetzigen Jugendlichen wenig Historienwissen. Erst wenn wir in die Geschichte eintauchen, können wir unsere Gegenwart verlassen und erst dann sind wir in der Lage, die Vorzüge unserer jetzigen Lebenszeit auszumachen. Wir merken, dass diese Strukturen nicht von uns erarbeitet wurden, sondern in vorherigen Generationen die Grundsteine dafür gelegt wurden. Die Vorteile, die wir ausmachen können, also keineswegs von Dauer sein müssen. Und wie immer, wenn etwas für uns Entscheidendes verloren gegangen ist, schätzt man es dann deutlich besser und gewichtiger ein. Es ist aus dem Fach der Selbstverständlichkeiten endgültig herausgefallen.

Die Freiheit des Einzelnen endet da, wo sie die Freiheit des Anderen einzuschränken beginnt, ein vielfach zitierter Spruch. Doch es gibt noch eine weitere, Grenzen aufbauende Instanz, die Gesellschaft. Mitunter legen sich diese geschriebenen Haltelinien noch näher an einen heran als die berechtigten Ansprüche der Mitmenschen. Es ist eben nicht ausgemacht, dass die persönliche Freiheit sich regelmäßig verbessern lässt. Wenn die Regeln des menschlichen Zusammenlebens weite Spielräume in sich tragen, wird es einen stetig wachsenden Anteil an Personen geben, die diese Freiräume übernutzen und die Linien übertreten. Je größer ein Land sowohl in der Fläche als auch von der Anzahl seiner Bewohner her ist, desto schwieriger wird es, eine für alle geltende und von allen angenommene Ordnung aufzustellen. In jedem Fall wird nur ein Teil der Menschen aus Verantwortung gegenüber den anderen in der Gemeinschaft diese Rahmenbedingungen von sich aus annehmen. Der Rest benötigt mehr als diese unsichtbaren Mauern. Er wird erst deutlich reagieren und nachdenken, wenn ihm etwas von seiner bisher genutzten und beanspruchten Lebensfreiheit entzogen wird.

Wenn dann auch noch eine Nähe von Staatsvertretern und der Bevölkerung nicht mehr gegeben ist, weil die Entfernungen und die damit einhergehende Entfremdung zu groß geworden ist, bilden sich die ersten Löcher und Risse in den einzelnen Ebenen der Gesellschaft. Dies hat zur Folge, dass erreicht geglaubte Lebensstufen zu bröckeln beginnen. Ein sicheres Stehen und Auskommen nicht länger gegeben ist. Irgendwann stellt man dann fest, dass man diese Beschädigungen selbst nur ungenügend schließen kann, man hilflos danebensteht. Man befürchtet, durch diese Brüchigkeit weit mit nach unten gezogen zu werden. Kleine Veränderungen können unverhältnismäßig starke Auswirkungen haben, wenn der Boden porös wird. Die Ausbreitung der Wellen in einem See hängt auch vom Untergrund ab. Man spürt auf einmal die Situationen der Geschichte neben sich, wie die Wellen als Schallsignale des Wassers. Obwohl man weiß, dass eine Krise nicht gleichbedeutend mit einem Niedergang ist, sondern durchaus der Anfangspunkt für eine neue, aufbrechende Zeit sein kann, wird man eine Phase der ungewollten Veränderung durchlaufen müssen. Die Verwirklichung der alten Ziele mit dem jetzt notwendig gewordenen Weiterdenken ändert allmählich die Ziele selbst und macht schließlich aus ihnen etwas, was man eigentlich nicht in seiner Absicht hatte, jetzt aber angemessener scheint. Es dauert, bis einem die Lage vertraut vorkommt, bis man sie aus dem Dämmerschlaf zu sich heranholen kann.

Beeindruckend oder bedrückend

Wir verdrängen immer wieder bestimmte Erfahrungen, weil sie im Gegensatz zu den bekannten, familiären oder öffentlichen Sitten und Gebräuchen stehen. Durch dieses Wegschieben in unser unterbewusstes Inneres füllen wir die Bereiche unserer Gefühle auf. Wir überfüllen sie gelegentlich damit und versuchen dann, dieses irritierende, nicht genau zu Beschreibende mit unserem Verstand zu greifen und für uns erklärbar zu machen. Die kurz aufgeblitzte, ungewöhnliche Eigeninitiative wird von uns weggesperrt, wir ordnen uns ein oder unter. Unseren gewünschten Lebenswegen hat sich wieder eine neue Sackgasse mehr hinzugefügt. Wenn sich diese Abläufe häufen, gerät das innere Gleichgewicht deutlich in Schieflage. Falls man jenen innewohnenden Kern Seele nennen kann, müssen diese dort entstandenen Narben erst verwachsen, bevor sich eine ähnlich geartete, große Herausforderung breit machen kann. Die allgemeine Empfindsamkeit hat so weit abgenommen, dass es offenbar kaum mehr jemanden stört, wenn die luxuriösen Werbungen für Katzenfutter und anderes angeblich notwendige Zubehör für Haustiere genau neben dem erschütternden Artikel über globalen Hunger und der damit verbundenen Sterblichkeit anderer Menschen eingeschoben werden. Neue Bedürfnisse werden ständig für uns ausgedacht, ob wir wollen oder nicht.

In ihrem Umgang mit den Schwächeren zeigt sich das Gerüst einer Gesellschaft, zu der wir, aber auch unsere Vorfahren ihren bescheidenen Anteil beigetragen haben. Die Entscheidung Einzelner hat innerhalb großer Gruppen nur geringe Auswirkungen oder Folgen. Je kleiner Gebilde, wie zum Beispiel Staaten sind, desto eher kann eine einzige Meinungsstimme etwas bewegen. Personen, denen wir eher vertrauen können, scheuen sich nicht, neben ihrem Mitdenken auch Regungen, Gefühle zu zeigen. Eben die gesamte Bandbreite des menschlichen Daseins. Unsere heutige, bestehende Lebensform, die Demokratie, verliert ihre Handlungsfähigkeit vor allem durch das nach langem Bestehen einsetzende, schwindende Interesse an ihr, der damit geringer werdenden Unterstützung zur Sicherung ihrer Beständigkeit durch die nachlassende, gesellschaftliche Gleichheit. Es hat sich in unserem Land eine zunehmende Spaltung in der Gesellschaft aufgetan, was das erlangte Wissen und den geldlich möglichen Spielraum anbelangt. Die Verpflichtungen gegenüber einer Gemeinschaft sind gegenseitig. Man kann nicht für andere arbeiten, ohne gleichzeitig auch für sich selbst etwas zu erarbeiten.

Viele Dinge, die uns berühren, für welche wir eine Verbindung mit uns herbeiführen können, gibt es nicht allzu häufig. Es sind keine industriell hergestellten Waren. Mit Fabrikmitteln lassen sich zwar schnell hohe Auflagen herstellen. Jedoch keine Sachen, die sich einer Vereinheitlichung oder einer großen Menge verschließen. Waren in den letzten fünfzig Jahren noch die

Lohnkosten ein Maß für die Vergleichbarkeit der Arbeit eines Menschen, so ist längst diese Lohnstückzahl an diese Stelle vorgerückt. Damit hat auch die Verbundenheit der Leute mit ihrer Tätigkeit abgenommen. Weil man lediglich einen Teil anzufertigen hat, weiß man nicht mehr, wofür das Ganze eigentlich stehen soll. Der Gesamteindruck verliert sich mit der verlorenen Übersicht. Wenn sich die Bedingungen so schlagartig ändern, dass aus in geringer Anzahl hergestellter Sachen plötzlich Vielfachprodukte werden, ändert sich auch das persönliche Befinden. Die Sache ist einem nicht mehr so wichtig, wohlig und vertraut.

Blaue Blumen

Johann Wolfgang von Goethe an Karl Ludwig von Knebel 17. April 1782

„Du weißt aber, wenn die Blattläuse auf den Rosenzweigen sitzen und sich hübsch dick und grün gesogen haben, dann kommen die Ameisen und saugen ihnen den filtrierten Saft aus den Leibern. Und so geht`s weiter, und wir haben`s so weit gebracht, dass oben immer in einem Tag mehr verzehrt wird, als unten in einem beigebracht werden kann."

Aus unbedeutenden Blumen werden bedeutende. Aus Modefarben entwickeln sich im Laufe der Jahre alte Selbstverständlichkeiten und der menschlichen Natur wohnt heutzutage die Eigenschaft inne, fortwährend etwas Neues erhaschen zu wollen. Die Größe unserer heutigen überfrachteten und flächenraubenden Zeit wird sich erst mit mindestens zwei Generationen Abstand zeigen. Ob sie in ihrer Gesamtheit je Wertemaß für andere Zeiten werden wird, darf bezweifelt werden. Wie viele haltbare Früchte wird sie die Zukunft ernten lassen?

Doch gerade das Seltene, Seltsame behält den Reiz nur deshalb, weil seine Reichweite so gering angesetzt ist. Es taucht nicht sehr oft auf und darum wird es begehrt. Je genauer wir ansehen, was wir erblicken, desto exakter entdecken wir Details in dieser begrenzten, eingekreisten Umgebung. Desto eher erschließen wir uns die Möglichkeit, etwas zu erfassen, was wir noch nie sahen. Schlicht formuliert, erfordert dieser Vorgang eine gut ausgeprägte Neugier, eine Ausdauer im Umgang mit identischen oder noch fremden Themata. Ein tieferes Eintauchen in die Welt der Abläufe mit neuen, ungewohnten Begriffen und Fachbegriffen. Auch nach vielen Aufenthalten in der freien Natur stehen wir vor unbekannten Anblicken, bei denen wir selbst unser Unwissen spüren und uns gegenüber formulieren müssen: „Davon habe ich nichts gewusst. Das sehe ich zum ersten Mal. So etwas habe ich noch nicht beobachtet". Manchmal denken wir: "Und dies alles hattest du so lange um dich herum, ohne es zu erkennen, ohne davon zu wissen und zu spüren, welch interessanter Bereich sich hier auftut".

Neue Betrachtungen sind ein regelrechter Kosmos. Wissen kommt nie zu einem endgültigen Ende. Auf Schritt und Tritt erfassen wir bisher nie Gesehenes und bestaunen nebenbei lauter Dinge, viele Einzelheiten, die Maler und Poeten bisher für sich behalten haben, so erscheint es uns. Doch falls wir behaupten, sie hätten es uns „unterschlagen", in dem Atemzug, im selben Augenblick sorgt die Ehrlichkeit für den korrigierenden Teil. Innerlich, ohne groß Aufhebens zu machen, sekundenschnell, erscheint uns die Palette unseres bisherigen Wissens. Manche belegen den gesamten Ablauf mit dem Begriff des Gewissens, andere nennen es einfach nur Erinnerung.

Albrecht Dürer war es, der zum ersten Mal ein ordinäres Stück Erde mit Wildwuchs in den Rang eines Kunstwerkes erhob. Mit einem seiner Gemälde aus der Reihe „Das Rasenstück" von 1503 eroberte er die Innenwände der Häuser. Nie zuvor hatte ein Künstler die ungestüm vor sich her wachsende Natur als Motiv für ein Bild gewählt. Gerahmte Wildgräser und Kräuter, wie der abgebildete Wegerich, waren von da an etwas Besonderes und veränderten auch den Blick der Menschen auf die nahe, eigene Umgebung, erhöhten damit ihre Wertigkeit. Albrecht Dürer war der erste Markenkünstler aller Zeiten, weil er auch inmitten seiner Werke die Anfangsbuchstaben seines Namens erscheinen ließ und nicht, wie bisher üblich, am Rand oder gar der Rückseite des Holzes oder des Papiers. Was hindert uns daran, aus dem Fundus der ursprünglichen Natur die ein oder andere Wildpflanze aus den alten oder historischen Büchern und Bildern heraus wieder einzusiedeln. Ein Gewächs, das noch nicht durch zahlreiche Züchterhände gewandert ist. Eine der Pflanzen, die ihr blauestes Blau auch bei ihren Nachkommen noch zeigen wird, ohne den industriellen Entwicklungen der Hybridisierung und Genveränderung im jetzigen Zeitalter zu nahe gekommen zu sein. Und auch dann kommt der Gedankengang, dass dieses auserkorene Gewächs doch noch irgendwo an einer Stätte steht, deren vormalige Nutzung für uns inzwischen nicht mehr sichtbar ist, sondern umwoben von Grün uns Nachgekommenen nun dieses verführerische Blau anbietet. Wir müssten es lediglich suchend für uns finden.

lange zurück liegendes leben färbt sich graswüchsig ein
irgendwann wächst auch dieses wieder graswurzelwärts

Die Plätze sind selten geworden, die Jahr für Jahr wiedererwachen, ohne irgendeinen Umbau oder eine Sortimentsänderung erlebt zu haben. Die eine beruhigende Stetigkeit fürs Auge und für die Seele bieten. Einen Ort, an welchem man sich ausruhen kann, weil man ihn kennt und keine neuen innerlichen Notizen davon machen muss. Der unaufdringlich und erfassbar bleibt. Lassen wir uns nicht vom einfachen Äußeren abschrecken. Haben wir die Zeit, vielmehr die Muße dazu, so können wir ein Stück dazwischen blicken. Zwischen den Zeilen liegt meist ein Mehrfaches an Bedeutung und Gehalt. Vielleicht nennen wir es Reflexion oder tiefes Nachdenken.

Die Natur mit ihrer außerordentlich schöpferischen Kraft hat die Freiheit und Unvorhersehbarkeit, die wir nur kläglich nachahmen. Kausale Zusammenhänge sind nicht nur logisch und berechenbar, im günstigsten Fall sind sie auch vorauszusehen. An solchen Orten gleitet die Zeit aufregungslos vorbei. Dort wo Menschenhände, mit ihrer harten technischen Ausrüstung, ungnädig zugegriffen haben, wird es fast zum Luxus, wenn eine Versiegelung aufbricht und es dann auch irgendwie „ertragreich" wird. Die Natur an sich setzt sich in ihrem Zeitmaß über menschliche Eingriffe hinweg. Der Zwischenraum, diese entschwundene Zeit fällt uns dann in Form einer aufkeimenden Wildpflanze in die Hände. Dann suchen nicht wir die Erinnerung, sondern sie hat uns gefunden. Nicht aus Zufall berührt uns dieser Anblick, auch wenn er rückwärtsgewandt scheint. Mit der Natur gibt es nichts Wertloses, aus Allem bildet sie wieder etwas heraus. Die Vergänglichkeit sonnt sich im Licht der Unvergänglichkeit. Für manchen bleiben solche Erlebnisse die einzigen Bekanntschaften, die sein Herz näher angehen. Für andere spiegeln sich zwei Welten ineinander, ohne den dazwischenliegenden Bereich zu vergessen. Diesem kurzen Moment möchte man unvermittelt in den Arm fallen.

Wir sind heute in eine neue Welt eingetreten, in welcher alles intensivere Farben und Akzente haben muss. Wir sind in Zeiten angekommen, in denen die weißen Landschaften bei uns inzwischen meist aus Industrieschnee, dem gefrorenen Wasserdampf der Schornsteine, bestehen. In denen Blüten künstlich verfärbt werden, nahezu kein Frauenhaar mehr seine ursprüngliche Farbe zeigt. Wie wäre es mit bewährten, historischen Gewächsen und deren Vorgängern, den normalen Wildformen. Zum Beispiel dem Veilchen, Viola minor, einer lange blühenden, duftenden Gartenstaude. Pfarrer Sebastian Kneipp (1821 - 1897) lobte seine Wirkung als Hustenmittel. Der griechischen Göttin Persephone war es als Totenblume geweiht. Auch die Wegwarte, die Cichorie, blüht in hellem, winterkalten Blau. In Kriegszeiten diente ihre geröstete Wurzel als Kaffee-Ersatz. Die große Gruppe der Glockenblumen halten das kräftige Blau in ihren trichterförmigen Blüten fest und öffnen es entweder gen Himmel oder neigen es der Erde zu. Einzig eine Sorte der Gentiana blüht gelb, von ihr wird die Erdwurzel zur Herstellung von Likören und Magenbittern verwendet. Unter der als Gartenstaude bekannten Gruppe der Schwertlilien findet sich die Iris florentina, eine weißlich-blau blühende Pflanze, deren Rhizome früher als heilsame „Beisswurzel" beim Zahnen kleiner Kinder eingesetzt wurden. Sie mussten nicht desinfiziert werden. Ein Abspülen mit heißem Wasser genügte. Heutzutage werden den Kleinsten, vorwiegend aus völlig übertriebenen Hygienegründen, nur gelgefüllte Kunststoffringe gereicht.

Die Blaue Blume, in den überlieferten Märchen und Gedichten, war immer vom Wesen her etwas Magisches und vor allem Begehrtes. Es war die Wunderblume der Romantik, von Goethe bis Novalis, der eigentlich Friedrich Freiherr von Hardenberg hieß. In ihren Romanen und Gedichten als tiefsinniges Symbol zarter Sehnsucht gebraucht, das damit auch zur Blume des Herzens stilisiert wurde. Der Wunsch blaue Rosen zu bekommen, hat sich bis heute nur auf dem Papier der Prospekte erfüllt. In der Realität kann sich die Königin der Blumen bis jetzt nur mit dem Prädikat „dem Blau am meisten nahekommend" schmücken.

Die sogenannte weiße Wäsche hat in Wirklichkeit durch das Waschmittel einen Stich ins Blaue bekommen, der größere Reinheit ausdrücken soll. Vormals wurde mühselig von Hand gewaschen und diese Wäsche dann zum Bleichen in die pralle Sonne gelegt. Sie hatte niemals einen bläulichen Stich, sondern, da reines Leinen oder blanke Baumwolle verwendet wurden, eine leicht gelbliche Tönung. Auch bei der Kleidung bleibt das Blau begehrter Farbton. Die Künstler verwendeten für die Ausgestaltung der üppigen Marienbilder eine mit gemahlenem Lapislazuli aus fernen Ländern und Leinöl vermischte, dann verdünnte Paste. Das Gold der Farben, der hier angebaute Färberwaid wurde zuerst durch den aus anderen Kontinenten stammenden Indigofarbstoff ersetzt, doch schon kurze Zeit später durch industriell hergestellte Pigmente. Ein blauer Garten an sich hat geringe Fernwirkung, er zeigt sich leicht melancholisch und geheimnisvoll. Um darin die Intensität der Farben gut beurteilen zu können, muss man nahe herantreten und verweilen. Erst dann erschließen sich auch, neben dem Farbton, die genauen Formen der so kostbar gewachsenen Blüten, wie auch manche Tönung anderer grünbläulicher Blätter.

Heinrich von Ofterdingen Unvollendeter Roman von Novalis 1802

„Er handelte von dem Ursprunge der Welt......von der allmählichen Sympathie der Natur, von der uralten, goldenen Zeit und ihren Beherrscherinnen, der Liebe und der Poesie, von der Erscheinung des Hasses und der Barbarei und ihren Kämpfen mit ihren wohltätigen Göttinnen, und endlich von dem zukünftigen Triumph der letzteren......der Wiederkehr eines ewig goldenen Zeitalters. Träumend wird ihm bewusst, dass jenes Mädchengesicht, zu dem der Kelch der blauen Blume sich zusammenschloss, das Mathildes war; derselbe Traum kündigte ihm jedoch an, dass er sie noch verlieren, später aber erneut gewinnen werde......Ein alter Einsiedler und Arzt, der ihm die unmittelbare Sprache der Natur in Blumen und Pflanzen deutet, kündigt ihm dann die Ankunft des goldenen Zeitalters an."

Kindlers Neues Literatur Lexikon

Wenn Verbundenheit zu Zweisamkeit wächst

Wenn man einen Flecken Erde zur Verfügung hat, kommt vielleicht irgendwann der Zeitpunkt, an welchem eine gewisse Sammelleidenschaft eintritt. Man beginnt, diesen beschränkten Raum gezielt an ausgewählte Pflanzen zu vergeben oder lässt sich völlig von seinen Vorlieben leiten. So weit wie zu Zeiten der sogenannten „Tulpenmanie", die ihren Anfang Mitte des 16. Jahrhunderts in den Niederlanden fand und nahezu schlagartig zwischen 1630 und 1640 mit einem rasanten Verfall der Zwiebelpreise zu einem Ende kam, muss keiner gehen. Damals verloren genügend Händler und Privatpersonen ihr Vermögen durch ein vorgezogenes Spekulieren mit der vermehrten Blumenzwiebelware und ihrem Aussehen. Die Brutzwiebeln gaben nicht immer die gewünschten und außergewöhnlichen Merkmale wieder. Nachdem dies immer häufiger der Fall war, brach auch der Markt für diese Ware ein. Soweit eine knappe Kurzfassung. Interessant bleibt, dass das streifige oder gesprenkelte Farbenspiel dieser Steckblumen durch ein Mosaikvirus hervorgerufen wurde, was man damals noch nicht wusste, also letztendlich durch einen sich verändernden, krankhaften Verlauf und deshalb nicht immer das vom Hersteller angepriesene und vom Kunden gewünschte Aussehen liefern konnte. Heutzutage existieren keine der auf vielen Graphiken und Kupferstichen abgebildeten Blüten mehr. In jedem Fall würden bei Ausbruch einer derartigen Seuche sofort alle betroffenen Gewächse vernichtet, um nicht den gesamten Bestand an Tulpen zu gefährden.

Unsere heutige Wirklichkeit liegt dann irgendwo unterhalb dieser ehrgeizigen Ansprüche. Pflanzen verstellen sich nicht, sie sind zu tiefgreifender Täuschung nicht in der Lage, zumindest nie in dem Ausmaß, in welchem wir Menschen manchmal aufeinandertreffen. Dieses Beiderseitige mag zuerst unverständlich erscheinen. Was Pflanzen anbelangt, geht man eher von einem Ablauf in eine Richtung aus. Wissenschaftliche Versuche und Beobachtungen mit Musik und Berührungen haben allerdings gezeigt, dass sich das Wachstum und der Zustand der grünen Geschöpfe förderlich beeinflussen lassen. Gewächse senden Duftstoffe in ihre Umgebung aus und teilen anderen Artgenossen mit, dass sich an ihrer Stelle eine wohltuende Atmosphäre befindet. Sie warnen andere Pflanzen vor nahenden Fressfeinden oder dem Auftauchen von Schädlingen. Einzig an uns liegt es, diese Kennzeichen wahrzunehmen, zu respektieren und zu beiderseitigem Wohlwollen weiter auszubauen. Und doch ist mir im Hintergrund, im „unbewussten" Teil meines Kopfes klar, dass irgendwann ein Ablauf von außen kommt, der ein derartiges Mensch-Pflanzen-Verhältnis beendet, sei es die Katze eines Nachbarn, Trockenheit, scharrende Wildtiere oder dass das Älterwerden die eigenen Möglichkeiten so einschränkt und damit dieses zarte Band zwischen uns zerschneiden wird. Auch dieses besondere, freudige Ereignis unterliegt den Regeln der Natur, die ein immerwährendes Werden und

Vergehen als eines ihrer Grundprinzipien auserkoren hat. Auch ich bin ein Kind der Zeit, und sollte in meiner beschränkten Lebenslänge die Tage und Stunden nutzen, um viele solche Zweisamkeiten anzulegen. Wenn sie einmal vergehen, so bleiben wenigstens noch die erinnerten Bilder und Gefühle der einstmaligen Freude.

Von Zahlen und Formen

Das Leben dehnt sich entweder aus und wächst oder zieht sich zusammen in einen Punkt und dann in das Nichts zurück. Blütenblätter oder die grüne Farbe enthaltende Blätter erscheinen nahezu immer in ungerader Anzahl. Blumen mit ein oder zwei Blütenblättern sind ziemlich selten. Bei den Kleeblättern sind es die bekannten drei an der Zahl, bei den Robinienbäumen gewaltige dreiundzwanzig Blätter. Bei der alten Heilpflanze dem Johanniskraut, ist zwar die Anzahl der Blätter veränderlich, aber ungerade. Sie schenkt uns ein wunderbares, rotes Oel, indem sie zusätzlich feinste Löcher in ihren grünen Blatteilen und gelben Blütenblättern erworben hat, die somit die wirksame Oberfläche und damit die Lichtausbeute erhöhen. Die meisten Blätter der höheren Pflanzen winden sich immer so um einen Stiel, dass keines ein anderes versteckt. Jedes ist also in der Lage, den höchsten Anteil an Sonnenlicht oder Feuchtigkeit über seine Blatthaut aufzunehmen. Wenn Tropfen von jenen herunterfallen, so treffen sie auf ein anderes und werden nahezu immer von der Wuchsanordnung des Laubes in die Richtung der eigenen Wurzeln geschickt. Bei vielen Pflanzen sind diese Blätter alternierend angeordnet. Genauso wie die meisten Apfelbäume nicht jedes Jahr, sondern meist nur alle zwei Jahre eine üppige Ernte tragen und halten können, ist das Laub im Versatz, abwechselnd und in einer Spirale längswachsend angeordnet. Sich entfaltende Blätter haben sich ebenfalls dieses gewundene Aufdrehen zu eigen gemacht. Das Auge jeder Spirale ist ein besonderer Ort, an dem sich die Kräfte das Gleichgewicht halten. Wie das Auge eines großen Sturmes, in welchem die Wetterbedingungen der Winde oder des Regens außen herum in schwarzen Wolkengebirgen bedrohlich aufwachsen und weiter mittig eine geradezu herrliche Ruhe und Ausgeglichenheit herrschen, manchmal auch in himmelblauer, nahezu himmlischer Farbtönung.

Die Samen des Granatapfels sind ursprünglich kleine Kugeln. Wenn sie wachsen, also sich weiter ausdehnen in die weiße Innenschicht der Frucht, bekommen sie Druckstellen und werden letztendlich in eine geometrische Form gepresst. Genau wie Bienenwaben ergibt sich eine exakt gleiche Struktur für jeden der roten Samen. Inzwischen hat man nach diesen Vorlagen platzsparende Anordnungen für Verpackungen konstruiert. Ob Ananas oder Pinienzapfen und Sonnenblumenblütenstand, in keinem dieser Dinge beschreiben die einzelnen Oberflächen Kreise. Die Anordnung dieser Samen oder Schuppen bewegt sich immer in Spiralen von einer Mitte aus, die sich mit normalen Augen nicht genau bis in ihr innerstes Zentrum hinein verfolgen lässt und doch beginnt diese gedrehte Linie irgendwo in diesem mitten liegenden Punkt. Aufsteigender Wasserdampf bewegt sich genauso wie die Unwetter oder ablaufendes Badewasser in Spiralen oder Wirbeln. Es gibt in der Natur ein besonderes Verhältnis einzelner Längenmaße zueinander, den Goldenen Schnitt.

Naturformen oder ein Kunstwerk lösen ein Gefühl der Schönheit und Anmut in uns aus. Wir werden von alten Bauwerken, großen Kirchengebäuden regelrecht begeistert angezogen. Es fällt ein Abglanz jener Zeit bis in unsere Tage. Schönheit ist ein warmes Gefühl, wir empfinden sie, können sie aber lediglich sehr ungenau beschreiben. Vielleicht trifft ein Begriff ihr Wesen am besten, sie ist zeitlos, überdauert Jahrhunderte. Wenn viele Generationen sich an den Längen der Ausarbeitung bestimmter Kunstwerke erfreuen, dann kann man davon ausgehen, dass in diesen ein Höchstmaß an vollendetem Können widergespiegelt wird. Die mittelalterlichen Kathedralen ließen in ihren enormen Höhen das Echo zusammen mit den einzelnen Gesängen auf- und abschweben. Es verstärkte sich ein gewaltiges Klangerlebnis, das wir in unserer heute so kleinteilig ausgeführten Häuserwelt nicht mehr erreichen können. Wir bauen heute keine Kirchen mehr, sondern meist gläserne Wohn- und Arbeitstürme. Diese berühren durch ihre Gleichförmigkeit auch das Gefühlsleben ihrer Benutzer in anderen Bereichen als dies bei früheren, gegliederten Gebäuden der Fall war. Dieses Zurechtfinden im Bekannten lässt sich bei Neubauten oft nur über die Stockwerksnummern der einzelnen Fahrstuhletagen steuern, doch man findet dort keine harmonischen Proportionen und eindeutigen Merkmale mehr, um etwas sofort und zweifelsfrei zu erkennen.

Wo befreundete Wege zusammenlaufen

Diese Worte von Hermann Hesse setzen voraus, dass Freundschaft bereits besteht, um Wege zusammenzuführen zu einem gemeinsamen Gehen. Das Ziel ist der Weg, der Weg ist das Ziel. Das sind unterschiedliche Sichtweisen, verschiedene Ausgangspunkte, fast schon Glaubensbekenntnisse, denen Hesse sein Leben lang in seinen Texten nachgespürt hat.

Ich verwende die Bezeichnung Freundschaft nicht sehr häufig. Ich habe sie bisher nicht an sehr viele Menschen vergeben. Nicht, dass es mir grundsätzlich an Kontakten mangelte, phasenweise durchaus, wenn ich mich zurückzog, neu orientieren musste. Es ist der Klang, der das Einmalige enthält, die Tiefe, die Liebe, das Vertrauen, die für mich in diesem Wort liegen. All dies macht es mir äußerst wertvoll. Bestimmt gehörte es für Hermann Hesse auch zu den goldenen Worten. Ein goldenes Wort, welches ein magisches Bild voller Glanz entwickeln kann. Ein Abbild davon sollte sich im Gegenüber wiederfinden, vielleicht auch möglichst genau nach den eigenen entwickelten Vorstellungen, die in unserem Gehirn abgelegt sind. Wenn die Maßstäbe zu hoch angesetzt werden, bleibt es allerdings sehr schwierig, dass ein anderer Mensch den Vorgaben entsprechen kann. Nein, ich war eher geizig, vom Erleben, vom Beobachten geprägt. Damit habe ich mir und den Freunden aber auch dieses Herausragende erhalten können, bis heute. Und habe deutlich unterschieden zwischen Bekannten, Kollegen und früheren Schulfreunden, weiterhin unterteilt in Nachbarschaft und Verwandtschaftsvorgaben, in flüchtiges Kennenlernen, in Menschen als einfache Gesprächspartner, in unvermeidbare Zweckgemeinschaften und notwendige Kontakte. Es gibt nur wenige Freundschaften, die ein ganzes Leben begleiten, aber selbst da erscheinen verschiedene Ursachen für Bestehen und Vergehen. Es bedarf der nötigen Toleranz und Empfindsamkeit, vor allem gelebter Ehrlichkeit und Ausdauer, um mit den vielen Missverständnissen im menschlichen Zusammenleben doch gemeinsam über die Lebensjahre zu kommen. Lügen und andere Nachlässigkeiten lassen innige Beziehungen verdorren, wie Pflanzen in der austrocknenden Luft des heftigen Windes. Auch muss man zum Verzeihen fähig sein.

Suzanne war Engländerin, seit zwei Monaten in Deutschland. Ich konnte nur das schmale gelernte Schulenglisch, hatte nie wirklich damit gesprochen. Und doch fanden wir einen Weg, diese halben Sprachen zusammenzuführen zu einem Ganzen. Es war mehr als das. Denn es entsteht unter wahren Freunden und liebenden Menschen eine eigene Sprache, die ohne Sprechen fließt, ein Verstehen, das ohne Raum ist und Zeit. Es umgreift den Bereich für den es keine schnellen Worte gibt, das Gefühl - die Sprache der Seele. Wie dauerhaft dies sein kann spüre ich heute. Ich musste mich schlagartig von Sue trennen, Schicksal. Dieses Wort, das so kalt und abgehackt klingt, bricht ein Stück aus dem eigenen Wesen heraus.

So hinterlässt Freundschaft Spuren, die nur dem Einzelnen sichtbar bleiben, wie ein Lächeln im Schatten, die Sterne am Tag. Irgendwann verschwendet sich kein Gedanke mehr daran, sie nach Außen erkennbar zu machen, und der Wunsch nach Greifbarem schläft sanft im Inneren ein. Vielleicht nennt man das Trauerbewältigung. Die Wunde, die sich in der Seele gebildet hat, vernarbt mit den Jahren. Aber an diese eine Stelle kann kein anderer Mensch treten. Freundschaft wacht lautlos im Stillen, im Dunkel genauso wie im Licht. Sie erträgt und gibt alles: Schwere Worte, hilflose Blicke, mächtige Empfindungen von Geborgenheit und Liebe, sie mildert Schmerzen - ein wertvolles, glückbringendes Geschenk.

Das Lächeln der Augen

Seit wir fast überall auf diesem Erdball nahezu alles bekommen können, weil der Warenaustausch rund um die Weltkugel inzwischen umfassend von uns ausgebaut wurde und das Internet zu einem der Lebensinhalte von uns allen geworden ist, haben die geschichtlich und biologisch gewachsenen Strukturen an Bedeutung verloren. Durch die zunehmende Vereinheitlichung verschwinden auch die einzelnen Merkmale der Ortschaften und Länder, genauso wie die unterschiedlichen Ausprägungen der Menschen durch ihre Herkunft und andersartige Kultur, in einem einzigen Nebelgrau an Gleichförmigkeit. Die persönlichen Bezugspunkte und die haltgebenden Beziehungen lassen sich über Entfernungen hinweg eben nicht in gleicher Weise aufbauen, es fehlt an ins Innerste gehenden Augenkontakten. Es mangelt uns an Möglichkeiten, andere Personen aus der Nähe mit allen uns mitgegebenen Sinnen betrachten und kennenlernen zu können.

Was eine Zeitlang kaum benutzt wird, verliert die Geschmeidigkeit. Es wird schwieriger, neuen Beobachtungen einen Stellenwert beizuordnen, da wir weniger erleben, was so tief in uns eindringt. Wir können uns heute ein Auskommen ohne Telephon oder bildschirmgebundenen Rechner nicht mehr vorstellen. An ihnen erproben sich unser Hören und unser Sehen. Aber schon ein vor Aufregung schnelleres Herzklopfen, ein vor Freude leicht verfärbter Kopf, können nur von Nahem richtig eingeordnet werden. Diese Intimität können uns die technischen Errungenschaften nicht bieten. Je weniger unsere körperlichen oder gefühlsmäßigen Bereiche gefordert sind, desto weniger verlässlich sind unsere Folgerungen aus eintreffenden Eindrücken. Wir lernen hauptsächlich durch Vergleichen der gegenwärtigen Erlebnisse mit den schon in uns eingegangenen Erfahrungen. Wir suchen nach Ähnlichem in allen Abläufen, um das Andere einschätzen zu können, aber auch um unsere Bedürfnisse nicht aus dem Blick zu verlieren. Wir überprüfen, ob sie sich gut in dem Geschehen unterbringen lassen. Wenn die Verhältnisse genauso zu sein scheinen, wie sie aussehen, sind wir zufrieden und unsere Atmung, unser Herzschlag und unsere Gesichtszüge nehmen eine entspanntere Haltung an. Erst im ruhenden Nachdenken kommen die innigsten Wünsche zur vollen Entfaltung, können wir sie richtig ausbreiten und ihre Vorteile und Verbindlichkeiten abwägen. Sobald wir uns aber getäuscht fühlen oder enttäuscht sind, brauchen wir weitere, sichere Vertrauenshinweise und suchen nach belegbaren Tatsachen, von denen wir wissen, dass sie von uns inzwischen unverrückbar eingeordnet werden können.

Manchmal verwechseln wir einen gefühlsmäßigen Zustand mit einer die Person kennzeichnenden Eigenschaft. Ein Lächeln kann ehrlich und aufgesetzt sein. Daraus lässt sich aber nicht unbedingt ableiten, dass dieser Mensch besonders lustig oder fröhlich ist. Können sich doch in jedem Gesichtsausdruck mehrere Gefühle wiederfinden, auch das ist ein Hindernis dafür, auf Anhieb die richtigen Zuordnungen finden zu können. Einerseits sind es diese nur Bruchteile von Sekunden dauernden, unkontrollierbaren Bewegungen in anderen Gesichtern, die wir aufnehmen müssen, und ebenfalls genügend Zeit braucht es, diese sogenannte Menschenkenntnis zu erlangen, die die Schubladen nicht einfach schnell öffnet und vorgefasste Urteile nicht gewohnheitsmäßig einsetzt. Ein blitzschnelles Betrachten liefert uns manchmal vollkommen andere Einschätzungen als die restliche Mimik insgesamt beisteuert.

Der Anfangsgarten

Oft liegen die Anfänge eines Gartens schon weit in der Kindheit. Manchmal wurde von den Eltern oder Großeltern ein kleines Stück Beet verschenkt und eine Handvoll gleich großer, aber unterschiedlich gefärbter Samen fanden dann noch unbeholfen den Weg in den blanken Boden. Dann ergaben sich die lehrenden, eigenen Versuche, das Gießen, das erste Ernten des gestreiften Zauberkürbises, der das stolzeste Lächeln heraufbeschwören konnte. Den man nicht gegen Gold tauschen würde. Dann bekam man auch die erste grüne Pflanze überreicht, deren Wurzeln wie riesige ineinander verwachsene, dünne Spinnenbeine aussahen. Nichts durfte davon abbrechen, sonst konnte dieses Geschenk nicht wachsen. Bei der nächsten anderen Pflanze gab es gar nur eine einzige dicke Wurzel, mehr braun als weiß. Das Loch im Boden für diese, mit ihren wie silbrigem Filz aussehenden, tellergroßen Blättern musste sehr tief werden, anstrengend tief. Da beförderte die Gartenschaufel auch schon den ersten Regenwurm mit nach oben, der sollte selbstverständlich wieder zurück in sein Stück Erde dürfen. Man war also gar nicht so allein hier wie man dachte. Er fühlte sich leicht feucht, irgendwie rutschig an, aber er ringelte auch sofort wieder in den dunklen Krater hinein nach unten.

Es sind diese intensiven Augenblicke der Lebensfreude, ohne Wenn und Aber, es ist diese gefühlvolle Ehrlichkeit, die den Kindern zu eigen ist, die bei uns Älteren im Zuge der Lebenserfahrungen mehr oder weniger abgenommen haben. Die Kleinen leben so dahin, in dem Glauben, dass es gar nicht anders sein könnte. Die gärtnerischen Tätigkeiten haben auch die wunderschöne Eigenart, dass man sich nicht in Schale werfen muss. Es ist völlig egal, ob diese Kleidungsstücke Löcher haben oder gestopft sind. Sie werden dabei meist schneller erdig, als sie wieder sauber werden. Hauptsache sie sind praktisch und man hat überhaupt etwas übergezogen. Endlich gelingt es auch, ohne irgendwelche Vorhaltungen die unterschiedlichsten Pflanzen „zusammensehen" zu können, die in den anderen, großen Beeten sorgfältig voneinander getrennt waren. Und man wollte auch erst fragen, wenn man gänzlich ratlos, etwas völlig am Misslingen war oder man keine weiteren Experimente wagen wollte.

Man konnte sich auch ungestört mit seinen Gewächsen unterhalten und war sich vollkommen sicher, dass jene einen hervorragend verstehen konnten. Jetzt, weiter im Jahr, wenn die milde Gedämpftheit des noch warmen, jungen Herbstes über dieses Fleckchen Erde kommt, nach diesen unendlich vielen, zu unzähligen Stunden aufgewachsenen Augenblicken der letzten Monate, wusste man bereits, was diese grünen Geschöpfe sprachen. Man konnte irgendwann noch einen Zaun bauen und weiterhin aus der Ferne beobachten, was sich in diesem Gärtchen alles ohne einen tat, wie es sich entwickelt, und hoffte zu begreifen, was es alles beschließt. Man war sich ziemlich sicher, dass sich alle Geschöpfe innerhalb der

Umzäunung miteinander beratschlagten, dass sie sich untereinander halfen und so das Leben und Wachstum dort erst in Ruhe ermöglichten.

Beobachtet hatte man während der ganzen Zeit bereits, wie sich die ersten Blüten im Jahr ganz unten am Boden versammelten. Nun erreichten die Blumen, die jetzt bei kürzeren Tagen blühten, leicht die eigene Kopfhöhe. Auch hatte man schon entdeckt, dass bei den gleichen Pflanzen eine abweichende Blattfärbung auch eine andere Blütenfärbung hervorbringt. Hellere, blassere Blätter krönten sich oft mit weißen Blumen und dunkelgrüne säumten die roten und die blauen Blüten. Die kleinen, kantigen Steine im Boden waren schon sehr alt, mussten viel erlebt haben und mit Sicherheit hatten sie ein hervorragendes Gedächtnis, denn sie hatten auch noch die Erinnerungen vergangener Erdzeitalter in sich aufgenommen. Man umkreiste täglich die gepflanzten, immertragenden Erdbeeren auf der Suche nach reifen Früchten und naschte noch ungewaschene Karotten, wobei die orangenen am besten schmeckten. Die leergeregneten Wolkengebirge waren auf einmal von größerer Wichtigkeit als die Unmengen watteähnlicher, weißer Schäfchenwolken, die einem früher am freundlichsten vorkamen und auf die man immer gespannt gewartet hatte. Später, wenn der raue, windige Herbst die Blumen wichtiger erscheinen lässt, weil es immer weniger wurden an den Vorabenden der Kälte, wollte man noch etwas mehr Platz erbetteln und dann endlich einen eigenen Baum pflanzen, einen, der schön blüht und möglichst auch noch Früchte trägt, die die Vögel verschmähen und vor allem einen, der mächtiger war als man selbst. Zu dem man aufschauen konnte, der schon so dick wie einer der alten im hinteren Garten war, an denen immer die Holzleiter lehnte und wo jetzt schon der Korb für die ersten Äpfel darunter stand.

Und man dachte auch zurück, wie ahnungslos man noch im vergangenen Winter gewesen war und konnte es kaum noch glauben. Aber es war damals so. Jetzt jedenfalls war man schon deutlich klüger, auf jeden Fall selig und zufrieden. Die Ernte konnte einem niemand nehmen, sie verteilte sich geschickt auf verschiedene Tage, auch ohne eigenes Zutun. Allerdings war von einem verlangt worden, doch täglich nach dem Zustand des Beetes mit seiner darin wachsenden Bevölkerung zu sehen und nötigenfalls mit der Gießkanne voll geschöpften Regenwassers für etwas Nässe zu sorgen. Gerne hätte man Löcher gegraben und Matschpfützen entstehen lassen. Das heilige Versprechen, keine Spielfläche an diesem Ort anzulegen, war einem an einem schneereichen Tag im Dezember abgerungen worden. Von der Stunde an beobachtete man jeden Morgen nach dem Waschen und Anziehen, wie dieses Beetstück aussah und überlegte, was man darauf machen könnte. Anbauen nannten es die Erwachsenen.

Eine genügend lange Kindheit braucht es, um eine umfangreiche Sprache aufzubauen. Genauso braucht es ausreichend viele Jahreswechsel, um die Eindrücke des Gärtners mit ins zukünftige Leben zu übernehmen. Kinder sind vielleicht sogar die besseren Gärtner. Auf jeden Fall sind sie neugierig, wollen etwas wissen. Sie sind mit Haut und Haaren bei der Sache und müssen ihrem Alltag noch nicht entfliehen wie viele von uns Erwachsenen. Ein Garten ist etwas zum spielerischen Vergnügen. Ein Garten beginnt bei ihnen in ihren Herzen.

An allem klebt der Zeitgeist

Es gibt Plätze im Garten, die einem hohen Erwartungsdruck standhalten müssen. Pflanzen, an die ein besonders strenger Maßstab angelegt wird. Wenn hier keine Höchstleistungen vollbracht werden, geraten wir schnell in ungerechte Verhaltensweisen. So gestehen wir einer Eibe in der dichten Hecke einen ungleichmäßigen Wuchs zu und übersehen das beginnende Verkahlen der Zweige. Steht aber eine Eibe frei an besonderer Stelle, so ändert sich schlagartig ihre Wertigkeit für uns, und ein kritisches Begutachten lastet auf diesem Gewächs. Dem Anspruch, unseren gedachten und geplanten Zweck zu erfüllen, geben wir eine exakte Definition. In dem Maß, in welchem sich unsere Anforderungen breit machen, steigen natürlich auch die Fehlermeldungen für uns, die unausweichlich folgenden Enttäuschungen.

Nicht nur manchmal nagt diese Nichterreichbarkeit auch an der Gärtnerehre, mitunter sogar am Herrscherrecht. Denn immerhin ist der Garten das einzige Refugium, in welchem der Besitzer nahezu ungestraft tun und lassen kann, was er möchte. In bestimmten menschen- und damit gartengeschichtlichen Epochen war das Formieren von Gewächsen ein ausgesprochenes Gestaltungsprinzip. Letztendlich war natürlich auch der starre, steife Ausdruck Zeichen eines gesamtgesellschaftlichen Zustandes. Man wählte Pflanzen, die von ihrer Art her häufiges Beschneiden ertragen und sich mit langsamem Wachstum gleichmäßig in ihren Verzweigungen entwickeln. Trotzdem waren es alles Pflanzen, die in ihrer ursprünglichen Wuchsform eher aufstrebend gedeihen. Niemals wäre man auf die Idee gekommen eine Forsythie, Spiraea, Kolkwitzie oder Weigelie kugelrund zu schneiden, in Form zu zwingen.

Verblüffenderweise hat sich die Natur in kleineren Strukturen ausgesprochen rund geprägt. Viele Blüten und Samen folgen der Kugel als Ordnungsprinzip. Auch in den mächtigsten pflanzenmöglichen Ausdrucksformen, denen der Laubbaumkronen, lässt sich dieses Merkmal finden. In den gemäßigten Höhenbereichen der Sträucher und Gehölze ist dieser Anspruch bei weitem nicht so ausdrucksstark. Mit der Schnur penibel geschnittene Hecken erscheinen heute fraglich. Sollte sich dahinter ein barockes Kleinod befinden oder sie zur Struktur einer ausgewogenen Gartenkomposition gehören, ergibt sich eine eigene Harmonie, die in sich ruht und nur angenehm auf den Betrachter wirken kann. Allzu oft verbirgt sich hinter diesen Höhen keine den Augen und Sinnen zusprechende Anlage, wenngleich „Gartengrenzen" manchmal vertikale oder horizontale Lösungen erfordern. Oftmals sind die Gärtner selbst nicht zufrieden mit diesem Anblick und ihrer Tätigkeit, verweisen auf den Mangel an Raum und Möglichkeiten. Dieser ganzjährig gleichförmige Anblick birgt eben auch die Gefahr der Eintönigkeit, der Einfarbigkeit in sich. Im Vergleich dazu erscheinen unseren Augen wilde Gärten an sich spannend, lehrreich und vielfältig. Ihnen haftet das Abenteuer des Erforschens an. Sie bleiben auf ihre Art geheimnisvoll, sind nicht sofort zu erfassen. Sie entwickeln die Sehnsucht, etwas zu entdecken, damit auch ausbrechen zu können aus den exakt gleichgemachten Lebensumfeldern der jetzigen Zeit. Doch immer wieder beschweren sich Gremien und Menschen über „verwahrloste" Grundstücke und Flächen in ihrem Umfeld. Was auch immer diese Formulierung aussagen soll, spiegelt sie doch einen Anteil an Hilflosigkeit und ein Maß an Unwillen der Betrachter wider. Der Drang der Natur soll möglichst eingegrenzt und sich in den entfernteren Bereichen, ganz woanders Raum suchen.

Auch der Versuch, die Pflanzenwelt in ausländisch und heimisch aufzuteilen, bleibt ein diffiziles Unterfangen. Auch „ausländisch" wird irgendwann „inländisch", deswegen ist der reine Begriff „heimisch" so irreführend. In welchem Ausmaß die heutigen Gärten noch in der Lage sind, das gesellschaftliche Stadium zurückzuwerfen, bleibt vage. In Zeiten der zuverlässig gewonnenen Freiheit des Einzelnen, den gewonnenen Möglichkeiten der Selbstverwirklichung, könnte man vermuten, dass an die Stelle der strengen Obrigkeitsvorgaben und der damit verknüpften Untertänigkeit nun die freie, unabhängige Persönlichkeit getreten ist. Damit auch die Kreativität und das bewusste Erfassen der Zusammenhänge mehr Wichtigkeit für den Einzelnen eingenommen haben. Welche Auswirkungen dies auf die jetzige Beurteilung der Gartenentwicklung haben könnte ist naheliegend. Wie die Bewertung allerdings endgültig ausfällt, wird sich erst mit dem nötigen Zeitversatz zeigen. Aber sie ist natürlich auch abhängig von der Größe des Verlustes an Gartenkultur und dem Willen, der Zukunft wieder ein Stück Vergangenheit anzufügen.

Wenn Gärten erwachsen werden

In einem eigenen Garten lassen sich Stationen ablesen. Wenn er gut angelegt und ziemlich eingewachsen ist, gleicht er einer gepflanzten Autobiographie. Es ergibt sich eine bestimmte Art und Weise, wie wir mit unseren Händen auf der Erde schreiben. Ideen keimen auf und münden gedanklich in Gartenträume. Die Beschäftigung mit einem Garten, falls man sie als bereichernd und befriedigend empfindet, lässt schnell Phantasiefäden wachsen. Bei diesem Versunkensein bleiben das Machbare und der Aufwand dann meist erst einmal außen vor.

Es mag ein schlichter Stein sein, der uns an frühere Verletzungen erinnert, vielleicht auch ein von gelbgrünen Flechten bewachsener Holunderbaum, bei dessen Anblick wir kurz innehalten und unsere Hand davor zurückhalten, ihn umzuschneiden. Gedanken, an einen Moment in den frühen Jahren, eine Kindheitserinnerung. Bilder eines duftend blühenden Strauches, von dem irgendwann die teigummantelten Blütendolden auf dem Mittagstisch landeten. Die sauberen Hände griffen begierig nach den krossen Leckereien, die es nur einmal im Jahr zu essen gab.

„Man muss das Unmögliche versuchen, um das Mögliche zu erreichen", schrieb Hermann Hesse einmal.

Auf den Garten übertragen, könnten wir zuerst Respekt vor dem Vorhandenen und Überlieferten haben, bevor wir an die Veränderung dieser ererbten Umwelt herangehen. Jedes Grundstück hat eine Vorgeschichte, eine vorhergehende Nutzung oder eine ihm zugedacht gewesene Bedeutung. Alles Vergangene unterliegt dem ständigen Blick der Augen in der Gegenwart und dem Abladen von Wünschen auf zukünftige Zeiten. Doch jeder noch so planerische Versuch sollte sich den jahreszeitlichen Rhythmen der Natur unterordnen. Jeder Dichter hinterlässt in seiner Lyrik Beschreibungen der Umwelt seiner Zeit. Wenn Eduard Möricke (1804 – 1875) sein „Blaues Band" flattern lässt, beschreibt er die Veilchen, die Iris, das Vergissmeinnicht, vielleicht auch schon die Kornblumen, den wilden Rittersporn der Felder. An anderer Stelle betrifft die Sehnsucht nach der Blauen Blume der Romantik das intensiv duftende Blütenkraut des Lavendels. „Schade um die vielen Düfte, die ungerochen bleiben", äußerte einst Karl Foerster, der berühmte Staudenzüchter, der sich lebenslang besonders der Züchtung der mächtigen, azurblauen Stauden, den langblühenden Delphinium-Arten, diesen Rittersporns orten hingab.

Man weiß nie, was daraus wird, wenn die Dinge verändert werden.
Gartenzeit misst sich auch in Schneeglöckchenjahren und Eibenwachstum.

An manchen Gartenteilen macht sich auch die Begegnung mit Menschen fest. Das Stimmengewirr der Erzählungen von Freunden und Verwandten. Besucher, die immer feuchte Augen bekommen, denen der Verlust der Heimat, die eigene Vertreibung, heute noch angesichts eines alten Hauses oder durchgrünten Grundstückes vor dem inneren Auge erscheinen. Heimat hat für sie immer noch mit Wurzeln zu tun. An all jenen Personen, die dann von ihren Emotionen überwältigt, ihr Lebenswissen mit einfließen lassen in die Beschreibungen der Abläufe ihrer frühen Jugendtage. Diese grauen Kindheitserinnerungen sind unbestechlich, so wie kleine Kinder es eben sind. Erwachsene haben ein Kind in sich, umgekehrt haben Kinder noch keinen Erwachsenen in sich, der alles meist schwierig und ummantelnd formuliert. Genau wie uns dieses Zuhören zu Demut Anlass gibt, lernt man aus dem aufmerksamen, wortlosen Zuschauen: Nachdenken über Abschied und Neuanfang. Wir bleiben lediglich ein Zwischenschritt in den Abläufen des Kosmos, mit begrenzten Kenntnissen. In unseren Gehirnen haben sich wohl die heftigsten Erlebnisse eingegraben. Und dann gibt es wieder scheue Gedanken, die müssen in die Luft geworfen werden wie seltene Blumensamen. Ein Garten mag im Laufe der Jahre um einige Pflanzen ärmer werden, unser eigenes Wissen über ihn und unser Können nimmt jedoch immer mehr zu. Wir arrangieren uns irgendwie mit dieser Welt - manche nennen es heimisch werden. Nach mehreren Dekaden verlangt dieses nun Sesshafte nach anderem Umgang. Es ist fest verwurzelt. Natur verharrt, nichts erschüttert sie, nichts vertreibt sie. Sie hat ihren Ablauf. Uns bleibt nur, das Verständnis mit dem einst von uns geschaffenen Hilfsmittel, der Sprache, anzugehen, es stets zu erweitern und manche Gegenstände oder Dinge einfach zu unserer Freude zu verwenden.

Mit zunehmenden Jahrestagen ändert aufwachsendes Grün sein Farbenkleid vom helleren hin zum satteren Farbton. Ähnlich malen manche Kleingehölze. Das Rosablau der Hortensien verlagert seinen Farbenschwerpunkt hin zum Blaugrünen und dann zum dauerhaft gehaltenen, fast eingetrockneten Zustand. Keiner hat jenen Verwelkungsablauf dieses Gewächses besser in Silben einfangen können als Rainer Maria Rilke mit seiner Lyrik aus den Jahren 1907/1908.

Rosa Hortensie

Wer nahm das Rosa an? Wer wusste auch,
dass es sich sammelte in diesen Dolden?
Wie Dinge unter Gold, die sich entgolden,
entröten sie sich sanft, wie im Gebrauch.

Dass sie für solches Rosa nichts verlangen.
Bleibt es für sie und lächelt aus der Luft?
Sind Engel da, es zärtlich zu empfangen,
wenn es vergeht, großmütig wie ein Duft?

Oder vielleicht auch geben sie es preis,
damit es nie erführe vom Verblühn.
Doch unter diesem Rosa hat ein Grün
gehorcht, das jetzt verwelkt und alles weiß.

Wer aus rosa Hortensien eher bläuliche Blüten zaubern möchte, gibt dem
Gießwasser etwas Alaun zu. Dieses Kaliumaluminiumsalz lässt die Blütenfarbe
dann umkippen. Blaugrünliche Blumenstände bleiben außerdem, von der
Pigmentierung her, nach dem Trocknen haltbarer.

Blaue Hortensie

So wie das letzte Grün in Farbentiegeln
Sind diese Blätter, trocken, stumpf und rauh,
hinter den Blütendolden, die ein Blau
nicht auf sich tragen, nur von ferne spiegeln.

Sie spiegeln es verweint und ungenau,
als wollten sie es wiederum verlieren,
und wie in alten blauen Briefpapieren
ist Gelb in ihnen, Violett und Grau.

Verwaschnes wie an einer Kinderschürze,
Nichtmehrgetragnes, dem nichts mehr geschieht:
Wie fühlt man eines kleinen Lebens Kürze.
Doch plötzlich scheint das Blau sich zu verneuen
In einer von den Dolden, und man sieht
ein rührend Blaues sich vor Grünem freuen.

Den Abläufen angepasst

In vielen Bereichen der heutigen Landwirtschaft werden keine Lebensmittel mehr hergestellt, die früher regionaltypisch oder in der Gegend verwurzelt waren, die eine eigene Entstehungsgeschichte und lange Kultur haben, sondern es werden Waren hergestellt. Der vormals große Wert der eigenen Arbeit und der sachgemäße, naturgerechte Umgang mit dem nicht vermehrbaren Grund und Boden werden durch einen Strukturwandel zur größeren Hofstelle, zum Betrieb eines Maschinenparks und eine große Nähe zur chemischen Industrie und ihren Produkten getauscht.

Alle paar Jahre wurde einstmals Äckern eine Ruhephase gegönnt. In dieser Zeit beobachtete man den keimenden Aufwuchs und konnte aufgrund bestimmter wachsender Pflanzen Rückschlüsse auf den Fruchtbarkeitsgehalt des Bodens ziehen. Auf keinen Fall wurde von einem Feld jedes Jahr die gleiche Frucht eingeholt, man wechselte innerhalb seiner Flächen. Die einsetzende starke Züchtung lässt nur noch bestimmte Samensorten oder Tierrassen zu, die weiterhin auch noch besondere von eben jener Industrie hergestellte Dünge- und Spritzmittel benötigen oder ebenfalls gleich mitgeliefertes Spezialfutter. Wenn man noch die vorgeschriebenen und eingesetzten Arzneimittel für die Tiere auf die Waagschale legt, wird diese gewichtig auf eine Seite abwärts kippen. Die Kunstfertigkeit, mit Anwendungen und Heilpflanzen aus der Natur auch in die Viehställe zu gehen und damit die Lebewesen wieder zu kräftigen, ist heutzutage fast vergessen. Es obliegt besonders den Ärzten, aus dem Dschungel einer riesigen Pharmaindustrie die geeigneten Spritzen und Pillen herauszufinden, die den Vorschriften entsprechen, eine Linderung bieten, und auch den weiteren Versprechungen der Arzneimittelindustrie nicht nachzugeben. Auch diesen Bereich musste die bäuerliche Bevölkerung abtreten. Überzüchtete Kühe, Schweine oder Hühner können mit dem Futter, das die Natur auf Wiesen und Weiden wachsen lässt, keine Höchstleistungen vollbringen, sie benötigen mehr.

Diese Abhängigkeit braucht vormals handwerklich erlangtes Können nicht mehr. Der Ertrag und die Erlöse bleiben allerdings für Jahre weit hinter den aufgenommenen Schulden zurück. Jetzt geben sich die Berater die Tür in die Hände. Es werden wieder neue Förderprogramme entworfen. Der einst eigenständige Landwirt muss nun weitere Arbeitszeit aufwenden, um Anträge und Papiere ausfüllen und beantworten zu können, die in ihren Erklärungen jegliche Eindeutigkeiten vermissen lassen. Die Anzahl der nötigen Beratungen wächst gewaltig an. Die Preise für seine hergestellten Waren unterliegen aber Ursachen, auf die er immer weniger Einfluss hat. Dieser Berufsstand ist mittlerweile bei den Ämtern und der chemischen Industrie „angestellt".

Vieles vom bisherigen Wissen stellen neuere Untersuchungsmethoden in Frage. Etliches bedarf bei genauerem Hinsehen einer zeitlich anderen

Einordnung. Manches lässt sich in dem dicken Buch des Allgemeinwissens und den vielen Ordnern des speziellen Fachwissens beim besten Willen nicht mehr unterbringen, hat seine Berechtigung verloren. So wird der bäuerliche Fachmann gezwungen, sich dauernd weiterzubilden und erhält das nötige Material eben genau von jenen Behörden oder den ihn beliefernden Firmen. Der Zeitaufwand steigt, und so endet der Alltag schon längst nicht mehr mit dem abendlichen Hungerrufen der ungeduldigen Tiere, sondern vor dem Computer sitzend, um nebenbei den Melkroboter im Blick zu haben. Er muss nun auf beides setzen, auf Quantität und auf Qualität, diese Arbeitserleichterungen sollen ihm helfen. Die gewonnene freie Zeit wird aber kaum zu Freizeit, da die Arbeit jetzt von der Hand zum Kopf gewandert ist und dort zugenommen hat. Während die Menge steigt, kann die Güte der Lebensmittel damit nicht Schritt halten. Konnte man früher eine alt werdende Milch noch bei Zimmertemperatur zum Stocken bringen und anschließend ohne Probleme genießen, wird sie heute lediglich zersetzend sauer. Die maschinell hergestellte Butter hat eine andere Beschaffenheit, Farbe und vor allem einen anderen Geschmack als die aus Rohmilch gewonnene kleinerer Bauernhöfe. Früher konnte man förmlich mit der Zunge und der Nase erkennen, welches Futter die Kühe zu sich genommen hatten. Bei der abzuschöpfenden Rahmmenge waren es eben einmal mehrere Kellen und ein weiteres Mal durfte die Milch ihre Fettaugen behalten.

Auf der anderen Seite der Ladentheke steht der Verbraucher, der meist gar nicht die Möglichkeit hat, auf die vielen Fragen verständliche und ehrliche Antworten zu erhalten. Der Käufer, von dem immer wieder behauptet wird, er wolle alles billig zur Verfügung haben. Darin liegt ein gewisses Maß an Unwissen bei ihm und doch auch seine Feststellung, dass mittlerweile schon ein gewaltiger Gewöhnungseffekt bei ihm eingetreten ist. Es fällt ihm sehr schwer, vielleicht ist es gar unmöglich, alles im Blick zu behalten, um sowohl für sich, als auch für den heimischen Landwirt und für die Natur vor seiner eigenen Haustür, richtig einzukaufen. Der in die gesamte Ernährungsindustrie eingeflochtene Landwirt kommt allerdings nie zu der entsprechenden, wertschätzenden Menge an Geld, da diese Großindustrie zusammen mit der geballten Macht der Verkaufsstätten ihm die Preisschilder schreibt. Der Landwirt wird durch die Entwicklungen, bei denen er irgendwie mitmachen muss, in die Enge gedrängt. Er steckt in dem Zwiespalt, sich immer besser dem Ablauf und der optimalen Auslastung seiner Maschinen anpassen zu müssen, damit die von den Beratern kalkulierten Zahlen und Mengen der Wirtschaftlichkeit erreicht werden. Nach dem Zukauf von Tieren benötigt er das Zupachten von Betriebsflächen. Gleichzeitig trägt er sich mit den Gedanken, zusätzliche Arbeitskraft zuzukaufen oder selbst einen Arbeitsplatz bereitzustellen. Auch die Frage, einen eigenen Laden zu eröffnen, um seine Produkte gerecht bezahlt zu bekommen, wird ausgiebiger Gegenstand seiner Betrachtungen. Nachdem aber zwischenzeitlich Vermittler auch andere bäuerliche Unternehmer in dieser Hinsicht informiert haben, bildet sich nach geraumer Zeit ein Überschuss an tierwertigen Produkten, wie Fleisch und Milch, Wolle oder Leder. Daraufhin fallen die Erlöse. Es entsteht ein Zusammenhang, ein Wirtschaften, welches seine eigenen natürlichen Grundlagen im Laufe der Zeit aufbrauchen muss.

Wir müssen uns in die Verfahren der Natur einpassen, sie lässt sich nicht dauerhaft von uns anpassen. Wir wollen mehr, und leeren ihre Vorräte schneller, als sie diese wieder auffüllen kann. Die Natur kennt dieses Mehr nicht, erkennt es auch nicht an, aber sie kennt das Nichts, welches wir nicht begreifen können.

Wer versucht, seine gesamte Umwelt, in welcher er lebt, zu erfassen, dem versagt schließlich die Sprache ihren Dienst. Die Handlungsketten und Verflechtungen, durch die jeder mit dem großen Ganzen verbunden bleibt, werden mit den Jahren deutlich länger, sie verwirren sich.

Manchmal gibt es Tage, an denen die Fähigkeit besteht, das eigene Erinnern umlenken zu können in von allen Seiten sich spiegelnde Nachbetrachtungen. Es entstehen dadurch Stunden des Loslassens, die eine gewisse Leichtigkeit in die zukünftige Zeit hinübertragen. Das setzt eine große Aufrichtigkeit voraus, sie fordert viel von einem selbst. Maler und Photographen, die Versierten im Umgang mit Farbe und Leinwand oder Zelluloid und Apparaten, können ihre Produkte einfacher gestalten als dies bei den schreibenden Kunstschaffenden der Fall ist. Einen Anblick direkt wiederzugeben, das Gesehene so festzuhalten, gelingt eher, als schriftlich der Intuition Raum zu geben. Diese Form des Nachahmens, das Schildern des Erfassten, bleibt in der Aussagekraft eindeutig mehrdeutig. Die Künstler des Wortes wenden und reihen ihre Silben aneinander und erzeugen innere Motive, die doch jeder Andere für sich selbst anders sieht. Keine Mitteilung ist wirklich imstande, sich völlig verständlich zu machen. Was zwischen den einzelnen Menschen zirkuliert, schwimmt auf einem Meer von Undeutlichkeiten. Menschliche Historie ist angefüllt mit mehrschichtigen Berichten von Missverständnissen. Dies kann tragische Folgen haben und äußerst heftige Reaktionen in unseren Beziehungen hervorrufen. Doch üblicherweise arrangieren wir uns damit, kommen wir ohne Wortwechsel ziemlich gut damit zurecht.

Ende des 18. Jahrhunderts erreicht Viellesen fast epidemische Ausmaße. Man liest ein Buch nicht mehr viele Male, wie bisher das Buch der Bücher, die Bibel, sondern etliche Bücher nur noch einmal. Die Autorität der vormals wegweisenden Texte und Schriften schwindet. Ihre Aussagen und Inhalte werden zunehmend hinterfragt. Wer viel liest, kommt leicht auf die Idee, selbst zu schreiben. Diese Büchermenge will dann gelesen werden. Der Adressatenkreis lernt das schnelle, das flüchtige Lesen. Man studiert das einzelne Bändchen nicht mehr. Der Kontakt, der Austausch mit dem Publikum, erfolgt außer dem späteren Nachlesen auch über das Zuhören, auf beides hat der Schreibende keinen Einfluss. Selbst wenn es gelingt, die kleinen Szenen abzubilden, man sich mit seiner eigenen Arbeit zufriedengibt, selbst dann bleibt immer noch das Gegenüber. Geht dieses mit seinem Verständnis, mit seinem eigenen Empfinden, in eine ähnliche Richtung, in die, die ihm vorgeschlagen wird, oder aber lässt es sich gar gänzlich forttragen und mitnehmen von jenen Schreibblättern, mit den für ihn noch fremdartigen Ansichten und Deutungen einer Wirklichkeit. Mehr noch, eventuell liegen die Aussagen und die Realität zwischen den Zeilen angeordnet und fordern zu ihrer weiteren Entfaltung auf. Das ist mitunter anstrengend. Mit überfliegendem Lesen gelingt dann wenig.

Lässt der Leser sich ein auf dieses abenteuerliche Spurenlesen oder verwirft er den Inhalt dieser vorgegebenen Wortanordnung und formuliert sich seinen anderen Sinn. Lässt er sich auf andersartige, neu aufkeimende Gedankengebilde ein oder bleibt er bei seinem bisherigen Erfahrungsschatz, legt weiterhin lediglich diesen zugrunde bei seinen Lesestudien. Dann könnte er mitunter keine weitergehenden Eindrücke gewinnen. Immerhin bleibt ihm noch der Abstand zur Lektüre. Ein intensives, inneres Reflektieren, ein mehrfaches Überdenken und Andersinterpretieren des Gelesenen, das Umkombinieren der Silben mit eigenem Erlebten zu anderen Texten und Gemälden im Kopf, diese Zwiesprache verändert die bisherigen Gedanken zu neuen Erkenntnissen. Das erweitert unseren Horizont um etliche Ideen. Die Zeit verwandelt auch die Bedeutung der gewählten Wörter. Um verstanden zu werden, sollte man ein Projekt von mehreren Seiten betrachten und beschreiben. Dann hat man genügend Anhaltspunkte gesammelt, um beurteilen zu können, ob auch andere Personen diese Richtung mitgehen. Die Wahrscheinlichkeit erhöht sich jedenfalls, verstanden worden zu sein.

manchmal ist es schwierig zu leben,
ein leben ohne die absicht zu leben,
und ohne die erstarrte meinung,
dass ständige anstrengung nötig ist,
um am leben zu bleiben.

Was bringt einen dazu immer mehr Dinge im Leben zusammenzutragen? Denkt man sich in die Lebensgeschichten anderer Menschen hinein, wenn man auf einem Trempelmarkt wieder ein schönes Stück für einen gut ausgehandelten, einen für beide Seiten gerechten Preis mitnimmt? Vor dem fast drei Meter hohen, massiven Eichenschrank vom Antiquitätenhändler habe ich Respekt. Alles an ihm besteht aus Vollholz, dementsprechend schwer ist er auch, obwohl er aus drei Einzelteilen besteht. Er stammt aus einem jüdischen Haushalt, westlich von Nürnberg, aus der Nachbarstadt Fürth, wurde uns damals gesagt. Mehr wisse man selbst nicht darüber. Diese beiden Städte und viele ihrer Bewohner können nicht miteinander. Bei Fußballspielen gibt es regelmäßig Ausschreitungen. Das gehört inzwischen zu diesem Sport wie selbstverständlich dazu. Die Bahnhöfe und Innenstädte müssen abgeriegelt werden. Polizeieinsätze mit Überstunden, das ist der Alltag. Die Kosten werden auf die Allgemeinheit, die Steuerzahler umgelegt. Niemand will daran etwas ändern. Es scheint auch keinen mehr zu stören. Beim geringsten Vorkommnis, wie einem geraubten Schal oder einem falschen Blick, einem nicht passenden Wort, schlagen Dutzende auf ihr Gegenüber ein, ohne Rücksicht. Pyrotechnik steht Tränengas gegenüber. Wie hilflos sind wir doch geworden! Verletzte, Schlägereien, Gewalt.

Sicherlich war es auch damals in jener Wohnung so. Vielleicht konnten die Bewohner noch freiwillig gehen. Das klingt, als ob sie von sich aus gerne gegangen wären. Nein, kann man dieses Gefühl der Ausgrenzung, des Vertreibens und Getriebenseins jemals mit einer Sprache richtig ausdrücken? Kann man derartige Vorkommnisse glaubhaft und überzeugend weitergeben, wenn man alles selbst nur gehört, gelesen, aber nicht mehr mit eigenen Augen gesehen und auch keine Gerüche dieser Zeit in sich hat? Hat man zu wenig Fell über der dünnen Haut, wenn man diesen Ungeist sieht, der in der Gegenwart wieder Wohlgefallen findet und Köpfe, die sich ihm öffnen? Wenn man genau merkt, dass das Zurückkippen in die noch vorhandenen, nur mit Eichenlaub bedeckten Fußspuren wieder gesellschaftsfähig wird?

Hass auf Minderheiten, besonders auf Juden, gibt es nicht nur hier bei uns im demokratischen Deutschland. In den westlichen und südlich angrenzenden Staaten blüht es ebenfalls wieder stramm rechts auf. Der Nationalstolz wacht über die Staatsgebiete und will keinen Schritt zurückgehen. Dieses Europa, das bis vor wenigen Jahren noch eine zusammenwachsende Übereinstimmung erzielte, hat zu schnell zu viel gewollt, zu viele Staaten im Osten an sich anbinden wollen. Das Gefälle, die Unterschiede in den Lebensbedingungen und damit den geprägten Denkweisen massiv unterschätzt, ziemlich außer Acht gelassen. Es wurde übersehen, dass ein langer Zeitraum für ein gemeinsames Europa nötig wird und dass dieses nicht mehr so aussehen wird, wie zur Gründungszeit und in den Kalten Kriegsphasen. Manche Merkmale lassen sich nur schwer in einer Gemeinschaft anpassen. Dafür ist eine große Toleranz notwendig. Die Menschen in den vorwiegend östlichen Ländern waren begeistert, hier sind wieder die Zeiten auferstanden, in denen der Neid sein ganzes Können zeigt. Es sind keine Tage, um Freundschaften zu bilden. Der Kopf schüttelt sich leichter bei den Menschen, ein Nicken wiegt offensichtlich schwerer.

So liest man wieder diese Unwörter, werden wieder die Springerstiefel geschnürt und die Fahnen geschwungen. Die Versammlungsfreiheit ist ein hohes, festgeschriebenes Gut in dieser Demokratie. Solche Aufmärsche lassen sich nicht so ohne weiteres verbieten. Sie kennen sich alle aus, von den Braunhemden bis hin zu den akkurat Gescheitelten. Sie wissen, wo die Paragraphengrenzen liegen und freuen sich, dass die Zeiten unruhiger werden. Das sorgt für Zulauf, gibt weiteren Auftrieb. Und wieder können sie ganz schnell die Ursachen und die Schuldigen benennen. Es sind immer noch die, die es schon früher waren. Die, die so anders sind. Für die hier nicht auch noch genügend Platz ist und Arbeit für gutes Geld und Stücke vom Brot, das immer trockener und härter wird und von der Suppe, die bald ohne Fettaugen sein wird. Wenn die Treppenstufen knarren und man jeden der einzelnen Schritte hört, jedes einzelne der auf- und abwippenden Bretter benennen kann und mitzählt, wie viele unterschiedliche Füße es sind und bis vor welche Tür sie voranschreiten und vor welcher sie dann plötzlich aufhören und stehen bleiben. Wenn jeder Atemzug noch zu laut scheint und die Meute sich dann bedient an den Gegenständen und vielleicht noch näherkommt, das Geschirr fallen lässt und das wenige Silber einsteckt. Man weiß gar nicht, wer es genau war. Welcher Anwohner oder gar Nachbar hat was verraten? Eventuell kommen sie noch einmal oder andere. Es gibt genügend, die haben Ersatz. Man ist sich nicht sicher. Es gibt keine Sicherheit mehr. Von jetzt an darf man nicht mehr das Gleiche machen wie die meisten. Es wird nie mehr wie früher werden. Schimpfworte und Beleidigungen, verrohte Worte und Gesten kommen wieder häufiger vor. Soll man sich daran gewöhnen? Dieser Spießrutenlauf macht Angst, zurecht. Aber das Recht ist zu etwas anderem geworden. Den meisten ist das egal. Sie sind teilnahmslos geworden, schauen lieber weg. Sie wollen ihre Ruhe haben und unversehrt bleiben, und im Übrigen wird an den Reden schon etwas dran sein, sagen sie, sonst würden sie nicht gehalten und hätten nicht so viele, die ihnen zuhören wollen. Es ist eine solche Menge, die das hören will. So viele Menschen können sich nicht täuschen. Das Schweigen hat eine gewaltige Lautstärke bekommen. Man versucht irgendwie wohlgestimmt zu sein, eine lockere Unbeschwertheit wird sich nie mehr einstellen. Das Leben fühlt sich nicht mehr nach Heimat an, es ist zersprungen. Diese braunen Jahre werden aus der Jugend das normale Wachsen herausreißen und ein falsches Erwachsensein hineinstopfen.

Was während des Zweiten Weltkrieges vom Deutschen Volk ausgehend über die Welt an entsetzlichem Unrecht und Qualen ausgeschüttet wurde, kann nicht wieder eingesammelt werden. Dass aber bis zur Jahrtausendwende etliche Betriebe der deutschen Wirtschaft keinen freiwilligen Beitrag zur Entschädigung von Zwangsarbeitern leisten wollten, obwohl sie durch deren Arbeit und oftmals durch fremden Besitz reich geworden waren, empört uns bis heute. Dieses unwürdige Gefeilsche und Leugnen der Mittäterschaft sollte endlich historisch umfassend und unabhängig aufgearbeitet werden. Es ist etwas, das nach wie vor nur unzureichend geschieht. Die geringen Geldmittel, die einem der zur Arbeit in der vormaligen Industrie und Kriegsmaschinerie des Nationalsozialistischen Deutschlands zwangsverpflichteten Menschen gewährt wurden, können dieses leidvolle Leben nicht ersetzen und vergelten, sie können lediglich die Geldsorgen des Alters abmildern.

Im Februar 1999 wurde die Stiftungsinitiative der deutschen Wirtschaft „Erinnerung, Verantwortung und Zukunft" gegründet. Um den damaligen gesellschaftlich schwerfälligen Beginn etwas zu beschleunigen, beschlossen mein Mann und ich einen Betrag ins Stiftungsvermögen einzuzahlen. Lediglich eine Mitgliedschaft verweigerten wir, da unser erst um die 1990er Jahre gegründetes Ingenieurbüro selbst keinerlei Zusammenhang mit der alten Industrie hatte. Leider erschien dann in der regionalen Presse am 17. März 2000 ein entstellender, rufschädigender Artikel, in welchem behauptet wurde, dass unsere eigene Firma Wolf & Wölfel GmbH in Georgensgmünd nicht beitreten wolle, nicht erwähnt werden wolle, andere Firmen aber zumindest etwas Geld spenden würden. Zwei Geschäftsverbindungen nahmen es wörtlich und verabschiedeten sich, wir waren machtlos. Nach einem intensiven, klarstellenden Telephonat und Schriftverkehr mit dem zuständigen Redakteur wurde uns eine Richtigstellung zugesichert. Die kam auch, allerdings nicht mehr so auffallend abgedruckt. Wenn einmal ein Gerücht in die Welt gesetzt wird, spricht es sich schnell herum und lässt sich nicht mehr einfangen. Nur mit der Zeit kann seine Wichtigkeit abnehmen. Die Folgen hat das Opfer zu tragen.

Dies ist selbstverständlich kein auch nur annähernder Schaden im Vergleich zu dem Leid der vielen Kriegsopfer, die die Jahrzehnte verstümmelt überdauern mussten. Wir sahen uns in der Pflicht, als fühlende Mitmenschen etwas beizutragen.

Endlich hielten wir ihn in den Händen. Zwanzig Zentimeter lang der Schlüssel, dreifacher Bart, eine Maßanfertigung. Auf diesen Augenblick hatten wir gewartet. Einer der besonderen Tage im Leben. Mit Beginn der Semesterferien würden wir mit den Arbeiten anfangen und im Herbst dann einziehen, der Miete und der Fahrerei wegen. So lautete unser erster Plan. Drei Tage später war es soweit. Der Riegel schob sich zwei Mal kräftig nach rechts und die schwere Holztür ließ sich leicht aufdrücken. Dass die obere Angel erstaunlich mitging, erschien uns damals nicht merkwürdig. Im Gang war es angenehm kühl, es roch nach Kalkputz. Die Tür zur Stube stand weit offen. Mildes Licht lag im Zimmer. Die schmalen Gläser der weißen Fensterflügel, voller Schlieren und Luftblasen zwischen den dunklen Bleibändern, schenkten tanzende Aussichten. Von außen vorgehängt gab es die Winterfenster. Im hinteren Winkel stand ein großer Tisch mit umlaufender Rinne und Ablaufkerben, dahinter zwei Bänke über Eck, die Lehnen eingepasst unter den Fensterlaibungen, damit blieben sie unverrückbar. Die inneren Fensterbretter mit Wasserrinne zeigten mit ihrer Tiefe stolz die Stärke der Sandsteinmauern an. Die rohen Holzdielen federten bei jedem Schritt nach. Neben dem Tisch ein halbhoher Schrank, zur Hälfte geteilt. Auf der einen Seite fünf Schubladen übereinander, die Schranktür mit Schloss so übergreifend, dass keine von ihnen ohne den Schrankschlüssel je geöffnet werden konnte. Nur wenn diese offenstand, konnte man an den offensichtlich wertvollen Inhalt gelangen. Wahrscheinlich waren darin früher einmal Lebensmittel gelagert worden. Einzig der Ölofen und die Heizölkanne aus schmutzgrauem Plastik passten nicht hierher. An dieser Stelle musste einmal ein Kachelofen gestanden haben, der Wechsel im alten Bretterboden, das andere Holz, deutete zumindest darauf hin.

Es war wunderbar friedlich und still in diesem Bauernhaus, wir waren glücklich. Die nächsten Stunden verbrachten wir mit Durchstöbern des gesamten Anwesens. Vom Gewölbekeller, der Schlafkammer im ersten Stock mit zwei Betten, Tisch und Stuhl, Waschschüssel, Krug und Spiegel bis in die Spitze des dritten Hopfenbodens, vom Stall über die Räucherkammer zurück entlang des offenen Kamins, der im Deckenbogen der Küche endete. Dort gab es fließendes, kaltes Wasser, durch den Keller aufsteigend ein Rohr, mitten an der Innenwand, mit daran hängendem Eimer. Das Spülbecken war an der Außenwand befestigt und der Abfluss nach außen durchgearbeitet, ins „Zwischenland", in die Reihe zum Nachbarhaus. Weiter von den Nebengebäuden, der Scheune, dem Backofen quer durch die Obstwiese zu den vorhandenen Brunnenschächten. Voller Genugtuung begutachteten wir den kräftigen Boden. Auf dem Stück Land vor dem Haus zur Straße hin, hinter dem Maschendrahtzaun, versuchte ich jeden Bewuchs zu erfassen und zuzuordnen. Die Ideen schossen durch den Kopf. Das fehlende Bad und neuzeitlichen Ersatz für das im Stall von innen und außen zugängliche Plumpsklo würden in der unteren Kammer nebenan Platz finden. Die Toilette könnte man durchaus einzeln stellen. Nach und nach würde sich alles fügen.

Zurück in der Stube, dem Herz des Hauses, versuchten wir alle Eindrücke und Beobachtungen auszutauschen, dringend notwendige Arbeiten aufzulisten, Ideen und Wünsche einzureihen. Mittlerweile hatte die Nachmittagssonne die Fenster der Westseite erreicht und das flachere Licht erfüllte den Raum mit einer völlig anderen Ausstrahlung. Ich öffnete eines der Sonnenfenster, denn die Südostseite war von einem mächtigen grünen und einem zaghafteren, blauen Weinstock in Besitz genommen. Ich bemerkte, dass der Rahmen wachsweich war, kleine kreisrunde und größere ovale Löcher aus dem Lack schimmerten. Aber die Stimmung in mir konnten auch diese Würmer nicht wirklich schädigen. Aneinander gelehnt auf der Eckbank träumten wir wortlos von gemeinsamer Zukunft, nur die üblichen Klänge der Natur draußen begleiteten unsere unterschiedlichen Gedanken.

Jäh zurückgeholt aus unserer Welt wurden wir durch ein immer näher rückendes Lärmen, ein Dröhnen und Rasseln, das in mir die Erinnerung an amerikanische Armeefahrzeuge wachrief. Ich stand auf und trat an das offene Fenster. Es dauerte Ewigkeiten, bis ich zulassen konnte was ich sah. Ich traute mir selbst nicht, keinem meiner Sinne. Vor mir ein leibhaftiger Panzer, das Kanonenrohr direkt auf mich, uns ausgerichtet – auf unserem, meinem Grundstück, vor unserem, meinem Haus. Ein letztes Scheppern schüttelte dieses Ungetüm, es krallte sich weiter in unsere ansteigende Einfahrt, bäumte sich kurz auf, grub sich in meinem Boden fest und stand schlagartig. Der Geruch von Motorenöl und Kettenschmiere verband sich mit der aufsteigenden Staubwolke. Inzwischen stand mein Mann neben mir, wir starrten einfach nur geradeaus. Langsam öffnete sich die Turmluke, das übergeworfene Tarnnetz wackelte. Es erschien ein Helm, ein rußgeschwärztes Gesicht blickte prüfend heraus, dann schälte sich der Rest des Soldaten hervor, schulterte eine Maschinenpistole und wartete neben der Klappe. Eine weitere Gestalt tauchte auf, diese ohne Bemalung. Die edlere Bekleidung samt Schulterabzeichen und Pistole am Gürtel ließen eine größere Wichtigkeit, einen höheren Dienstgrad vermuten. Beide kletterten geübt vom Panzer herunter, klopften den Staub von ihren Uniformen, richteten sie aus, dann pochte es kräftig an unsere Haustür.

Jetzt waren wir Hauseigentümer gefordert. Mein Partner öffnete und ich beachtete nebenbei die Bewegung der grünen Holztür. Vor uns schnellte eine Hand an die Mütze zum militärischen Gruß und eine nicht unangenehme Stimme benannte als Dienstgrad Hauptmann, einen Namen, den ich nicht genau verstand, Panzergrenadier-Kompanie aus dem Rheinland, 68 Mann im Manöver in Mittelfranken unterwegs. Suchen Möglichkeit zum Duschen und Platz für Unterkunft. Müssten für ein paar Tage in der Gegend Stellung beziehen.

Weiterhin die Bitte um Auskunft über den Ansprechpartner bei der örtlichen Gemeinde samt Standortbeschreibung. Eventuell anfallende Kosten oder Manöverschäden werden von den zuständigen Behörden auf Antrag gegen Vorlage einer Bestätigung, Belegen, Photos und dergleichen mehr ausgeglichen.

Ich konnte mein innerliches Grinsen nicht mehr länger verbergen, trat auf die oberste Steinstufe und redete etwas von Gastfreundschaft, dass unser Haus offenstehe, wir allerdings nur wenig Komfort bieten könnten, Betten an der Zahl nur zwei Stück hätten. Er müsste die Örtlichkeit vorab sondieren, war seine fachlich korrekte Antwort, denn immerhin sei man heutzutage nicht mehr überall bei der Landbevölkerung willkommen. Hohe Ansprüche würden nicht gestellt und Ausrüstung wäre dabei, sie seien nur die Vorhut. „Verständlich", murmelte ich zweideutig. „Wir können Ihnen vorab unsere Räumlichkeiten zeigen, der Grund ist ungefähr einhundert Meter lang, grenzt da hinten fast an den Wald" und dann fügte ich deutlich an: „Nur ohne Waffen, die könnten Sie hier vor der Tür ablegen!" Das Entsetzen in seinem Gesicht war nicht zu übersehen, ratlos blickte er seinen Begleiter an. Mein Entsetzen hatte sich mittlerweile in einen gesunden Sarkasmus verwandelt. Wir hörten einige unsicher klingende Worte: „Undenkbar, Befehlsvorgabe, die gegnerische Einheit rückt beständig nach, Frontlinie…" Wir empfahlen noch als friedliche Lösung, den Ortssprecher des Dorfes aufzusuchen oder unten in der mittleren Gastwirtschaft nachzufragen. Dann war dieser Spuk vorbei. Wir ahnten nicht, dass noch jahrelang um uns herum geübt werden würde und dann nicht einmal ein Waldspaziergang möglich war. „Leben auf dem Land" in den 1980er Jahren bedeutete regelmäßige Manöver nahezu aller Waffengattungen heimischer oder befreundeter Streitkräfte zu allen Tages- und Nachtzeiten, am Boden, knapp darüber oder hoch oben in der Luft. Krieg, Verteidigung, Frieden in unzähligen Varianten, vom direkten Häusernahkampf bis zum ausgehandelten Waffenstillstand und dem folgenden Abzug - alle Facetten durchleben.

Geschichte wiederholt sich in allen Bereichen des menschlichen Erkennens. Nach Zeiten des Fortschritts entwickelt sich Stillstand, und dieser bedingt eine Form der Rückbesinnung, ein Kreislauf, der nur mit Abstand zwischen den einzelnen Generationen erfasst werden kann. Die 1980er Jahre im vergangenen Jahrtausend waren geprägt vom Traum vieler Menschen, aufs Land zu ziehen. Aus der vormals bekannten Landflucht entstand unter den gerade unabhängig gewordenen Herangewachsenen eine gegenläufige Stadtflucht.

Leben auf dem Land - im Einklang mit der Natur - wurde zu einem erstrebenswerten Ziel. Eines der leerstehenden Bauernhäuser erwerben, einen neuen Lebensstil umsetzen wollte man, dafür war man angetreten. Triebfeder war die Sehnsucht nach heiler Welt, nach noch unberührter, intakter Umwelt, die Suche nach dem Ursprung und neuem Lebensinhalt. Das Interesse galt nahezu ausschließlich den Gebäuden und den Grundstücken an sich. Umgestalten, Renovieren, vielleicht auch noch die aufkeimende Baubiologie und alte Handwerkstechniken waren die vorherrschenden Themen, in welche man sich einarbeiten wollte. Die wenigsten hatten irgendwelche Kenntnisse oder gar Augen für das nahe Umfeld, Sinn für die Pflanzen, die sich um ein verlassenes, halbverfallenes Haus zeigten. Und eben dies waren allesamt die Schätze eines ehemaligen Bauerngartens - Zeigerpflanzen des bäuerlichen Lebens und Wirkens. Pflanzen mit einer jahrhundertealten Geschichte und einem unverwechselbaren, eigenen Charakter, ausgestattet mit einem besonderen Überlebenswillen.

Auch zu jener Zeit wurden Gärten gleich einem Neubau aus dem Boden gestampft, nachrangig und ohne genügend Kenntnisse. Später erst, frisch angelegt, Pflanzen neu zugekauft, ohne Rücksicht auf den vorhandenen Bestand, denn der war schon längst Opfer schwerer Geräte und vorangegangener Baumaßnahmen geworden. Alte Gärten, aufgelassene Gärten und damit ihre lebendigen Bewohner und Strukturen, waren immer die Stiefkinder des Denkmalschutzes. Dieses exakte Spurenlesen bedarf einer weit größeren Empfindsamkeit. Während alle Gebäude, gleichsam statisch, menschliche Entwicklungszustände konservieren, unterliegen Gärten freier der Wandlung, dem Willen der Natur. Gesellschaftliche Wichtigkeit und förderfähigen Status erreichten damals lediglich Bauten oder herrschaftliche Parkanlagen, niemals die ernährenden Bauerngärten.

Vermarktet werden immer wieder Begriffe, wie Regional, Identität oder Kulturlandschaft, wie Bauen und Bewahren, und das inzwischen grenzenlos gebeugte Wort „Heimat" wird vorzugsweise mit der ausufernden Werbung dazwischen gestreut. Die kleinste Einheit aber, die Keimzelle, der Bauerngarten, führte immer ein Nischendasein. Jedoch wurde seinen Geschwistern, den ehemaligen Burg- und Klostergärten, den feudalen Gärten, das Überleben oder ein umfängliches Rekonstruieren, je nach Kassenlage und den zu erwartenden Tourismuseffekten längst gewährt. Sie wurden damit auch örtlich zum Thema für die Presse und die Bewohner. Natürlich spielte eine große Rolle, dass von diesen Anlagen oftmals genaue Aufzeichnungen vorlagen. Gerade aus Klöstern stammten die ausführlichsten Gartenbücher. Lehrer, auch Apotheker, hinterließen akribisch ausgeführte Beschreibungen von Pflanzen und detailgenaue Schriften mit Zeichnungen über Flora und Fauna, über Pilze und Bodenarten, mit allen ihnen zugänglichen Erkenntnissen.

Die einfachen Bauern waren gesellschaftlich zwar keine kleine Gruppe, hatten aber nie ein angemessenes Ansehen erreichen können und ihnen fehlten durchaus entsprechende schreiberische Kenntnisse. Doch letztendlich fehlte ihnen einfach die Zeit dafür, in ihrem streng gefassten Alltag mit den übergeordneten Abhängigkeiten vom Wetter und den naturbedingten Gegebenheiten. Die idyllischen Betrachtungen der Neuzeit verklären auch hier die frühere, lebensnahe Wirklichkeit.

Leben auf dem Land war immer ein Leben an den Wurzeln.

Noch ein Gedankengang, weshalb sich die Achtsamkeit für Bauerngärten nie recht entwickeln konnte: Der Bauerngarten war immer das Reich, das Refugium der Bauersfrau. Der einzige Ort, an dem sie selbst etwas frei entscheiden, an welchem sie gestalten konnte. Lediglich die Natur setzte die Grenzen ihrer Art, schickte ihre Vorgaben. Neben der täglichen, körperlich harten Arbeit war die Pflege dieses Gärtchens fast Erholung, sie lieferte auch die nötige Seelennahrung. Alles Wissen, die Erfahrungen damit, wurden wie eh und je mündlich weitergegeben - von Frau zu Frau. Es bedurfte keines Niederschreibens für andere. Diese Abfolge war jahrhundertelang klar geregelt. Damit waren Bauerngärten auch sehr persönliche Frauengärten. Und wer sollte daran ein besonderes Interesse finden?

So individuell jeder dieser umzäunten Flecken war, so vielfältig waren die Anforderungen, gab es doch immer eine Kerngruppe an Pflanzen, die in jedem Garten vorhanden war, die das Gerüst bildete, unabhängig von Landschaft und Bedingungen. Dies nur mit Tradition zu erklären, greift zu kurz. Wechsel und Wandel fanden auch hier statt, wenn auch, mit Zeitversatz, die neuesten Modeerscheinungen anderer Gartenformen und Hausgärten dort ankamen. Es war auch eine über die Jahre umfassende Zufriedenheit mit diesem bewährten Zusammenleben, eine Art Vertrauen, Respekt vor den Geschöpfen, und damit ergab sich kein Bedarf, etwas anderes an ihre Stelle setzen zu wollen. Bauerngärten waren bunte, fröhliche Gärten, in denen keine Rangordnung herrschte. Sie spiegelten eine große Wertschätzung der Pflanzenwelt wider. Jedes

Gewächs hat eigene Fähigkeiten und Besonderheiten, zeigt andere interessante Verwendungsmöglichkeiten, kann einem anderen Zweck dienen. Das Wissen von diesen Zusammenhängen, die Bedeutung der einzelnen Pflanzen muss beobachtet, erfahren und über viele Jahreszeiten erarbeitet werden. Dies zusammenzuführen, wer konnte es besser als eine immer mit der Natur lebende Frau. Eine Bäuerin - für die Pflanzen lebende Wesen waren.

Jetzt, vierzig Jahre später, hat sich wieder das gegenläufige Prinzip eingestellt. Vor allem junge Menschen und Familien zieht es hinaus aufs Land. Neben individuellen Gründen spielt vor allem der mangelnde Lebens- und Wohnraum eine Rolle. Die Kosten für den alltäglichen Bedarf liegen außerhalb der Zentren noch deutlich niedriger. Damit steigen die Entfernungen zur Arbeitsstätte. Zusätzliche Verkehrswege, Schulen und Kindergärten müssen in den Dörfern aufgebaut werden.

Wenn eine Sanduhr abgelaufen ist und man sie wieder umdreht, rieselt jedes Sandkorn auf die andere Seite. Niemals zur gleichen Zeit und in der gleichen Reihenfolge. Das Ergebnis, das im Endzustand eintritt, bleibt immer identisch. Die ländliche Region gleicht sich den städtischen Bedingungen an. Die Städte altern, sowohl in ihrer Substanz als auch in ihrer Restbevölkerung. Und wieder beginnen Umbau und Anpassung, bis die Körnchen den Engpass des Glases wieder alle durchlaufen haben. Wenn das Land keine freien Baugebiete mehr hat und die damals Zugezogenen älter werden, liebäugeln sie damit, wieder zurück in die größeren Städte zu ziehen.

Die Vergangenheit des Fortschritts

Bäuerliches Leben war eine beständige Entwicklung, auf einem gemeinsamen Fundament aufbauende Kulturgeschichte der Landschaften. So mächtig die Veränderungen der Zeit daherkamen, mit dieser gewachsenen Vielfalt und ihrer geborgenen Erfahrung konnte immer eine rechte Auslese an Entscheidungen für ein auskömmliches Leben getroffen werden. Vor Jahrzehnten hat diese Epoche musealen Status erreicht. Damit entstand auch der Zugzwang, nun aus Gebäuden und Hallen herauszutreten und noch zusätzliche Landschaften einzurichten. Arbeitsalltag und kulturelles Leben eines aussterbenden Standes füllten diese.

Wenn sich eine gesellschaftlich relevante Struktur aufzulösen beginnt, gewinnt sie an Wert, dann schlägt die Stunde der Subventionen und Theorien, die zukünftige Forscher, und nachfolgend zeitversetzt, Historiker beschäftigt. Ironischerweise beschleunigt gerade diese Herangehensweise, das vermeintliche Unterstützen, den aufkeimenden Niedergang nachhaltig.

Auch über einhundert Jahre Natur- und Kulturschutz-Gesetzgebung haben den stetig anschwellenden Verlust weder verhindern noch ausgleichen können. Jene Texte werden selten ernsthaft mit Leben gefüllt, bleiben vorrangig in weitläufigen Amtsstuben und Interessen hängen. Längst befinden wir uns auf oder schon zwischen den nächsten Ebenen. Die Industrieanlagen werden rückgebaut, flächengenau überzieht die Kommunikationsgesellschaft das Restland bis auf den Punkt. Unsere Laboratorien platzen vor Innovationen der genetischen Masse, sind belegt mit der Größe des Nanokosmos, der Flut an Patenten. Es scheint nur eine Frage der Zeit, bis die Natur auf unser immenses Einmischen schneller und umfassender reagieren wird als wir jemals Denken und vor allem auch Handeln können.

Und, wie immer leise, kommt die Verbesserung daher, längst gestartet in angepassten Förderprogrammen mit ihrer fachlichen Sprachschöpfung. „Unser Dorf soll schöner werden" wurde einstmals erfolgreich umgesetzt. Nun fordern Metropolregionen das „Regionale" zum „Interregionalen" Austausch heraus. Bei den sich rasant vermehrenden Gewerbe- und Gartenschauen, Märkten und Messen erhält die Natur nun nur noch eine, ihr zugewiesene Pflanzfläche. Die Museumslandschaft erweitert sich zur Galerie der Naturwelt, sammelt phasengenau alle Umgebungen ein und formt daraus kommende Trends oder vergangene „heile" Welten. Sie bietet verflossenes Leben und kühne Visionen im Paar an.

Und auf die wachsende Gefühllosigkeit des Menschen haben die Multikonzerne des Lebens mit einer überwältigenden Anzahl und ausgereiften Fülle an Sinnesrezepten reagiert. Sie haben ihre Art von Antworten gegeben. Wir werden auch dieses Mal gut versorgt entlassen.

Glauben oder Wissen

Die Unterscheidung von Glauben und Wissen hat keine deutlich trennende Grenze, sondern sie wandert wie ziehende Wolken wechselnd zwischen dem klaren Teil und der abstrakten Masse hin und her. Was heute Glauben ist, kann morgen schon ins Wissen übergegangen sein. Unsere heutigen, völlig neuen Erkenntnisse brauchen den zeitlichen Abstand und bleiben erst einmal Theorie, also ein Wissen, an das wir glauben müssen.

Das Ideal der Aufklärung hatte ein Ziel, nämlich den Menschen durch Information eine Unabhängigkeit des Denkens zu schenken. Eine Abkehr von den gotischen Kathedralen, in denen die Schwerkraft nicht zu wirken schien. Wegen ihrer Höhen und den weiten, tragenden Gewölben erweckten sie den Eindruck eines von Gott geschaffenen und gehaltenen Kirchenschiffes. Eines die eigene Größe weit überragenden Werkes. Das menschliche Leben zog sich vor Ehrfurcht in den Zwischenraum der Gesänge zurück. Dort oben schien man dem Paradies näher als unten auf der Erde. Diesem wunderbaren Ort, der hinter den „Zäunen" liegend, abgeschlossen, sich nur selten öffnete, dem man aber in Psalmen, Gebeten und Liedern näherkommen konnte. Man selbst überschaute diese Grenze nicht, lediglich die Helfer des Herrn wussten, wie es darin aussieht und kamen manchmal herab, um die Gefahren der Zeit abzumildern. Das war dann mehr als nur eine Wortspende. Der Grund musste Liebe sein, wenn Gott sich in die Welt begab und seine Begleiter dorthin aussandte.

Wir können inzwischen auf die 175 Jahre zurückliegende Revolution in Frankreich zurückblicken. Die Anfänge einer auf den alten Kontinent umgreifenden Freiheitsbewegung. Letztendlich mündete all dies in die Gerechtigkeit von heute. Inzwischen stoßen wir mit unserem Kennen und Können immer öfter an Grenzen und müssen dann bisherige wissenschaftliche Richtlinien in Zweifel ziehen. Man könnte sagen: „Je mehr wir zu wissen glauben, desto weniger glauben wir an das Wissen".

Heute leben wir in kirchenfernen, nicht unbedingt glaubensfremden Tagen. Die Gotteshäuser stehen leer, werden zunehmend verkauft. Vergrößerte Gemeinden bemühen sich um zeitgemäße Formen der Zusammenkunft. Die Häuser werden vermietet, es finden Konzerte, Tanzabende, Märkte und andere Veranstaltungen statt, die als sogenannte Events aufgezogen werden. All dies generiert Aufmerksamkeit und eben auch Geld, wenn die Spenden und Kirchensteuern wegen einer seit Jahren andauernden Austrittsflut und Abkehr ausbleiben. Neben den klassischen Kirchen, die jetzt auch keinen stabilen Halt im Leben mehr bieten können, sammeln sich immer mehr Anhänger in freien Religionsgemeinschaften. Einzig muslimische Gebetshäuser dienen noch ausschließlich dem eigentlichen Gründungszweck.

Die Beerdigungen auf dem Gottesacker und in Kirchgärten, die immer einen Blick in die Vergangenheit boten, sind längst nicht mehr die alleinige Möglichkeit zur Ruhe zu kommen. Die hier bei uns im Süden Deutschlands eher unübliche Art der Seebestattung hat sich von den Meeresanrainern hierher verlagert. Man überführt die Urnen auf dem langen Landweg und fährt mit einem Schiff zu den markierten Gebieten. Nur noch länger schwimmende Blumenblätter zeugen von dem versinkenden Gefäß. Wir erleben Friedwälder als direkten Kontakt zwischen uns, der Welt und der Natur. Die Übergänge werden fließend. Wir akzeptieren allmählich, dass wir zur Erde dieses Kosmos mit dazugehören. Auch die Begräbniskultur ist längst eine vorwiegend weltliche geworden. Trauerpflanzen, wie das sich nach der Blüte zurückziehende Tränende Herz, gehören längst schon der alten Zeit an. Mit seinen wie an einer Perlenschnur aufgereihten, weißen Tropfen, die aus blassroten, zierlichen Herzen zum Boden herabhängen, war es eine der wenigen Frühjahrspflanzen. Heute finden sich höchstens noch der haftend kletternde Efeu oder Eppich, der immergrüne Buchs als Symbole des Todes und der Auferstehung, und wo es erlaubt ist, auch eine niedrige Rose auf den immer kleiner werdenden Grabflächen. Die Frage, wie wir selbst unseren Lebensweg angehen wollen, wird uns damit nicht erleichtert. Genauso wenig, wie die Unwissenheit eine Lösung bekommen hat, den Ort der Seele zu benennen. Vielleicht liegt ein Stück Antwort in der Feststellung, dass der heutige Lebensalltag wenig Platz für Erfahrungen des Inneren lässt und dass wir zunehmend Zeit zur Verarbeitung benötigen, um diese Seele geschützt ausstatten zu können. Die regelmäßigen Gebete früherer Jahrhunderte waren ein Ritual des Dienstes auch in diese Richtung. Mehr noch, sie trugen sicherlich zum Bewusstmachen unguter Abläufe bei. Es ist wichtig, eine gewisse Art des Wissens über die menschliche Psyche aufzunehmen und zu bewahren. Besonders in rauen, nicht gewaltfreien Zeiten, in denen sich diese Kenntnisse auflösen, sollte man sich um den Aufbau und die Pflege eines Gewissens kümmern.

Wunder darf man eigentlich nicht erwarten, aber es gab und gibt einige Geschehnisse, die sich bisher nicht exakt erklären lassen. Nur dürfen wir nicht vergessen, dass unter diesen von uns nicht steuerbaren Erscheinungen beinahe das ganze Leben eines Menschen liegt. Dieses andere sind sehr seltene Ereignisse. Fast immer hat nicht eine einzelne Person ein bedeutendes System aufgestellt, sondern die Ergänzungen und Erweiterungen von Generationen von Gläubigen sind eingeflossen. Sie haben ihnen Wichtiges weiter vertieft und sie haben sich verschiedener Sprachen bedient. Die Schwierigkeit textlicher und bildlicher Darstellungen liegt einerseits in der Umsetzung einer über die Zeiten sich ausbreitenden Sache, wie der des Glaubens, und andererseits in der Feststellung des eigenen Gefühlszustandes. Beides muss sich einigen und dann auf eine farbige Sprache kommen, die von vielen Menschen der entsprechenden Lebenszeit und der nahen Zukunft verstanden wird. Das Gefühl bestimmt die

Lebendigkeit einer Niederschrift. Diese lange zurückliegende, für uns verlorene Epoche der sich verstetigenden Religiosität hat sich in unserer Phantasie nach vorgegebenen Bildern oder Belegen eingeprägt. Heute sind davon nur noch Spuren unter dem Wildwuchs der Gegenwart zu finden. Damit hat sich ein Mythos gebildet, der irgendwie die Bereiche der Erzählungen berührt. Zu den umfassenden Ratgebern zählt die Bibel. Sie beschreibt nicht nur einen genügsamen, nach der Natur auszuführenden, und einen frommen Lebensweg, sondern gibt vielleicht auch Anlass, ihre Schriften in den heutigen Tagen neu zu erlesen. Eine zunehmende Anzahl an Mitmenschen hat nicht die geringste Vorstellung, was hinter Kirchentüren vor sich geht, welche Bedeutung diese Gebäude haben. Keiner kann die vergessenen Schätze des Glaubens benennen.

Verschlungenes Grün

Gärten sind Orte, in denen die freie Landschaft in eine gedachte Ordnung gebracht wurde. Im Laufe eines Menschenalters leert sich ein Garten. Die blühenden, mehrjährigen Stauden und die feineren Blumen aus früheren Zeiten haben Platz gemacht für andere blatt- und halmtragende Pflanzen. Es sind die Spuren der Verflüchtigung und der Auflösung, die sich in ihn einzunisten beginnen. Die meisten Stunden teilt er fortan mit sich selbst. Die Fußspuren gehen in dem Maß zurück, wie sich die unterschiedlichen Schattierungen der grünen Farben zu überlagern beginnen und einzelne Blätter zu einem fast geschlossenen Laubdach zusammenwachsen. Aus dem recht übersichtlichen Garten ist mit den Jahren eine bei anderen Lebensformen, wie Pilzen, Moosen, Farnen und auch Tieren begehrte Wildnis geworden, die sich jeder strengen Form der Gestaltung entzogen hat. Die Gesetze der Natur haben sich durchdringend über diesen Bereich gelegt, durch den kein sichtbarer Weg mehr hindurchführt. Die Strukturen der ehedem menschlichen Fassung, die Stellen, die einen besonders innigen Klang in ihrer Mitte hatten, lassen sich nur noch erahnen. Die Natur wird immer unberührter, wandelt sich weiter, verwehrt sich dem älter werdenden Menschen und lässt ihn so vom besonnenen Gärtner zum Zuschauer werden. Die Vegetation hat sich das Recht genommen, üppig zu werden, wie einst der Mensch sich das Vorrecht herausnahm, die Entscheidungen für diese Fläche zu treffen. Der Garten ist Wirklichkeit und Erinnerung zugleich geworden. Dieses Wachstum überdeckt frühere Ideen, ohne dabei die Wahrheit einer ehemals künstlichen Anlage vollkommen zu verstecken. Was jetzt äußerlich zu sehen ist, hat seinen Ursprung in dem innerlichen Schauen, das alles Licht und die Pflanzen einstmals betrachtete und in der Art einplante, wie die natürliche Entwicklung dies jetzt umsetzt. Beides hat einen eigenen Rhythmus angenommen. Die gewaltige Natur lässt sich nicht mehr abstreifen, wie man es jahreszeitenlang mit den vom Jäten grünbraunen Handschuhen machen konnte. In einem Garten gelang das Leben. Es gelangte dorthin. Es begann dort zu keimen. Es waren die Wunschzeiten, in denen sich Hoffnungen und Ziele mit aussäen ließen und geschützt aufwachsen konnten. Ein Teil der Gewächse lässt dem in ihnen liegenden Wucherdrang ungehindert freie Bahn. Ein anderer Teil wird immer gegenstandsloser in seiner Struktur, überlässt dem Wind und dem Wetter seine Blätter, Stiele, seine Rinden und Hölzer, um daraus Neues entstehen zu lassen.

Manchmal besteht ein Garten nicht nur aus Pflanzflächen, sondern ihn ziert auch eine Wasserfläche. Auf den Gewässern, um die blühenden Teichrosen herum, trafen sich oftmals Wasser und Himmel in einem Farbton. Sind es die farbigen Bilder der Wolken im Wasser oder übernimmt das an sich farblose Wasser die Farben der Wolken für sich? Legen der Untergrund und die

Milliarden feinster Teilchen, die im Teich ihren Aufenthalt gefunden haben, das Aussehen der Oberflächen und die Buntheit des Wassers fest? Gilt für jede Wasserstelle das gleiche Prinzip oder ergibt sich für jeden anderen Winkel eine ganz eigene, reflektierte Farbe, bei der völlig unterschiedliche Komponenten eine Rolle spielen? Wird sie wie ein Mosaik zusammengesetzt und erscheint unseren Augen damit einmal blau, ein anderes Mal fast grün? Ergeben die Bakterien und Mikroben zusammen mit allen Schwebeteilchen die Grundlage, welcher Anteil an Lichtfarbe zu uns zurückgeschickt wird? Auch die Färbung eines stehenden Gewässers verändert sich im Laufe der Gartenjahre. Die Dichte des Wassers nimmt weiter zu, die Durchblicke werden trüber, kein Wolkengebilde und kein heller Farbton finden dort noch irgendeinen Zugang. Aus dem einstigen Himmelsweiher, der sich vom Regen speist, ist ein anderer Lebensraum geworden. Das so friedliche, private Gartenreich hat wieder einen Teil der Welt in sich aufgenommen. Von der duftenden Zartheit der Blumen, über die schimmernden Sonnenflecken bis hin zum bedrückenden Leid trifft sich alles in nächster Umgebung. Wenn der Gärtner gegangen ist, findet man bald auch den Garten nicht mehr. Sie sind beide Teil der beständigen Verwandlung der Welt geworden. Wenn die Gräser den Boden wieder übersponnen haben, wächst das Leben erneut graswurzelwärts und bedeckt sich selbst mit den Lagen vergangener Zeitspannen.

Kann es sein
dass die Wurzeln schon lange nicht mehr halten, was sie versprechen?

Wir wissen nicht mehr, wer wir sind. Haben die Natur nicht erfassen können, wie sie wirklich ist. Nur berechnend interpretieren gelernt, keinen Einblick gewonnen in das Wesen der Dinge. Liefern nur Erklärungen der Funktion, experimentell, die Wesenheit geht noch an uns vorbei. Wir haben nichts wirklich begriffen. Keine bleibende Orientierung schaffen können, trotz Forschung, Technik und Naturwissenschaft. Mehr denn je ist das Herumstochern in unserem Dasein in den Vordergrund gerückt.

Die Aufklärung hat den Menschen richtungslos gemacht, träumte von Vernunft und ihren Gesetzen. Entgegen aller Hoffnung und Überzeugung, zum Ursprung der Dinge zu gelangen, bewegen wir uns weiter an der Oberfläche des Lebens. Wir haben Wissen angehäufelt, massenhaft, Bruchstücke eines Ganzen und können es nicht zuordnen, verbinden. Es überfordert uns, quält uns regelrecht, macht unser Leben komplexer, undurchsichtig. Das Gegenteil war geplant, erhofft. Von der Erkenntnis sind wir weiter als je zuvor entfernt und spüren dies unbewusst. Sehnsuchtsvoll blicken wir auf Zeiten, in denen vieles verlässlich war, strukturiert, vorhersehbar, geordnet. Wir zahlen den Preis für die Freiheit, die wir wollten, die Freiheit des Einzelnen, die Selbstverwirklichung. Die Last der eigenen Entscheidung ist gewichtig geworden. Denn dieses Bewusstwerden und Handeln setzt ein ständiges Aneignen von Informationen, ein Durchforsten und Sortieren des üppig quellenden Materials voraus. Ein dauerndes Weiterbilden, ohne Innehalten. Dies ist ein äußerst anstrengendes Unterfangen, das uns fortwährend umtreibt, mit Angst erfüllt, denn der Anteil an Nichtwissen wächst täglich. Obgleich wir dazulernen verstehen wir vieles nicht.

Wir kommen nicht mehr zur Ruhe, finden keine Zufriedenheit, sehnen uns nach der ungestörten Natur, dem Ursprung, der Idylle. Die wir doch gleichzeitig, wo sie noch vorhanden ist, nicht ertragen, sondern zerlegen, umformen nach innovativem Maßstab, um schneller zu sein als die anderen, die wir nur noch als Konkurrenz begreifen. Es gibt keine große, stützende Gemeinsamkeit mehr. Die Verbindungen sind brüchig geworden. So leben wir vereinzelt, bekämpfen alles und jeden um uns herum. Haben ein unstillbares Verlangen nach Erlösung, Erfüllung. Die schenken wir uns vordergründig selbst in den so innig ersehnten Urlaubswochen, brechen regelgemäß aus dem Alltag und flüchten in wahre Natur in der Fremde. Dieselbe, die wir fünfzig Wochen im Jahr nicht erkennen, zerstören um uns herum.

Kann es sein, dass trotz Zivilisation seit Jahrhunderten an unserem Verhalten etwas nicht stimmt, dass wir in einer Sackgasse angelangt sind? Ist es möglich, dass wir ungeachtet allen Fortschritts, aller Lehre, einem Irrtum erlegen sind? Ist dies möglich?

Märchen begegnen uns gewöhnlich nicht im normalen Alltag – in der erlebten Wirklichkeit. Wir hatten das Glück, in einer solchen Traumwelt einige Zeit lang leben zu dürfen. Im Jahre 1978, in Röthenbach St. Wolfgang in der Feuchter Straße. Mein Mann und ich waren beauftragt worden, das Anwesen der Notarfamilie Held zu bewohnen und zu bewachen. Außerdem musste der noch dort lebende, vierjährige Schäferhund täglich versorgt werden. Das alles für unbestimmte Zeit, bis das Nachlassgericht Schwabach eine Entscheidung über den Besitz gefällt hätte. Anfangs machten wir uns Sorgen, ob wir mit dem kräftigen Hund zurechtkommen würden. Aber schon nach unserer ersten Begegnung hatten wir ihn liebgewonnen. Es dauerte nicht lange und er wich uns nicht mehr von der Seite. Wir hatten volles Vertrauen zueinander. Wir kamen aus dem Staunen nicht heraus. Hier war es wie in einem Märchen. Da stand ein herrschaftliches Haus, eine Villa aus der Zeit der 1920er Jahre, mit einem verglasten Wintergarten im ersten Stockwerk. Auf dessen Fensterbänken und hölzernen Blumengestellen thronten eine Vielzahl unbekannter, ehrwürdiger Pflanzengestalten. Kostbarer, in der freien Natur kaum noch zu findender Frauenschuh in voller Blüte, nebenan bizarre, buschartige Gliederkakteen. Äußerst seltene Nerinen waren umwuchert von langstieligem Asparagus. In einer Ecke schlang sich eine betörend duftende Wachsblume am Glas empor. Zwischen üppigen Grünlilien entfaltete sich reifer Frauenhaarfarn. Da standen die wilden Geraniensorten, wenn man vorbeistrich, verbreitete sich ihr Duft sofort. In der Sonne prunkten die alten, verholzten Sedumgewächse, die mächtig beeindruckten. Von manchen Arten kannten wir die Namen noch nicht, aber alles sah sehr erwartungsvoll aus. Damit war der Wintergarten unser beliebtester Aufenthaltsort im Haus geworden.

Jeder weitere Winkel des großen Gebäudes war belegt mit Möbeln, Teppichen, Vasen, Gemälden, Spiegeln, Leuchtern, schweren Vorhängen, zarten Spitzen, Büchern und vielen anderen Gegenständen. Wie wir wussten, allesamt wertvolle Antiquitäten. Noch nie in unserem Leben hatten wir einen solchen Reichtum, eine solche Vielfalt gesehen. So lernten wir den schillernden Glanz echter Seidenteppiche kennen, fühlten ihre samtige Oberfläche. Wir studierten die Zeichnungen und Formen chinesischer Vasen, erkannten die Transparenz ihres Porzellans. Wir waren umgeben von hunderten asiatischer und indischer Miniaturen aus unterschiedlichsten Materialien. Von Jade über Rosenquarz bis hin zu uns unbekannten Hölzern. Wir bewunderten hin- und hergerissen, kunstvollste, große Elfenbeinschnitzereien, die einmal als Tischfuß oder als Blumensäule dienten. Manchmal standen wir ehrfürchtig vor der lebensgroßen Buddha-Figur, die mit ihrem gütigen Blick, den feierlich aneinandergelegten Händen und ihrem göttlichen Ausdruck tiefe Ruhe, Weisheit und Verständnis ausströmte. Dann gab es die umfangreiche Bibliothek. Mächtige Jahrhunderte alte Eichenschränke und Regale gefüllt mit Tausenden von Büchern. Dazwischen die handschriftlichen Aufzeichnungen und fachlichen Querverweise, die Briefe, die Korrespondenz und die verblassten Photos zweier Menschen. Wir tauchten oft ein in diese Welt des Gedruckten und der Schriften. Wir verloren dann jedes Zeitgefühl und unser Wissensdurst und Interesse wurden immer größer. Um den Kopf wieder freizubekommen, gingen wir meist hinaus in den Garten.

Von der geraden, gekiesten Einfahrt am Haus zweigten unzählige Wege ab. Geheimnisvoll erschienen sie uns jedes Mal. Sie luden ein, ihnen zu folgen und ihren Zweck zu erforschen. Jeder Meter des Grundstücks hatte andere, wunderbare Höhepunkte. Einmal gelangte man an baumhohen, weißen Jasminbüschen vorbei, unter efeubewachsenen Laubbäumen hindurch, zu einer der vielen Brunnenanlagen. Hier war das Reich des steinernen Löwen. Er stand stolz auf seinem Sockel und schien darauf zu warten, die Wasserfontäne in das viereckige, bemooste Sandsteinbecken ausbreiten zu können. Ein Stück weiter begegnete man den pausbackigen Puttengesichtern, dem großen Neptun, dem Fisch oder einem kleinen Engel. Ein anderer Pfad führte in den chinesischen Garten. Seinen Rahmen bildeten meterhohe Bambuspflanzen zusammen mit dem filigranen Blätterdach der Fächerahorne. Der Boden war bedeckt mit großen Steinen, aus deren Fugen dichte, dunkelgrüne Moospolster hervorquollen. Dies war ein Ort der besonderen Stille und Atmosphäre. Ein weiterer Weg lenkte zu den Seerosenteichen. Durch die hohen Bäume gefiltertes Sonnenlicht tanzte zwischen den weißen und rosafarbenen Blüten. Kröten und Unken hielten hier ihre Konzerte ab und beinahe lautlos schwebten filigrane Libellen über den Wasserspiegel. An der Südseite stand eine mehrere Meter hohe Steinmauer. Von ihrer Krone rankte ein lianenartiges Gewirr von Trieben herab, es wirkte wie ein Wasserfall. Dazwischen huschten ständig flinke Eidechsen hin und her. Sie wärmten sich in der Sonne. Schmälere Wege führten weiter zu den Kiefern oder der Schlüsselblumenwiese. Wir standen vor seltenem Enzian und giftigem Germer. Wir entdeckten Waldmeister und sammelten Unmengen köstlicher, wilder Erdbeeren. An der Längsseite des Grundstücks, zum Alten Kanal hin, hinter einer weiten Wiese, stand das alte Gewächshaus. In ihm konnten unsere Tomaten und Paprika gut geschützt reifen. Daneben lagen die Spargelbeete, die wir sorgfältig vom Überwuchs befreiten und anhäufelten. Als Lohn ernteten wir mehrere Schüsseln zwar bleistiftdünner, aber hervorragend schmeckender Spargelsprossen. Davor lagen die mit Kanten umrahmten Gemüsebeete. Auch hier versuchten wir, in die Spuren der ehemaligen Schöpfer zu treten, säten, pflanzten, gossen und jäteten. Manchmal tief in die Nacht hinein, bis wir todmüde, aber zufrieden in die quietschenden Betten fielen. In der Villa gab es kein fließendes warmes Wasser, keine Dusche und keine Zentralheizung.

Allmählich lernten wir mit der Sitzbadewanne auf Löwenfüßen und den kalten Wassergüssen zurechtzukommen. Anfangs wollten wir noch das Kneipp-Tretbecken im hinteren Teil des Grundstücks herrichten und nutzen. Das Baden oder Waschen im Haus hatte aber nahezu den gleichen Effekt. Zu den intensivsten Bildern aus der Erinnerung an diese Zeit gehört eine weiße Marmorstatue. Sie hatte ihren Platz an der rückwärtigen Seite des Hauses. Als wir sie entdeckten, war sie von einem rostigen Metallgestell und einem gelblichen Wellplastikdach umgeben. Ohne lange zu zögern entfernten wir diesen geschmacklosen Wetterschutz. Wir waren überwältigt von dem Anblick, der sich uns darbot. Das war die Arbeit eines Meisters! Da standen zwei Liebende, die sich glücklich ansahen und umarmten. Ihre Gesichter waren schön und jugendlich. Langsam, ganz langsam veränderte sich der Ausdruck der Statue hin zur Reife, zum Dauernden. Die beiden verschmolzen zu einer Einheit.

Für uns bleibt dieses Kunstwerk immer eng verbunden mit den Menschen, die wir nie persönlich kennenlernen konnten. Aber wir durften in ihrem Haus wohnen und in ihrem Garten leben. Wir haben ihre Spuren gesucht, viel von ihnen erfahren und gelernt. Herr Held war jüdischer Herkunft, arbeitete, bis zu seiner Verbannung in das Haus, als angesehener Notar in Nürnberg. Seine Frau war nicht weniger begabt, was ihre millimetergroßen Stickstiche, ihre Näharbeiten und ihre Pflanzenkenntnis bezeugten. Es waren großartige, wissende Menschen mit tiefer Seele, und dies spiegelte sich auch in ihrem Haus und den Anlagen wider.

Dieses Lebenswerk existiert nicht mehr. Das Grundstück wurde wegen der vielen Erbanteile verkauft, parzelliert und zugebaut. Das gesamte Innenleben des Hauses ausgeräumt und ebenfalls zu Geld gemacht. In unseren Erinnerungen und Gedanken keimt diese Welt allerdings immer wieder auf und bereichert bis heute unser Leben.

Pflanzenbekenntnisse

Es gibt in der gesamten Pflanzenwelt drei vollkommen unterschiedliche, besonders beachtete, fast angebetete Blütengewächse, die wechselweise irgendwann in allen Religionen, volkskundlichen Überlieferungen, Bräuchen und heilkundlichen Schriften der Klöster oder Gelehrten vorkommen. Erstaunt beobachtet man, wie deckungsgleich die um unsere ganze Weltkugel verbreiteten Beschreibungen der Vorzüge und Eigenarten dieser Blumen geblieben sind. Die einzelnen Rezepte der Salben, Essenzen oder alkoholischen Auszüge und ihre Anwendungen bei bestimmten Unpässlichkeiten, in der Schönheitspflege oder bei unkomplizierten Krankheitsbildern gleichen sich ebenfalls in ihren grundlegenden Aussagen.

Natürlich haben die europäischen Kreuzzüge und die Verbreitung des Islams durch türkische und arabische Eroberungen einen gewaltigen Anteil daran. Es steckt viel Weisheit in diesem Wissen, das die Jahrhunderte überdauert hat und es ist auch heute noch so wertvoll, um es mit unserem eigenen Erfahrungsschatz zusammen wieder weiterzugeben. Unser persönliches Wissen drängt nach Ergänzung, wenn sich die Informationen vermehren. Diese sich damals ausbreitenden Botschaften der Botanik sprachen nicht nur den Verstand, sondern auch das Gefühl an. Wenn manchmal die ursprüngliche Bedeutung mit der Zeit verstaubt, ist diese nur zur Seite gelegt. Wenn dann die Stunden reif sind und die vormalige Bedeutung wieder erscheint, erwacht diese Kunde als Weisheit zu neuem Leben.

Eine der wahrscheinlichsten Erklärungen für die überall fast identische Pflanzenkunde dürfte in den gesammelten Aufzeichnungen der ehrwürdigen Bibliotheken, dem gegenseitigen Raub daraus in den vielerlei kriegerischen Auseinandersetzungen und den späteren Abschriften dieser Bücher liegen. Die enormen Kenntnisse wurden vom alten Griechenland über die römischen Eroberer weiterverbreitet und begannen später von der islamisch besetzten, spanischen Halbinsel wieder auf das restliche Europa zurückzuwandern. Jetzt aber angereichert mit den Pflanzen anderer Länder und Kontinente, von den arabischen Besitztümern, Indien und dem weiteren Orient bis hinauf zu den nordischen Regionen. Eine gigantische Pflanzenvielfalt, die förmlich nach einer umfassenden, für alle Verschiedenheiten gültigen Namensgebung der einzelnen Teile verlangte, da jedes Land und jede Region mittlerweile eine andere Bezeichnung entwickelt hatte. Bei Übersetzungen musste schon genau feststehen, dass es sich um ein und dieselbe Pflanze handelte, sonst waren die angegebenen Rezepte und die Kräuter vielleicht sogar gefährlich oder gesundheitsschädlich. Noch heute sollten wir bei jedem weiß blühenden Doldengewächs auf die verräterischen, dunklen Stellen und Flecken am Stielgrund achten, die den Tod bringenden Schierling kennzeichnen. Alljährlich werden Vergiftungen zu einem

Problem, wenn die überaus gesunden, stark nach Knoblauch riechenden Blätter des Bärlauchs mit den unbekömmlichen, aber völlig geruchlosen des Maiglöckchens verwechselt werden. Abbildungen oder Beschreibungen alleine enthalten nicht immer genug Anhaltspunkte, um die rechte, sichere Wahl treffen zu können. Heutzutage sind Photos die Selbstverständlichkeiten, früher waren es Zeichnungen. Normale Photographien beinhalten niemals alle charakteristischen Wesensstücke. Demgegenüber bleiben auch heute die hervorragend gestalteten und colorierten Kupferstiche oder die späteren gezeichneten und gemalten Bildnisse der Meister ihres Faches unersetzlich, was die detaillierte Genauigkeit angeht.

Um eine Pflanze richtig kennenzulernen, genügt kein kurzer, hingeworfener Blick darauf. Man muss sie beobachten, wenn sie sich über der Erde zeigt, wenn sie begonnen hat zu wachsen, dann, wenn sie ihre endgültige Form erreicht hat und zuletzt, wenn sie am Welken oder Verblühen ist. Zudem gibt es noch eine riesige Auswahl an unterschiedlichem Wurzelwerk, das ebenfalls zu einer Unterscheidung beitragen kann. Wenn es dunkel wird, werden Pflanzen munter. Sie bleiben die ganze Nacht hindurch geschäftig, denn dies ist die Zeit, in der sie wachsen. Tagsüber mit der Sonne hergestellte Stoffe werden in der Nachtschwärze auch zur Bildung neuer Zellen und zum Reifen der Strukturen genutzt. Das bleibt wichtig, da sie je nach Boden, Wetter, Wassermenge und Nährstoffbedingungen unterschiedlich gedeihen und dann durchaus etwas anders aussehen können. Innerhalb der natürlichen Wachstumsspanne der vier Hauptjahreszeiten hat jedes Gewächs seine eigenen, wie Gesetzmäßigkeiten festgehaltenen, fast instinktiv ablaufenden Verhaltensweisen. Manchmal hängt eben das Weiterleben von der Kenntnis des tatsächlichen Namens einer Pflanze ab. So gesehen war die Lebensaufgabe, die ordnende Einteilung des Pflanzenforschers Carl von Linné (1707 – 1778), der sich diesem schwierigen Thema nach fast zweitausend Jahren wilder Bezeichnungen annahm, ein Segen.

So hat sich der Begriff Fliederbusch für den im Juni blühenden schwarzen Holunder, Sambucus nigra, umgangssprachlich eingebürgert. Mit der Übersetzung aus dem Lateinischen, der stark duftenden, möglicherweise aus dem Balkan stammenden Syringia vulgaris Sträucher, ergibt sich die große Gruppe der eigentlichen Fliederbüsche. Das System der Doppelnamen wurde auch weltweit übernommen. Man benötigt eine ziemlich große Bandbreite an verschiedenen Objekten, um die Abweichungen und die Unterschiede herausarbeiten zu können, die dann zu einem prägenden Namen und einer haltbaren Einteilung führen. Wenn etwas in Hülle und Fülle vorhanden ist, erschwert es den Überblick, das erfordert Geduld und Genauigkeit. Bis heute ist allerdings eine dauerhafte Namensgebung und eine bindende Zuordnung aufwändig, da stets neue, bisher unbekannte Gewächse entdeckt werden. Die Einarbeitung der genetischen Abdrücke in der Neuzeit tat ein Übriges. Etliche der vorhandenen Pflanzen wurden in andere Klassen, Gruppen oder Arten hineingeschoben. So sollen der blaue Lotus und die Seerosen nicht miteinander verwandt sein, obwohl man glauben könnte, es wären lediglich andersartige Sorten.

Die bekannteste dieser drei Blumen dürfte die Rose sein. Allerdings nicht in der Form der uns heute geläufigen Ausführungen, sondern als wilde Rosen oder als die gallische Rose, die sogenannte Apothekerrose, die Blume des Mittelalters. Sie stellt bei uns die Krönung der Pflanzen dar, die Königinnen und der Gottesmutter geweiht wurden, deren Heilkraft, Schönheit der Blüten und vor allem deren Duft gleichermaßen betören. Es ist das blasse Lächeln der letzten Rose am kahl werdenden Zweig, das noch Anmut besitzt. Dieser Strauch ist mit allen Vorzügen ausgestattet, von ungestümem Wuchs und die Inhaltsstoffe seiner Blüten können seelische Schwankungen ausgleichen. Die Rose findet ihre Entsprechung in dem bei uns nicht vorkommenden, aber in den schlammigen Fluten des Nils beheimateten blauen Lotus oder Lotos wie er auch genannt wird, dessen Symbolik bewusst mehrdeutig bleibt, in allen Aufzeichnungen. Einer Pflanze, der nichts Irdisches anhaftet, da Schmutz und Wasser von ihr unbenetzt abperlen. Diese, bei uns höchstens in der Seerose ein gewisses Gegenüber findende Prachtblume, wird in etlichen Mythen und Religionen, wie dem Buddhismus, als heiliger, vollkommener Lebenskeim und Kraft des Lebens verehrt. Die letzte dieser zu Außergewöhnlichem aufgestiegenen Pflanzen ist ein Zwiebelgewächs. Die strahlend und blendend weiße Madonnenlilie. Sie fügt sich in ihrer Bedeutung und Symbolik der des Lotus an. Ihr aufstrebender, edler Wuchs ließen sie eine immer begehrte Haltung und Würde zeigende Blume werden.

Wie heute, so war damals der Erwerb von Wissen und das Lernen auf ein friedliches und sicheres Lebensumfeld angewiesen. Noch ist unser Planet nicht gänzlich erschlossen, kultiviert und unter unsere Hände gelangt. Es gibt auf ihm noch Pflanzen oder Substanzen, die bisher noch nie beschrieben wurden. Sie mögen ohne Nutzen sein, da keine Rohstoffe aus ihnen gewonnen werden, aber sie gehören in die Ahnengalerie der Natur, wie Sonne, Mond und Sterne. Seit Jahren werden Regenwälder und unzugängliche, steile Bergregionen nach Pflanzen durchforstet, die der Arzneimittelindustrie neue Produkte liefern können. Dieser Raubbau an einheimischem Pflanzengut führt zu einer weiteren Verarmung der dortigen Flora, aber auch die örtliche Bevölkerung verliert das ihr gehörende Wissen. So entwickelt sich ein gewissenhaft abzuwägender Konflikt. Die eventuelle Heilung einer Krankheit gegen die Unversehrtheit von Natur und die Rechtshoheit der Bewohner. Seit der Anwesenheit der Menschen schwankt dieser zwischen der notwendigen, dem Überleben dienenden Ernte aus der Natur, zum Beispiel dem Einsammeln von Reisig und einer unabhängig von ihm und seinem Tun ablaufenden Veränderung seines Lebensumfeldes und für ihn unvorhergesehen wie ein Vulkanausbruch auftauchende, oder langsam wie eine Eiszeit kommende, bedrohliche, nicht beeinflussbare Situationen, hin und her. Die Richtung sollte von Respekt vor der Natur geprägt sein, Forschungs- und Erforschungspläne lediglich dem vorsichtigen Begutachten und dem wissenschaftlichen Dokumentieren dienen. Wir müssen nicht überall einen Nutzen aus etwas ziehen. Zauber und Nutzbarmachung stehen sich an einem solchen Ort im Weg. Wir wissen meist nicht, was derartige Veränderungen uns nehmen im Verhältnis zu dem, was sie uns zu geben scheinen. Nicht zum ersten Mal würde ein Feuer entfacht, das tiefgreifende Folgen bei anderen Elementen verursachen könnte.

Ungeliebtes Duo

Es gibt zwei Pflanzen, die in den wenigsten Gärten und Anlagen willkommen sind. Dabei haben sich beide über die Jahrhunderte in etlichen Anwendungen bewährt. Die eine, die gewöhnliche Karde, auch Weberdistel genannt, wurde zum Reinigen der frisch geschorenen Schafwolle von anhaftenden Kletten oder Gräsersamen, von Kotstückchen und vielleicht auch Erdbröckchen verwendet. Um das wertvolle Lanolin zu erhalten, das natürliche Fett der Wolle, wurde diese so wenig wie irgend möglich gewaschen. Dann auch nur mit kaltem Wasser, auf jeden Fall ohne jegliches Reiben, das nur zu einem Verhakeln und Verfilzen der Fasern geführt hätte. Der letzte Kardiergang war zum Ausrichten der Wollbüschel gedacht, damit diese Haarstücke dann gut zum Drehen der Fäden abgegriffen werden konnten. Hier war es besonders wichtig, dass die Schurwolle sehr fettreich war, damit die Finger der Personen an Spinnrad oder Haspel nicht aufrissen. Die Kardenblüte besteht aus einem violett-blauen Ring, der sich rund um die eiförmige, mit langen, spitzen Dornen besetzte Gestalt der Kapsel zieht. Die hart ausgebildeten Blumen- und Stängelblätter sind so geformt, dass sie das Regenwasser oder den Tau einfangen und zum kantigen Stiel hin überfließen lassen. In neuester Zeit wird den Kardensamen eine unterstützende Hilfe bei der Bewältigung von Borreliosefolgen nachgesagt.

Die Mariendistel sieht man schon etwas öfter. Ihre große Grundrosette am Erdboden ist von wehrhaften, stechenden Endungen überzogen. Wie ihr Name schon vermuten lässt, hat der Volksmund sie nach der Christmutter benannt. Der Legende nach fielen dieser beim Stillen ihres Gotteskindes Tropfen der Muttermilch auf die ausgebreiteten, grünen Distelblätter und färbten etliche Stellen cremefarben ein. Man empfahl die Samen bei schwermütigem Empfinden, das ähnlich wie das spätere Leiden Marias am Schicksal ihres Sohnes war. Eine Anwendung der Samen bei Schwierigkeiten mit der Leber wird auch heute noch empfohlen. Ihr hervorragender Verbreitungsdrang, der einen Anklang an den des Löwenzahns hat und auch den Luftzug zu Hilfe nimmt, lässt sie über lange Jahre in der Umgebung der einstigen Mutterpflanze wieder aufkeimen. Dieses Gewächs ähnelt damit einer christlichen Gemeinde, die sich um den Glauben herum scharte oder um im Bild zu bleiben, den Menschen, die sich um eine Kirche herum ansiedelten.

„Auch wenn man die Disteln ins Paradies verpflanzt, werden sie keine Rosen."
Deutsches Sprichwort

dass der Wohlstand die Entfremdung von der Natur nach sich zieht. Nur ansatzweise begreifen wir, dass der bedingungslose Fortschrittsglaube uns mehr genommen als gegeben hat und uns je geben wird. Es gibt Lebensbereiche, in denen Veränderung keinerlei Verbesserung bewirkt.

Eigentlich gesteht Verwildern jeder Pflanze den ihr eigenen natürlichen Ausbreitungsdrang zu. Die Begriffe naturnah oder verwildert werden aber äußerst abwertend verwendet. Naturnahe Orte sind veränderbar. Wenn die hohe Wiese gemäht ist, ergibt sich ein völlig überraschender Anblick auf angrenzende Bereiche. Vorher verdeckte Stellen werden nicht nur sichtbar, sie bieten Gesprächsstoff und neue Anregungen. Eine andere Weite tritt vor uns in die Augen. Die gleiche Größe lässt sich auf einmal viel größer einschätzen. Die Fläche an sich hat sich nicht verändert. Das Bild von ihr, das wir in den Augen hatten, ist zu einem anderen geworden. Innerhalb kurzer Zeit – zwischen den Blicken. Deswegen fällt es uns so deutlich auf.

Unsere Gärten können für Kinder nur Ersatznatur bleiben. Kinder bewegen sich anders in einer Umgebung, in der Natur noch einfach erreichbar ist. Hier entsteht eine ständige Aufforderung zum Spielen, entwickelt sich die Lust sich dieses Umfeld aus eigenem Antrieb greifbar zu machen. Ganz nebenbei erspüren sie damit die Inhalte, die ältere Jahrgänge ihnen als „ihre erlebten Erinnerungen" der eigenen Kindheit erzählen. Natur bleibt der „Spielplatz" für große und kleine Abenteuer, auch zwischen den Generationen. Wir besitzen Flächen oder Lebensräume, in denen wir die Möglichkeit haben ordnend zu wirken, unsere eigene Art des Aufräumens zu entwickeln. Wir sollten dies im Bewusstsein tun, dass dieser Besitz nur ein Eigentum auf Zeit ist. Es gibt eine Geschichte davor, ohne uns, wir sind eine Zwischenstufe in der Gegenwart und in der weiteren Geschichte. In der Zukunft wird es wieder andere Verhältnisse geben. Vielfarbigkeit oder auch Vielfalt kann ein Gärtner schaffen. Abwartend in einen alten Garten eindringen, ein Grundmotiv im Kopf, den Rest dem Beobachten des Zufalls überlassen und das ist oftmals das Einfache in der Verteilung der Natur. Ihre Anordnungen erwachsen nicht gereiht in Zeilen gezogen. In den für uns so willkürlich wirkenden Pflanzenumgebungen steckt ein großes Maß an Erfahrung, die wir für uns nutzen können. Die natürlichen Ergebnisse lassen sich abschauen und wiederholen, auch wenn wir es niemals so gut können wie die Natur selbst. So lohnt sich dieser Versuch trotzdem.

Tun wir doch das, was wir gut können und lernen das, was wir noch nicht verstehen. Natur verbreitet sich selbst durch Samen. Jeder Boden ist ein schlafendes Samenreservoir für diejenigen Samen, die ausgereift zu schwer zum Fliegen sind. Für die anderen steht nicht nur vom Gewicht her die Flugvariante offen. Auch Bodenbeschaffenheit und Klima ließen ihnen charakteristische

Flugorgane wachsen, machten sie reiselustig und damit unabhängig von wassergesättigten Erden. Umwelt siedelt sich mit Leichtigkeit selbst um und an. Wie immer schöpft sie alle zur Verfügung stehenden Möglichkeiten aus, hat immer mehr als eine einzige Strategie für eine Sache entworfen. Natur ist nicht wählerisch, aber erprobt. Bei unserer sprachlichen Wortwahl lässt sich, vom Klang her, eine weichere Aussprache der Begriffe ermöglichen. Ändert sich damit die Zustimmung, wird sie dadurch wohlwollender? Man sagt nicht mehr Unkraut heutzutage. Aus dem Beikraut wurde Wildkraut. Gemeint bleibt immer noch dieselbe Pflanze. Hat sich in unserer Wertschätzung wirklich etwas geändert? Wie vermitteln wir dies den Kindern, die ein hervorragendes Gespür für „Erwachsenenlügen" und fehlende Glaubwürdigkeit besitzen - von Natur aus.

Denken und Reden, den mit Worten arbeitenden Bereichen fehlt es an der Eindeutigkeit, wie zum Beispiel einer mathematisch führbaren Bestätigung. Wie anders als durch definierte Versuche und Beweise, lassen sich allgemeingültige, zumindest über mehrere Epochen hinweg anhaltende Gesetzmäßigkeiten aufstellen. Gleichungen, die keine Gleichnisse vermitteln und auch durch gesellschaftliche Umwälzungen nicht an ihren Inhalten zerbrechen – die mehr darstellen als einen reinen, noch keine Grenzen besitzenden Leitgedanken. Genaugenommen werden Zusammenhänge schon zu Naturgesetzen, wenn die späteren wissenschaftlichen Überprüfer keinen abweichenden Sonderfall finden, der dieses Dach des menschlichen Wissens in Schieflage bringen kann. Die Feinheiten einer Sprache lassen sich einprägsamer nieder, wenn auch andere menschliche Sinnesebenen beteiligt sind. Wer noch ausdauernd mit den Händen die einzelnen Bausteine, die Worte vielfach eingeübt hat, dem fallen auch während des Redens leichter unterschiedliche Formulierungen ein. Hände und Finger und die Art, wie mit ihnen von klein auf umgegangen wird, legen in unserem Gehirn neue Nervenbahnen an. Verbindungen, die wir für unser Dasein so dringend brauchen.

Uns gelingt es nicht, allein mit den Dingen zu überleben, die uns die Natur reichhaltig angeboten hat. Wir brauchen mehr. Wir benötigen Kleidung, um damit den unterschiedlichen Wetterbedingungen einigermaßen unbeschadet etwas entgegensetzen zu können. Wir haben aus Geräuschen Sprachen entwickelt, die so unterschiedlich wie die Klimazonen dieser Weltkugel sind. Wir haben unseren Geruchssinn über die Jahrhunderte nur ungenügend benutzt, weil wir glaubten, durch das angeblich wichtigere Hören und das Sehen uns genügend Überblicke verschaffen zu können. Wer aufgrund einer entzündlichen Krankheit kaum mehr riechen kann, der bemerkt, dass er auch beim Essen nichts mehr schmeckt, denn beides erfolgt gleichzeitig. Es ist so wichtig, keinen unserer gegebenen Sinne zu über- oder zu unterfordern und jedem eine gebührende Aufmerksamkeit zu schenken. Gerade mit Düften sollten wir nicht zu überschwänglich umgehen, da unsere Nase nur wenige chemische Substanzen nacheinander gut wahrnehmen kann. Von uns unbemerkt arbeitet sie dauerhaft, genau wie unsere Ohren immerzu den Schwingungen in unserer Atemluft zuhören. Beide brauchen sie dringend ihre Erholungszeiten und wie alle biologischen Systeme nutzen sie sich im Laufe eines Lebens ab.

Wer zu viele duftende Rosen pflanzt, kann den Duft der einzelnen Pflanze nicht mehr zuordnen.

Mit der fortschreitenden Industrialisierung gingen Eigenständigkeit und weitgehende Unabhängigkeit des Einzelnen verloren. Die vormals übliche Eigenversorgung der kurzen Wege und die leichte Verfügbarkeit der Dinge des täglichen Bedarfs in der dörflichen Umgebung wurde von einer immer größer werdenden Warenwelt abgelöst, welche man sich von seinem hart erarbeiteten Geld entweder absparen musste, auf jeden Fall nicht mehr so günstig wie früher zulegen konnte. Waren vorher nur bestimmte Sachen für ein einträgliches Leben nötig, so entstanden allmählich umfangreichere Wirtschaftskreisläufe, welche die hergestellten Gegenstände quer durch die Landschaften und Kontinente zum Erwerb anboten.

Je mehr sich vor unseren Augen ausbreitet, desto eher entstehen in unserem Inneren Sehnsüchte nach den noch nicht vorhandenen, jetzt aber bekannten Anschaffungen. Um diese sinnvoll und für sich passend auswählen zu können, bedarf es einer fachgerechten, auf das persönliche Leben zugeschnittenen Beratung und Unterstützung. Dies alles schafft neue Abhängigkeit. Es erwächst eine sich stetig vervielfachende Menge von Abläufen, bei denen man sich helfen lassen muss. Die nötigen vertrauenswürdigen und fähigen Helfer zu finden, steht auf einem ganz eigenen Blatt. Jedenfalls steigt der für ein übliches Leben nach seinen Vorstellungen aufzubringende Einsatz. Unbestritten bleibt, dass die Einführung einer Krankenversicherung durch Reichskanzler Otto von Bismarck 1883 in der Kaiserzeit und die Abmilderung verlustreicher Umstände durch andere Schutzmaßnahmen für die Beteiligten ein beruhigender, sorgenfreierer und dadurch sicherlich auch lebensverlängernder Schritt war. Während in den Zeiten davor jede erwachsene Person die eigene Sterblichkeit stets vor Augen hatte, sie immer als mehr oder minder langer Schatten mit ihr umherging, konnte jetzt diese Endlichkeit weiter in die Zukunft gelegt werden. Damit entwickelte sich natürlich auch ein bedeutender gesellschaftlicher Wandel und die notwendige Verpflichtung mit einer immer umfangreicher werdenden Menge an Abmachungen im direkten, familiären Umfeld klarzukommen.

Es gibt eine besondere Grenze, ähnlich der kritischen Masse im Bereich der Kernenergie oder dem Beginn einer dauerhaften Krankheit, bis zu der die Natur aus ihr entnommene Schätze und aus den Fugen geratene Gebilde ausgleichen oder erneuern kann und damit ein für uns lebensfreundliches Umfeld aufrecht erhalten kann. Durch das schnelle Ansteigen des allgemeinen Wohlstandes für eine steigende Zahl an Menschen innerhalb weniger Generationen und den immer häufiger gestellten und auch gestillten Wünschen wurde das Maß des möglichen Ausgleichs weit überschritten. Wenn in einem Kraftwerk in der Atomenergie die Kettenreaktion begonnen hat, lässt es sich nur mit einem riesigen Aufwand wieder gefahrlos herunterfahren. Auf jeden Fall bleiben unter anderem gigantische Mengen an entsprechend vorgereinigtem und kühlem Wasser notwendig, um diesen Vorgang innerhalb einer überschaubaren Zeitspanne durchführen zu können. Viele von uns haben die bekannt gewordenen Reaktorunfälle vom amerikanischen Harrisburg, dem ukrainischen Tschernobyl und, im begonnenen neuen Jahrtausend die Kernschmelze im japanischen Fukushima, noch zukunftsprägend in Erinnerung. Ganze Gebiete sind auf Zehntausende von Jahren dadurch verseucht und lebensfeindlich geworden. Die Inseln, Wüsten oder die Ozeane und Festlandbereiche, auf oder in denen radioaktive Waffensysteme getestet oder als Drohgebärde anderen Menschen gegenüber abgeschossen wurden, stehen ebenfalls auf unserer immer noch länger werdenden Schadensliste. Dazu kommt, jetzt um den aktuellen Jahreswechsel, das Wissen, dass neuerlich ein Kernreaktor in der Ukraine, der derzeit größte in Europa befindliche, im dort herrschenden Krieg beschossen und angegriffen wird. Welch vollkommener Wahnsinn! Hat die Generation der Kriegsausführenden die Folgen der vormaligen Unfälle nicht mitbekommen oder blendet der Hass auf den Gegner sämtliches Geschehen aus den Überlegungen aus?

Der mörderische Abwurf der beiden Atombomben durch die Amerikaner im Zweiten Weltkrieg auf japanische Städte mit ihren unter unsäglichem Leiden dahinvegetierenden Opfern und den vielen Tausenden Toten hat das Weltgewissen ebenfalls nur für kurze Zeit innig bewegt. Ihm folgten, zwar relativ zeitnah, etliche Abkommen und Verträge, deren Einhaltung und Überwachung aber bis heute nie zu einer generellen, übereinstimmenden Ächtung geführt haben. Es ist eines der tiefgreifenden Armutszeugnisse, das die Menschheit sich selbst gegenüber ausstellen muss. Ein Versagen der einst so stolz eingesetzten Gremien. Nachdem sich unser Verhalten im Umgang mit unserer Umwelt nicht deutlich verändert hat, scheint es inzwischen so, als ob der Natur ihre vermittelnden, ausgleichenden Kräfte ausgehen.

Ein sorgfältiger Umgang mit den Lebensgrundlagen ist nicht nur eine Aufgabe des Staates für seine Bürger, sondern obliegt auch jedem Einzelnen. Wer von der Landwirtschaft lebt, muss darauf achten, dass er die Erdflächen, die ihm zur Verfügung stehen, fruchtbar erhält. Genaugenommen muss er das Bodenleben und die Nährstoffe in den wichtigen Humusteilchen in einen ernährenden Zustand versetzen, damit seine eingebrachte Saatmenge gut wachsen kann und er anschließend zumindest einen leichten Ernteüberschuss erhalten kann. Hat er für diesen Gesamtablauf nicht genügend Kenntnisse erworben, oder spielen die Witterungsbedingungen, bei sonst guter Arbeit, schlichtweg den Erzfeind und lassen keine Erträge möglich werden, so wird sich eine auch für die Nachkommenden sehr ungünstige Entwicklung verstetigen. An deren Ende steht eine Oberbodenschicht, die durch Erosion abgetragen wird und womöglich die Unfruchtbarkeit des gesamten Feldes.

Wer regelmäßig kleinere Reparaturen zum Erhalt oder zur Pflege durchführt, erspart sich die Suche nach etwas Ähnlichem oder gar Neuwertigem, muss damit auch keine notwendige Entsorgung durchführen. Er hat zwar in kürzeren Abständen einen Teilaufwand abzuleisten, jedoch vermeidet er einen endgültigen Zustand, der ihm die Luft zum Atmen nimmt. Noch angenehmer bleibt es natürlich, wenn man in der Lage ist, jedem Gegenstand, jeder Tätigkeit, die ihm gebührende, notwendige Aufmerksamkeit gewähren zu können. In unseren, die Stunden fressenden, aufgeladenen Zeiten, gelingt es tatsächlich nur den Wenigsten von uns oder uns nur für wenige Aktionen wirklich hingebungsvoll, gänzlich bei der Sache zu bleiben. Wir müssen oftmals vollendete, aber keineswegs hervorragende, von außen herangetragene Abläufe einarbeiten. Diese schränken unseren vorhandenen Spielraum weiter ein. Es stellt dann eine Art von Lebenskunst dar, in den eigenen, gleichförmigen Verhaltensweisen, den Gewohnheiten, innezuhalten und sie dadurch weiterhin beibehalten zu können. Etwas Außergewöhnliches und besondere, nicht mit einem Wert zu beziffernde, aber eventuell lebensnotwendige Bereiche zu erkennen, fällt uns im Alltag nicht leicht. Nicht alles, was vergleichbar und messbar ist, kann auch bewertet werden. Wer kann schon sagen, wieviel ein Blitz wiegt? Wie setzt man den Wert eines Hundertjährigen Baumes an? Wer kann den Preis für eine durch unser Tun verschwundene Vogelart angeben? Wer legt den Nutzen oder eine Verbesserung zwischen alten und neuesten Samensorten fest? Wie schafft man es, die Dinge, die aufgrund unseres „Weltbildes" ein ausgesprochenes Schattendasein führen mussten, endlich aus den düsteren Ecken herauszuholen und wieder in die vorderste Wichtigkeitsreihe zu stellen? Diese Reichtümer, die man nicht besitzen kann, die einem nur für einen kurzen Augenblick geliehen werden, die nicht käuflich sind.

Je mehr Gedanken man entwerfen kann, desto mehr Zusammenhänge blitzen durch ihre Sinnverknüpfungen. Daraus tauchen erneut genügend Fragen auf, von denen etliche sofort lösbar sind und anderen eine schon vor vielen Dekaden erarbeitete Antwort zugeteilt werden kann. Wenn Lösungen überdauern konnten in ihrer Gewissheit, so kann ihr Gehalt nicht falsch angesetzt gewesen sein. Wie kann man diese Verfahren, die schon ein hohes Alter haben, nutzbringend für die heutige Zeit umformen? Was verlieren wir, wenn wir von unserem angehäuften Wohlstand und der guten Versorgung einen Anteil abgeben müssen, beziehungsweise ein Stück davon für die nachwachsende Generation aufsparen? Sollte jeder von uns darüber Buch führen, ohne dem anderen seine Rechnung, gar seine Abrechnung zu präsentieren? Viele Worte lassen sich leicht finden und zusammenfügen. Deutliche Sätze verlangen aber nach höherem Denkaufwand. Doch solche Texte allein sind nur ein wichtiger Schritt in Richtung eines Problembewusstseins. Wie bekommt man in unserer sogenannten freien Marktwirtschaft, in unserer repräsentativen Demokratie, eine zustimmende

Mehrheit und Mitarbeit für einen weitreichenden Umweltschutz und Naturwiederaufbau? Fragen gegen die ziehenden Wolken des Himmels zu richten ist einfacher als die Antworten, die zwischen ihnen und uns liegen zu entschlüsseln. Wir brauchen die längst erkannten Wege, die der Natur die Fähigkeit zurückgeben, ihre eigene, lebenserhaltende Sprache wieder und weiterhin zu finden.

Würden wir anders spüren?

Auch als Davongekommener erholt man sich nicht von der Nähe des widerwärtigen Geschehens und kann selbst unter den vielen Sprachen keine finden, in die diese Erlebnisse hineinpassen. So ließen jene tagsüber die Stunden ineinanderfließen, sie einfach vergehen, ohne Höhepunkte, ohne Niederlagen. Man konnte noch nicht viele Gefühle zeigen, der Schmerz schnürte das Leben fest ein. Verengend, ohne helle Farben, die Vergangenheit hatte die Zeit völlig durcheinandergeschüttelt. Jetzt fühlte man sich eher wie eine Kreatur, wie ein Gegenstand, der auf irgendeine Weise in die Freiheit geschossen wurde. Nur diesen abgekapselten Teil, den wollte keiner der Neuankömmlinge öffnen, um dem Ozean darin kein Entweichen zu ermöglichen. Dieses Wasser enthielt gewaltige Mengen an Staub aus den vielen Trümmern der leeren, unbewohnbaren Nachbarlandschaften.

In den Erinnerungen beweinten sie die meiste Zeit und ließen das andere längst fern an ihnen vorbei. Man wusste, es gibt ein eigentliches Leiden und eines, das zusätzlich durch weiteres Denken erzeugt wird. Gibt es einen bestimmten Grund, zu einer bestimmten Zeit geboren zu werden? Eigentlich wollte man sich von dem Vergangenen lösen, andererseits wächst all das, was man macht, aus diesen Wurzeln. Auch die jetzigen Menschen um einen herum haben keine Pause in ihren Schicksalen. Mit den vorbeigehenden Momenten wird es immer schwieriger, zwischen dem Richtigen und dem Falschen zu unterscheiden. Sie achteten zu wenig auf ihre augenblickliche und schnelle, innere Stimmung. Diese übersättigte Flut an grauen und kalten Bildern lässt alle regelrecht erdrückt zurück. So hineingepresst wehrt irgendwann jeder Körper weitere, vielleicht sogar wichtige Mitteilungen ab. Sie wurden gleichgültiger, damit war ein tiefes Trauern kaum noch machbar. Ohne es eigentlich zu wollen, häuften sie der nachfolgenden Generation diese schweigende Last auf die Schultern. Diese war viele Jahrzehnte damit beschäftigt, jenem Gepäck wieder Worte zu geben. Sie musste ihre Wissbegier woanders stillen, denn auf die Fragen nach dem Warum hatte sie nie eine umfassende Antwort bekommen.

Wenn Geschichte nachwächst

„Die Worte an sich haben einen so sicheren und überzeugenden Gang, dass es den Anschein hat, als könnten sie herauskommen und ihren Schritt ebenso sicher auf einem beliebigen Stück Papier überall auf der ganzen Welt, immerzu gleich fortsetzen."

Sprachliche Sensibilität gehört unabdingbar zu einem ausgeprägten Sprachgefühl. Zu oft bekommt der schlechte Geschmack ein zu gutes Gewissen. Gerade in der deutschen Sprache schwirren noch genügend Dunkelworte herum, aus denen schon einmal Reden geschmiedet wurden. Begriffe, die mit ihrer perfiden Semantik einen immens schweren und trüben Klang weitertreiben. Sie werden von einem der vielen Münder an den anderen weitergereicht. Es ist das Verhalten Schaulustiger ohne große Bühne. An den Jahrestagen eines schwarzen Datums wirbeln sie besonders eifrig von Kopf zu Kopf. Wir sollten uns von diesen Vexierworten nicht täuschen lassen, die in Wirklichkeit nur ein Wortbruch der Versprechen sind. Von jenen Sprüchen, die Wahrheit bis zur Unkenntlichkeit beugen und dehnen. Jeder hat das Recht auf eine eigene, ungewöhnliche Meinung, aber nicht das Recht auf ein Umdeuten der Fakten.

Manchmal gibt die Entregtheit der Zuhörer zu denken, die diese Silbenzusammenhänge nicht per se in Anführungszeichen sehen. Auf die Zukunft zu achten ist heute schon nötig, wenn vergangene Worte wiederbelebt werden. Wenn sie kein Fremdkörper mehr sind, obwohl sie Nieten des Sprachschatzes bleiben. Mit Wortschöpfungen sollte man vorsichtig umgehen, ihre Altlasten und Anhängsel einbeziehen – sie können die Umwelt verengen und einsam machen. Worte an sich kommen unschuldig daher. Doch lastige unter ihnen ziehen Gerede an, kreieren Trittbrettfahrer, erreichen somit eine eigene Lebensdauer und Reichweite. Zeitenwenden wiederholen sich in der übernächsten Generation. Wenn die Betroffenheit nachgelassen hat, hat sie Platz geschaffen für vermeintliche Leichtigkeit und die Schwester, die Seichtigkeit, schlängelt sich wunderbar unsichtbar hinein. Viele sind Augenmenschen geblieben. Der Blick nach rechts dehnt sich zunehmend in die Jetztzeit aus, hat sich aus dem letzten Jahrtausend ins Heute hineingeschlichen. Nicht erst seit gestern malt sich ein nicht zu übersehender Teil der Bevölkerung wieder braun an. Zu den bunten Farben zählt dieses Braun nicht. In den herzabgewandten Blickrichtungen schwirren die Altlasten nur so um uns herum.

Welche Gesellschaft kann dies auf Dauer aufsaugen, ohne von innen zu schäumen? Die Hefe für diese Gärung überlebte Jahrzehnte nicht im statischen Bücherwissen, sondern in den Köpfen ganz normaler Familien. Die Rechtsblindheit zieht weiterhin ungehinderter ihre Kreise, als es der Geschichte recht sein kann. Das Vergessen hat dem Verdrängen wieder die Bahn geöffnet, die der Wind schon verweht hatte. Schon sind die nachgewachsen, die mehr sagen, als sie vor der Historie verantworten können. Was bei ihnen heutzutage vorbei ist, ist nie gewesen, ist eine ihrer schwarz gedruckten Formeln. Es gibt wieder erschreckend viele, die an der Wahrheit vorbei formulieren. Sie zeigen sich ungeniert, sind längst aus ihrer Überwinterung aufgetaut. Statt einer neuen Einrichtung wurden nur die schäbigen, alten Möbel umgestellt.

Hatten wir an eine Gemeinschaft geglaubt, die hellwach bis zum Misstrauen wächst, ohne unaufmerksam im Kurzschlaf zu verharren? Sie hat nach wie vor etwas Kümmerliches an sich haften, es klebt permanent, lässt sich wortlos nicht abstreifen. Gemeinwohl besteht nicht im luftleeren Raum und kann sich der grauen Vorkommnisse nicht durch Stagnation erwehren. Vertrauen in Zukunft benötigt immer eine genaue und detailreiche Aneignung der Vergangenheit. Diese hat auch eine Vorgeschichte, vor der Vorgeschichte. Es sind Anzeichen von Blindheit, wenn die Spitzen einer geordneten Gesellschaft braunen Spuk nicht sehen. Sie sind unbescheiden genug. Sie müssen vielmehr regelmäßig durch zivilgesellschaftliche Aktionen daran erinnert werden, welche Aufgaben und Anforderungen noch vor ihnen liegen. Ein Teil der Bevölkerung hat mehr Lösungskompetenz als manche von ihnen gewählte Volksvertreter. Wen verwundern da Wahlen, zu denen kein Wähler kommt? Ohne eine exakte wissenschaftliche Aufarbeitung bewährt sich keine Geschichtsschreibung. Diese Art der Aufarbeitung hat in der Bundesrepublik Deutschland leider immer noch Tradition. Die Angst vor den ehrlichen Tatsachen ist riesig. Erst wenn die Institutionen selbst bedroht werden, scheinen sie zu handeln, kriechen sie aus ihrem Beobachterstatus heraus. Nur wenige Taten gleichen ihren Worten. Dies steht auf den Seiten der alten Lehrbücher, bringt keine Wendung hin zu einem gerechteren, demokratischen Staatsgebilde und zu mehr Vertrauen in Politiker.

Das Totschweigen der bestehenden Intoleranz hat nicht zu einem Mehr an Toleranz geführt. Genauso wenig hat jemals ein Krieg einen bestehenden Krieg beenden können. Meinungen, zu einseitigen, persönlichen Thesen erstarrt, beunruhigen im Grunde genommen nicht, wenn sie nicht ideologisch aufgestempelt übernommen werden. Der Kitt einer Gesellschaft bleibt die Kritikfähigkeit des Einzelnen. Es war absehbar, dass die ignorierte Vergangenheit sich rächen würde. Die Gauß'sche Normalverteilungskurve, eines der Wenigen uneingeschränkt gültigen Gesetze, greift auch im gesellschaftlichen, sozialen Bereich und jedem politischen Spielfeld.

Kant formulierte einmal: „Der Mensch hat Absichten, nicht so die Natur. Die humanisierte Welt gerät aus den Fugen und es bedarf Geduld und Unterscheidungsvermögen bis wieder Kontinuitäten wachsen." Menschen zerstören immer wieder ihren eigenen Frieden.

Sprache an sich ist nicht eindeutig. Wir können ein Ja sprechen, und ein Nein meinen, es so formulieren, dass ein Ja im Satzzusammenhang zu einem Nein wird. Eindeutige Aussagen, die nicht umgedeutet werden können, die ohne

94

Eigensinn daherkommen, gelingen nur mit dem genauen Studium mehrerer, unterschiedlicher Quellen, diese Richtung erweitert die nötige, eigene Sprachkompetenz.

Genauso wenig hat jemals ein Krieg einen bestehenden Krieg beenden können.

Kann man diesen Ausspruch noch so richtig ohne Gewissensbisse von sich geben? Ohne Hin- und Hergerissenheit zwischen einer Zustimmung und innerlicher Wut auf einen Kriegstreiber im Jahre 2022? Kann man wirklich noch ruhigen Gewissens den Opfern diese Worte sagen und sich zurückziehen? So entstehen zerrissene und gespaltene Herzen und ehrlicherweise die Antwort: Es gäbe eine eindeutige Haltung, wenn sich der Krieg hier bei uns vor Ort austoben würde. Selbst ein ehemaliger Bundespräsident würde sofort zur Waffe greifen. Wie lassen sich da alte Glaubenssätze aufrechterhalten, wenn sich die Bedingungen so grundlegend geändert haben? Der Krieg der gefilmten Bilder ist ein anderer, er lässt uns abstumpfen. Ist ein weiteres Verharren in Gewaltlosigkeit feige? Der russische Präsident Putin hat schon 2020 unverhohlen die Prämisse ausgegeben: Russland soll in den nächsten Jahren um die Arktis anwachsen. Bei einem Großmanöver mit fünfzig Kampfschiffen und vierzig Flugzeugen wurden auch amerikanische Fischereischiffe von Kampfflugzeugen bedrängt. Dieser Täter Putin spekuliert darauf, durch die Rohstoffkrise und schmelzendes Eis einen Vorteil für seine Energieprojekte zu erlangen. Er will sein Land vergrößern.

Das klingt so harmlos. Durch Bomben zerstörte und verseuchte Gebiete zeigen den wahren Charakter einer Person, die sich von der Zivilisation und Humanität des 21. Jahrhunderts vollkommen verabschiedet hat. Immer noch bleibt ein Hauch von Nicht-Glauben-Wollen, dass das Undenkbare, ein Krieg nahe bei uns, hier in Europa, absichtlich begonnen wurde. Es gibt jemanden, dem das Grauen des Zweiten Weltkrieges mit all seinem entsetzlichen Leid und den Folgen für Generationen nicht ins Innerste eingebrannt ist. Die Fassungslosigkeit lähmt. Es gibt wieder einen Menschen, der mordet und tötet, ohne selbst eine Waffe in die Hand nehmen zu müssen. Er verübt Verbrechen, geht davon aus, niemals dafür belangt zu werden. Das nützt er aus... Das Leben ist nicht so gerecht, wie man es als Kind in seinem instinktiven Gerechtigkeitsgefühl geglaubt hat. Es ist so schwer in seinen Ansichten glaubwürdig zu bleiben und eine deutliche, klare Meinung zu haben, ohne einen einzigen Zweifel.

Wenn etwas sehr stark betont wird, meint man mehr wahrzunehmen als in den Worten liegen kann. In manchen Zeiten umrahmt den Garten keine Welt, dann umgibt ihn nichts mehr. Er grenzt für sich alles ein, stellt eine einzige Welt dar. Dann liegt auch nicht eine Spur der Wirklichkeit über ihm. In solchen Augenblicken trägt die Luft seine Farben und ist angereichert mit mächtigem Willen und jeglicher Freiheit. Es gibt keine Andeutungen eines Außen, sie haben sich in die Lücken der Sätze zurückgezogen.

Häufig färben die Wolken den Himmel dunkelviolett ein und die Wehmut liegt braun auf den Wiesen, bleischwer. Es sind nur die Trauerweiden, die wieder einmal gleichmäßig breiter wachsen. Die Heimat hat angefangen als Heimat zu verschwinden. Das spärliche Grün, das trotzig aus ihr aufwächst, zeigt einem, dass man nochmal davongekommen ist, bisher jedenfalls. Bis hierher hat man für den hämmernden Kugelhagel und die pfeifenden Geschosse unsichtbar bleiben können. Soll man dies schon kleines Glück nennen oder doch nur Zufall? Noch letztes Jahr war hier ein ganz normaler Garten gewesen. Geteilt, die Zierfläche vor dem Haus, für jeden einsehbar, mit den wenigen Nutzbeeten hinter dem Gebäude und dem Gestrüpp, das früher einmal Kartoffelacker war, voller Furchen und Hügelreihen mit Kraut und blauen Blüten. Inzwischen gehört es einer Wildnis, die sich über die Regeln der Natur in Bewegung setzt.

Wenn man den Garten von weitem betrachten würde, dann hat er keine Struktur mehr aus sich selbst heraus, sondern die Umgebung vereinnahmt ihn, nimmt ihn auf als eine Erhebung neben ihren Kratern, unversehrt. Es wird ihm nur noch jene Geschichtlichkeit bleiben, die alten Gärten zu eigen ist. Am Morgen, wenn man wieder anders sieht als am Abend, hebt sich die Verzweiflung des Schlafes nicht auf, aber sie zeigt deutliche Anklänge an eine Welt über die einstmals der Dichter Heinrich Heine (1797 – 1856) schrieb: „Denk ich an Deutschland in der Nacht, / dann bin ich um den Schlaf gebracht."

Aus dem Apfelbäumchen wird ein Baum

In unserer Staatsform tragen die gewählten Vertreter die Verantwortung dafür, dass die endlichen Rohstoffe und Bodenschätze nicht von Wenigen geplündert werden können. Dies gilt umso mehr für die Unversehrtheit des Lebens der Bewohner, also für grundlegende Bereiche, wie saubere Luft, reines Trinkwasser, gesunde Nahrungsmittel, ausreichende Bildungsmöglichkeiten und auch eine einigermaßen gleichmäßige Aufteilung der Flächen, der Güter und des Geldes eines Landes unter seiner existierenden Bevölkerung. Je unterschiedlicher diese Grundversorgung angelegt ist, desto ungleicher und brüchiger werden die entstehenden Lebensformen.

Es bleibt Aufgabe einer jeden Regierung, die in Jahrhunderten gewachsenen ethischen und moralischen Regeln des friedlichen Zusammenlebens seiner Bürger zu schützen und vor allem eine Vorbildrolle bei der Einhaltung dieser Errungenschaften einzunehmen. Wenn sich eine Ahnengalerie von Verlierern innerhalb einer Familie ausgebildet hat, haben diese Personen das Recht, das bestehende System anzuzweifeln. Wer jahrelang keine überzeugende Antwort auf seine drängenden Probleme bekommt, kann auch seinem Umfeld lediglich unbeantwortete Fragen weitervererben. Wer in dieser Hilflosigkeit eingesponnen wurde, entzieht sich sehr leicht den vernünftigen, ehrlichen Unterstützungen und lehnt sich nahe an Mutlosigkeit und Verzweiflung an. Manche Menschen werden unter Umständen auch empfänglicher für knappe Mitteilungen und eingängige Aussagen, die ihnen eine Veränderung ihres Lebensumfeldes versprechen. Damit soll sich dann auch ihre gesamte Lebenslage aufhellen. Dieser Ablauf wiederholt sich in schöner Regelmäßigkeit, wenn ein Staatengebilde zu lange seine eigenen Gesetze nicht den neuen Verhaltensweisen „angepasst" hat. Es ihm nicht gelungen ist, die Mehrheit seiner Einwohner noch von sich zu überzeugen. Nach etlichen Jahren mit geringer, freiwilliger Wahlbeteiligung hat sich die Wählerschaft auf mehrere Untergruppierungen, also Parteien und Zusammenschlüsse verteilt. Somit wird die Führungsgruppe immer längere, intensivere Gespräche halten und untereinander abzustimmende Vorgehensweisen ausarbeiten müssen. Der Spannungsbogen der Meinungen kann sich dann schnell so vergrößern, dass eine wichtige, zügige Aufarbeitung der anstehenden Verbesserungen verzögert wird, weil sich die vielen teilnehmenden Abgesandten nicht einigen können. Möglicherweise treffen dann auch nur einige von Wenigen gewählte Personen einschneidende Maßnahmen für die Masse der Bewohner eines Landes. Die Zufriedenheit sinkt weiter, während die Angst vor weiteren Verlusten gewohnter Wichtigkeiten zunimmt. Die ersten demokratischen Versuche der Weimarer Republik waren schon nach kürzester Zeit zum Untergang verurteilt, da, neben anderen Zuständen, ein großer Teil der Bevölkerung das Wesen einer Demokratie noch nicht erspürt hatte. Jene Staatsform wurde damals von den gewalttätigen Umwälzungen zwischen den starren Ideologiefronten zerrieben. Diese nationalfrommen und kaiserstolzen Gruppierungen einerseits und Selbstaufgabe des Einzelnen, gepaart mit vorgegebenen, gleichmachenden Gedankenzielen andererseits, heizten mit vielen Toten übersäte, aufgehetzte Straßenkämpfe an. Als Resultat entstand das von Adolf Hitler und seiner nationalsozialistischen Gefolgschaft eingerichtete Großdeutsche Reich. Es bildete die Hauptkeimzelle des zweiten, weltübergreifenden Krieges.

Auch in der Jetztzeit hat sich ein Zustand für die Menschen festgeschrieben, der unweigerlich zum Protest oder Widerstand führen muss. Ein nicht unerheblicher Teil der Bevölkerung hat ihr Vertrauen in die Richtigkeit der Ordnung, Regeln und Gesetze verloren, da sie, aus ihrer Sicht, offenbar nicht für alle Personen gleichermaßen gelten. Die Zäsur des letzten der beiden Weltkriege hat hier bei uns einen Nullpunkt auf dem Maßband der Existenz für Millionen von Menschen markiert. Die damaligen Nachkriegshoffnungen gründeten auf der Einführung eines gerechten Wirtschaftsgebildes, welches jeden Bewohner mit allen notwendigen Produkten gerecht ausstatten kann. Verständlicherweise lag das Augenmerk zuallererst auf dem Wiederaufbau der völlig zerstörten Infrastruktur, den Verkehrswegen, dem Einrichten einer fließenden Wasserversorgung und eines stabilen Stromnetzes. Dann folgten die Behausungen, welche anfangs eher das Aussehen von Holzhütten hatten. Aber die ausgebombten Personen und die mittlerweile viele Hunderttausende Vertriebene und Flüchtlinge mussten schnellstmöglich untergebracht werden. Nach Aufständen oder Protesten war diesen ausgezehrten, erschöpften Personen nicht zumute. In einem gigantischen Programm wurden Eigenheimsiedlungen aus dem Boden gestampft, ohne Rücksicht auf Umweltbelange. Anfangs benutzte man die Baumaterialien der Ruinenstädte. Die einzelnen Familien legten selbst Hand an beim eigenen Hausbau für die Zukunft. An Natur oder irgendeine Umwelt dachte niemand. Jeder wollte den Krieg vergessen, so schnell wie möglich diese zerstörten Gebäude beseitigen und an ein irgendwie besseres Leben gelangen. Die Amerikanisierung der deutschen Gesellschaft war voll im Gange, selbstverständlich auch gefördert durch die stationierte amerikanische Besatzungsmacht, die ihre Kultur über die beschlagnahmten Kasernen hinaus, durch ihre Soldaten draußen unter die Menschen warf. Bei den Medien mussten Rundfunk und die gedruckte Tagespresse bald ihre Vorrangstellung aufgeben und mit den aufkommenden ersten Programmen des Schwarz-Weiß-Fernsehens teilen. Die Welten der gefühlvollen Liebesromane und der rührseligen Heimatfilme feierten riesige Triumphe. Und doch gärten im Untergrund die unaufgearbeiteten Verbrechen an Juden, Roma und anderen ausgegrenzten Minderheiten. Wer waren die Schuldigen? Die damals noch junge, gerade gegründete Bundesrepublik und ihre eingerichtete Gesetzgebung waren nicht willens, alle Verstrickungen oder Täter und Mitläufer zu benennen. Genügende dieser Schuldigen behielten oder bekamen Posten mit guter, geldlicher Bezahlung und Absicherung, egal ob in Justiz, Politik, Schulwesen oder Wirtschaft. Verdrängen und Vergessen lauteten die Botschaften.

Schnell wurde klar, dass dieses so rasant gestartete Wirtschaften die Folgen für die zukünftige Gesellschaft und die Umwelt nicht über den Preis der Produkte abdeckte, sondern der Bürger vom Staat über neue Abgaben ein weiteres Mal, neben seinen gesundheitlichen Belastungen, jetzt auch über sein Erspartes und sein Einkommen zur Begleichung aufgefordert wurde. Es kann kein endloses Wachstum geben, wenn die dafür notwendigen Dinge endlich sind. In den Jahren um 1990 herum begann das Thema Umweltschutz allmählich Einzug in die bisherige öffentliche Diskussion zu halten. Die allgemeine Technikgläubigkeit begann Risse zu bekommen. Wenn eine Technik oder ein Verfahren großflächig im öffentlichen Leben oder der Industrie Anwendung findet, haben wir uns meist über die negativen Begleiterscheinungen noch nicht genügend Gedanken gemacht. Wir bewerten die für uns erfolgversprechenden, nutzbringenden Abläufe zuerst und vernachlässigen bei einer Abwägung die schlechten Einflüsse auf andere Bereiche. Im schlimmsten Fall werden Folgen zwar auf der Herstellerseite oder der politischen Seite erkannt, aber den Bürgern verschwiegen.

Nach der Reaktorkatastrophe von Tschernobyl im April 1986 war die Milch der Viehwirtschaft stark radioaktiv belastet. Das daraus hergestellte Milchpulver war unverkäuflich. Um den Verkauf wieder anzukurbeln, stellten sich Politiker milchtrinkend in Nachrichtensendungen und behaupteten, dieses weiße Getränk sei unschädlich, nach wie vor gesund. Das Trockenpulver wurde im Rahmen von Ernährungsprogrammen in Länder um den Äquator verschifft. Erst zunehmende Bürgerproteste stoppten diesen verachtenden, zynischen Transport. Derartige Gegebenheiten wiederholen sich ständig. Gerade im Lebensmittelbereich berührt dieses widersinnige Verhalten zutiefst die Belange des menschlichen Daseins. Es gelingt kaum mehr, sich den überall hineingewucherten Werbeaussagen und Verheißungen zu entziehen. Sie scheinen eines der wichtigsten Mittel geworden zu sein, bei uns Verbrauchern einen zusätzlichen Bedarf zu wecken. Aus den fünf Teesorten, die früher grundsätzlich vorrätig waren, sind zwei Regale, mit den an entsprechende Jahreszeiten angepassten Aufgussgetränken, mit angeblich nur naturbelassenen, gesundheitsfördernden Inhaltsstoffen geworden. Diese vielen verschiedenen Arten müssen nach dem Ende des Haltbarkeitsdatums als verfallen aussortiert werden. Eine gigantische Verschwendung an Rohstoffen, seltenen Zutaten und Arbeit. Noch verheerender sind die Zustände bei leicht verderblichen Erzeugnissen. In den Supermärkten kommt man schier mit dem Aussortieren in den Obst- und Gemüseabteilungen nicht hinterher. Fein versprühtes Wasser soll eine gerade erst geerntete Ware vorgaukeln. Nachdem uns schon bestimmte Lichtfarben in der Beleuchtung frischere und bessere Waren vortäuschen sollen, bedient sich der Einzelhandel nun auch Duftölmischungen, um damit unsere gezielte Aufmerksamkeit über die niederschwelligen Geruchserinnerungen an den Produkten kleben zu lassen. All dieser Aufwand führt aber nicht unbedingt zu mehr Verbrauch. Wer satt ist, isst nicht noch einmal. Wir verlieren die Wertschätzungen für die Lebensmittel. Uns fehlen zusehends die Erfahrungen des Wachsens, Reifens, der angemessenen Pflege und des richtigen Erntezeitpunktes, der den besten Gehalt an Inhaltsstoffen und einen vollmundigen Geschmack der verschiedenen Früchte und Gemüsesorten ausmacht. Eine Frucht, die rund um diesen Globus geflogen ist, kann nicht taufrisch abgeerntet sein. Wir sollen dieses überbordende Warenangebot aus aller Welt das ganze Jahr benötigen.

Wenn einmal eine Falschmeldung verbreitet ist und angebliche Umfragen den wichtigen Stellenwert belegen sollen, dies ist bei der werbebedingten Nachfrage und Auswahl ebenso, wie können wir da noch unbeeinflusst für uns richtige Kaufentscheidungen treffen? Heutzutage bedeutet einen Überschuss zu erwirtschaften, soviel wie: Hervorragende Qualität wird vernichtet! Entweder direkt bei den Erzeugern, weil die Erlöse zu niedrig sind oder in den sogenannten Bio-Tonnen der Nahrungsläden. Die Versuche einiger meist jüngerer Menschen, diese Verschwendung deutlich für alle kundzutun, dieser damit ein Ende zu setzen und jene nach wie vor essbaren Waren aus den Kunststoff-Behältern zu retten, werden bei uns bisher als Diebstahl zur Anzeige gebracht. In diesem Land wird man dafür bestraft, dass man einen irrsinnigen, gegen jeden gesunden Menschenverstand bestehenden Umstand nicht hinnimmt und das wichtige Gut der Esswaren vom Wegwerfprodukt wieder hin zu seiner ursprünglichen Bestimmung führen will. Es wird nicht auf Erzeugerebene versucht, diesem Vernichtungswahn ein Ende zu bereiten oder etwa bei den Zwischenhändlern ein anderer Geschäftsablauf eingefordert. Als fadenscheinige Gründe werden meist die freien Wirtschaftsabläufe, welche ohne staatliche Eingriffe bleiben müssten, vorgegeben. Jeder von uns hat schon einmal zu viel leicht verderbliches Essen eingekauft. Wenn Haltbarmachen oder Verwendung als Tierfutter ausscheiden, so bleibt vielleicht noch das Kompostieren. Die einzige Möglichkeit als Verbraucher aus dieser misslichen Falle herauszukommen, besteht in einem bewussten, aber zeitintensiveren Einkaufen.

Zur jetzigen Zeit müssen wir weltweit aufgrund des russischen Krieges gegen die eigenstaatliche Ukraine eine enorme Verteuerung der Waren hinnehmen. So zwingt uns ein äußerer Zustand über den Umweg der Teuerung und damit über unseren Geldbeutel zu einem Verhalten, welches freiwillig nicht so schnell zu erreichen war. Wir bevorzugen wieder die wichtigen Nahrungsmittel und geben ihnen damit einen Wert zurück, der ihrem Lebensgehalt eher entspricht. Es ist eben nicht selbstverständlich, nicht hungern zu müssen. Wenn man gesättigt ist, kann man sich wirklichen Hunger nicht vorstellen. Er frisst zuallererst jede Menschlichkeit, macht bisher friedliche Personen zu Rivalen. Wir dachten einmal, wir könnten aufsteigen in unserer Wertigkeit und dieser natürlichen Umwelt etwas „beibringen". Die Natur ist überall auf ihrem unbekannten Weg. Sie hat keine für uns bisher klar beschreibbare Richtung. Und doch übersteht sie mit unglaublicher Energie alle Widrigkeiten in den vielen Jahrmillionen seit dem Urknall, an den wir uns nach Beweisen suchend herangetastet haben. Dieses Weltgebilde hat eine vielleicht ewigliche Zeitspanne zur Verfügung. Wir dagegen eine endliche, unsere Kräfte aufbrauchende Lebenslänge.

Manchmal fällt es uns schwer, aus dem bisher Erlernten auszubrechen und uns andere Fertigkeiten anzueignen, starre Konventionen hinter uns zu lassen, unsere Gedanken davon abzuhalten, die Abraumhalden wieder zu blühenden Landschaften umzulügen. Wir leben mit dem vergangenen Geschehen. Wir bewegen uns innerhalb der immer gleichen Rückschauen, von denen einige schon versunken sind, andere früher einmal vergessen waren oder sich verändert haben, manche von ihnen tragen noch nicht abgeheilte, schwere Beben in sich, liegen ganz tief unten. Seltsam wird es bisweilen, beim nochmaligen Nachprüfen der eigenen Merkfähigkeit. Irreführend und verwirrend, falls sich daraus völlig unterschiedliche Varianten ergeben. Welche Fassung bleibt die ehrlichste von allen? Schmücken sich die Gegebenheiten mit zunehmenden Jahren und ansteigendem Alter anders? Schönt sich die Vergangenheit? Welche Eindrücke und Sätze muss man dann weglassen, um näher heranzukommen an das vormalige Geschehen? Ein Zuviel an Reduzieren birgt den Nachteil der Unschärfe. Wenn die Bilder durch die Jahre gezogen sind, lassen sie in ihrer Beweglichkeit nach, vervielfachen die Ungewissheit, weil Feinheiten entflogen sind. Manche erscheinen wie ein fernes Echo, wie ein vergilbter Kommentar.

der bach ist längst weitergeflossen
die unruhe bleibt dem fließen erhalten
das im hier und jetzt ankommende wasser
kommt konturloser daher
trüber als vor einiger zeit

Kann man eine einzige Wahrheit herausfinden? Lässt sie sich im Rückblick noch irgendwie rausschälen aus der Ansammlung verschiedenfarbiger Gedächtnisprotokolle, als alleinigem Abbild des Geschehens? Manches bleibt namenlos, man kann es nicht genau wissen. Manche Duplikate sind nie selbst gemacht worden, aber unstrittig vorhanden. Die Grenzen der mahnenden, inneren Stimme sind gewissenhaft. Wie viele Tatsachen kann man aufnehmen, die einem dann unverfälscht in den Sinn kommen, ohne der von uns erfassten Wirklichkeit ihre Glaubwürdigkeit zu nehmen? So wird Erinnerung für einen Moment wahr, taucht sie für einen Augenblick auf. Der Zeitgeist schult sich in seinem Sinn dazwischen, wird von Generation zu Generation weitergegeben, mit dem darübergelegten Nutzen. Er entwickelt eine Gesellschaft, die Umwelt nur liebt in ihrer zivilisierten, menschlichen Form. Viele vertraute Gedanken verlieren ihren Wohnort, werden nicht sichtbarer, wenn die Zweifel an der Reihenfolge der Geschehnisse nagen. Dort, wo die Worte hängengeblieben sind, in seidenen Fäden, die wie Spinnweben alles auffangen. Woanders türmen sich Lücken, die eigentümlich größer werden.

Irgendwie findet sich darin etwas, das andere „Heimat" nennen. Was andere Heimat nennen, ist ihr eigenes Vertrautes - ihr Eigen. Vielleicht eine Ansammlung von Gebäuden, freie Landschaften. Die Draufsicht gleicht geröteten Morgenwolken, die durch die Zeit gereist sind. Unter ihnen haben wenige Generationen ihre leidenschaftliche Bodenverwertung umgesetzt. Asphalt statt Wege, manchmal verirrt sich dorthin auch ein Vogel. Versiegelung, dazwischen etwas Grün angesiedelt - Naturkosmetik. Gegossene Plätze und Häuser statt lebendiger Architektur. Das Gewissen, diese einzigartige, nach außen lautlose Stimme, diese innere Sprachgewalt, erweitert langsam die Notwendigkeit, einen passenderen, sprachlichen Ausdruck zu finden. Mit der Nachbeobachtung fährt auch die unruhige Antwortsuche ihre Schwingen herab und landet wieder in der Gewissheit. Es legen sich Wiederholungen an jeden Ort, zu jeder Zeit, bei jedem Anlass über das Erlebnis und bestätigen es, geben ihm diese Glaubwürdigkeit. Dann müssen Worte nicht mehr reden können. Das Aussprechen hat alles so verändert, dass die Wörter ihren bisher gewohnten Platz verloren haben und losgelöst, gänzlich allein dastehen. Aber es haben sich frische Sätze gefunden, die nicht mehr verschleiern, sondern schützen.

wo das wasser herkommt
dafür gibt es keine worte
an die verblassten alternden nebelbänke
hängen sich beschwerende gewichte
vom vorigen tag
bis sie abregnen

Am Ursprung

Das leise Gluckern einer Quelle, die urplötzlich aus der nassen Schicht des Gesteins entspringt und das danach folgende Plätschern eines Rinnsals, das zum über Steine springenden Bach anschwillt, kann zu einem Wegweiser mitten in den von dichtem Laub bekrönten Bäumen werden. Hilfreich auch, wenn diese Blattschichten den Blick auf den Sonnen- und Schattenstand versagen oder tiefhängendes Grau der Wolken kein Orientieren in Tageszeit und Richtung zulassen. Ab und zu lassen sich die Zeichen der mit Flechten, Moosen und Algen überzogenen Rinden der Bäume schlecht finden. Sie wären immerhin ein Hinweis auf die bei uns vorwiegende Regenrichtung, den Westen.

Allmählich dringt Licht durch den löchrigen Blattfilz und wirft seine Muster auf die Spiegelfläche des Wassers, das damit alle Tiefe verliert und sich darunter unsichtbar verbirgt. Licht- und Dunkelheit erscheinen in diesem Grenzbereich wieder wie Tag und Nacht. Das Wasser fließt, einem silbernen Band gleich, gehalten von grünen Rändern, durch die inzwischen gänzlich anders geformte Landschaft. Es wirkt jetzt lebendiger, nicht mehr so geheimnisvoll, da die mit einer algengrünen Schicht überzogenen Steine, die moosbewachsenen Hölzer und die wassergesättigten Farne zurück blieben, ihm nicht in die offene Landschaft folgen konnten. Bachabwärts findet sich meist ein Weg heraus aus zu viel Wald, hinein in sich öffnende Flächen der Wiesen und Weiden.

Begegnungen mit noch ungefassten Quellwassern, die so unverhofft entstehen und vielleicht schon die Spuren eines großen Flusses mit sich tragen, sind nicht häufig im Leben. Es bleibt auch sehr berührend, im weiteren Verlauf beobachten zu können, wie sich immer weitere fremde Wasser in die Richtung eines einzigen Baches aufmachen. Je weiter dieses Zusammenwachsen fortschreitet, umso mehr Leben gleitet unbemerkt von uns in das Wasser hinein. Unsere Wahrnehmung schwankt zwischen Vermutung und Beobachtung hin und her. Manchmal kann man die einzelnen Wasser noch eine Zeitlang an ihrer unterschiedlichen Farbe erkennen und begleiten, bis sich bald darauf ein homogenes Bild ergeben hat und doch gibt es verschiedene Ursprünge, verschiedenes Wissen im Wasser.

Ein tiefes Gefühl kommt auf, wie bei einem gelungenen Gedicht. Jene gefühlten Zeilen, bei denen man darauf achten muss, ob die Worte auch das meinen, was sie bedeuten. Welcher Anteil an Ausdruck stammt von welchem Wort? Welcher Keim und damit Inhalt vom Leben von welchem Wasser?

Gartenlust

Die Lust zu Reisen, den Wunsch, ferne Länder zu sehen, habe ich eingetauscht gegen Rosen, gegen ein Stückchen Erde mit Pflanzen und Bäumen. Einen Garten voll Wildnis, der mir schenkt, was ich in fremden Ländern sicher nicht finden kann. Geborgenheit und Tiefe, ein Kennen und Verwurzeltsein. Auch wenn manchmal die Wehmut treibt, zu wenig gesehen zu haben von der Weite der Welt, so habe ich doch viel empfunden von der Macht der Natur, ihrem Reichtum, und Einblick erhalten in ihre unglaublichen Fähigkeiten. Weil ich ein kleines Fleckchen Erde betreue und schon aus Furcht, etwas zu versäumen, nicht von ihm lassen kann.

Es ist diese Vielfalt im Kleinen, Gesetze des Mikrokosmos, die sich auch im Makrokosmos abzeichnen und im Großen übertragbar sind auf jeden Winkel dieser Welt. Das Wissen um Wünsche und Sorgen der Pflanzen und Tiere, ein Blick, ein Gespür für natürliche Umwelt. Das Werden mit den Blumen, die Freude der Begrüßung nach den langen Winterzeiten, sind ein ständiges Geben und Nehmen. Welcher Ersatz sollte dafür bereitstehen? Unter der Linde in Juninächten, die Nachtigall im Wipfel, dieser allabendliche Gesang, der selbst weiße Rosen rot färbt. Diese Lieder, die Sehnsucht und Erinnerung von Generationen gefüllt haben. Was gibt es Schöneres als einen Ort nicht nur als Ausschnitt für ein paar Stunden, sondern als Ganzes über die Zeit zu erleben und nur so seine kleinen und großen Geheimnisse erspüren zu können, sein Verändern und Reifen beobachten zu können? Wie das Wachsen eines Kindes, das selbstständige Wege geht, dem Plan nicht wirklich folgend, sein eigenes Wollen und Persönlichkeit entwickelt. Da gibt es das Rascheln des Igels, die Augen des Siebenschläfers, das Züngeln der aufrechten Natter. Die Geschichten von Fingerhut, Rittersporn und den Rosen, den anmutigsten Pflanzen, die mir je begegnet sind. Deren Wesen ich schon früh erlegen bin, leidenschaftlich. Alte und Historische Rosen. Dieser Widerspruch zwischen zarter, kurzlebiger Blüte und stachelbewehrten, kräftigen Zweigen, eine Spannung, wie sie nur bei diesem Strauch mit seinen Blüten zu finden ist und der damit auch die Gegensätzlichkeit der gesamten Welt scheinbar in sich trägt.

Da gibt es Blumenfreunde, die mich dreißig Jahre lang durch Gärten stets begleitet haben. Nicht im Vorbeifahren, Durchreisen, in flüchtigen Augenblicken erlebt man jene Wunder. Dass der Siebenpunkt im Lavendel schläft und wintert. Die Hornisse im Vorsommer die Wilde Möhre braucht, später an der Berberitze saugend, sie umkreisend ihre tägliche Route zieht, die Zeit angibt mit Genauigkeit. Libellenflug, der einsetzt, wenn der Sommer kiefernwärts geht. Smaragdgrün im gefilterten Nadellicht. Die Eidechsen mutig sonnend auf heißem Stein oder neugierig aus freien Mauslöchern blickend. So sehe ich vieles nicht, was andere erblicken, aber kenne manches, was sie nie sahen. Ich war nie in Asien am weißen Strand, bin nie im Vogel geflogen. Ich kenne die Schwalben, die Amseln, die Krähen, davon habe ich Lebensbilder. Ich bin nie dem Alltag entflogen, der Kreis, den ich zog, war genügend. Ein Blick auf Meran, einen Hauch von Provence, knappe Tage genügten, um Kraft zu schöpfen. Erspart habe ich mir riesige Touristenhotels, betongleiche Animationen. Überhaupt soll ich Zeit damit vergeuden, in Blechlawinen stockend, im Stau stehend, ausharren? Triumphierend gewesen sein am fernsten Reiseziel. Die Kilometer Entfernung sind der gesellschaftliche Gesprächsstoff, das Maß aller Dinge. Man ist auf der ewigen Suche nach Entspannung und irgendeinem Wohlfühlen. Immer diesen hinterhergejagt, hat man von der Zeit nichts besessen. Und obendrein, ich werde nicht fertig damit, ausreichend nachzudenken, was mich umgibt, tief genug, was mir begegnet. Reichlich zu sehen im Begrenzten und meine Worte zu finden, mir meine Gedanken zu bilden.

Irgendwann fehlt der Platz

Ein Garten ist ein menschliches und damit sehr leicht zerstörbares, verletzliches Kunstwerk, dem immer das Einlassen und wieder Zurückschieben der Natur anhängt. Bisweilen hat auch ein Naturfreund oder Pflanzenliebhaber einen viel größeren Bezug zu einem Gartenstück, als zu der sich wild ausbreitenden Natur. Er verbringt seine Zeit eher in dem kleinen Flecken als mit ausgedehnten Wanderungen. Es begegnen ihm keine Heerscharen mit teuren sogenannten Outdoor- oder Trecking-Produkten bedeckten und bestückten Personen. Wegen der einstmals gedachten grenzenlosen Freiheit des Wanderns oder des Bergsteigens mussten irgendwann die Gesetze enger geschnitten werden, um damit deren möglichst feinmaschige Überwachung zum Schutz der Bergwelt oder anderer Areale, wie der Dünen und Höhlen und vor allem der Naturschutzgebiete zu gewährleisten.

Dieser Boom, der Freizeit füllend angetreten ist, muss sich regelmäßig verändern oder aber steigern, sonst verliert sich die Masse in seinem allzu Gewöhnlichen und kommt nicht mehr zurück. Der Reiz des Abenteuerlichen schmilzt dahin und sichtbar bleiben die ausgetretenen Trampelpfade einer im Gänsemarsch darüber hinweg gegangenen Freizeitgesellschaft. Übrig bleibt ein falsch verstandenes Erobern fremder Reiseziele, das uns reichhaltige Erinnerungen bringen soll. Für die besuchte Gegend gibt es einen kurzen Moment der Aufmerksamkeit und einen geldlichen Wohlstand, der schnell abebbt, um sie dann wieder mit sich selbst im Unreinen, in abgenutzter Form liegen zu lassen. Solche markanten Orte müssen inzwischen eingezäunt, abgesichert und überwacht, gegen den menschlichen Erlebnishunger geschützt werden. Sie müssen manchmal sogar der Nutzung völlig entzogen werden, da immer mehr Füße sich persönliche Wege suchen wollen, abseits der Menge etwas ganz Eigenes, Selbstbestimmtes. Man ist Teil dieses Massentourismus und möchte doch etwas ganz Individuelles, ohne die störenden Anderen erleben. Man trägt somit selbst zu den die Wahlfreiheit einschränkenden Faktoren bei und bleibt dann enttäuscht, um die reiche Vorfreude beraubt, zurück. Dafür ist man aber auf dem Grund der herrschenden Wirklichkeit angekommen. Die eigentlich so frei und selbst gedachte Möglichkeit ist eine Täuschung.

Dieses Hereindrängen einer anderen Echtheit in die Gedankenwelt stellt uns die Frage, was wir anders machen sollen. Wie geht man mit diesen Anforderungen eines Zeitenwandels um? Die Konfliktsituation, in die wir mit unserem Betreten geraten, schwebt zwischen dem selbst Erleben und sich Zurücknehmen, damit die nächste Generation es auch noch genießen kann, unsicher herum. Wir müssen unsere Lebensführung ändern, nicht auf andere achten, die nichts ändern wollen. Jeder von uns ist sich selbst, also seinem Gewissen gegenüber verantwortlich. Seit Jahrzehnten entstehen Flächen fordernde Freizeitparks mit allen möglichen Attraktionen, die das immens gestiegene Bedürfnis des Menschen nach einem Unterhaltungsprogramm und einem umfangreichen Spaß-Haben-Wollen abdecken sollen. In Zeiten des Wohlstandes machen sich viel Leerlauf und Langeweile breit. War früher der kleine Wanderzirkus mit den Ponys und Eseln, einigen Tauben und den Akrobaten und Clowns, der in der Nähe Station machte und dort dann überwinterte, das Wochen füllende, aus dem Alltag herausragende Geschehen, die Sensation schlechthin, so reizt dies heute immer weniger. Wir sind in gewisser Weise gesättigt, sind längst aus den Medien und den Urlauben anderes gewohnt und wollen weitere Höhepunkte, wie die großen Dressurstücke mit Raubtieren, die sich fauchend einem menschlichen Meister unterwerfen und ihre natürliche Vorsicht vor Feuer zwar nicht angstfrei ablegen konnten, jedoch so weit, dass sie unter dem Druck des Peitschenknallens doch noch durch den brennenden Feuerreifen springen. Wie mag es den ehemaligen Wildtieren oder auch Zuchttieren dabei wohl ergehen? Den Tieren, von denen Fachleute bis vor Kurzem behaupteten, sie wären unfähig, intensiv zu fühlen oder ein gewisses Mitdenken an den Tag zu legen. Ähnliche Zweifel tauchen bei Besuchen der Tierparks oder der zoologischen Gärten auf. Wie erleben diese doch irgendwie eingesperrten Tiere ihre Lebensumstände? Gibt es auf einmal dieses instinktive und das von den evolutionären Vorfahren übernommene Verhalten heutzutage nicht mehr? Gerade an Zootieren lässt sich genau studieren, wie sehr sie unter dem Verlust eines Partners oder des Nachwuchses leiden. Wie sie trauern und einsam sind. Jeder, der Haustiere hat, kennt diese Zusammenhänge. In diesen Tiergärten sollen uns auch Geschöpfe anderer Kontinente und deren Lebensweise vermittelt werden. Sind diese Konzepte noch zeitgemäß und wie geht man mit einem immer weiter auszubauenden Spannungsbogen um? Wo liegen die Grenzen des Abrichtens, Ab- und Antrainierens oder Vorzeigens und Vorführens? Wenn sich Elefanten in einem doch überschaubaren Gehege nur mäßig bewegen können, entspricht dies ganz bestimmt nicht ihren natürlichen Streifzügen durch die Trockengebiete und Urwälder. Wenn der Eisbär vor dem Wassergraben, der ihn vom Publikum trennt, erregt auf- und abläuft, hinaufblickend. Hat ihn dann der Alltag im Griff, ist das lediglich Unruhe oder gar normales Gehabe, weil er weiß, dass da oben hinter dem Schutzglas Feinde oder Beute herumstehen? Immer wieder versucht er auch schwimmend, nach oben springend, nach diesen Leuten zu greifen und er übt beständig, wie die Kratzer in der Scheibe anzeigen. Wenn der Gepard sich dehnt, anspannt und losjagt und nach kurzer Strecke wieder abbremsen muss, um nicht gegen die begrenzende Sandsteinmauer zu prallen. Immer und immer wieder diesen einen und gleichen Versuch macht, anschließend die Mauer entlangläuft, jedes Stück mustert, vielleicht prüft, ob ein Weiter- oder gar Entkommen möglich ist. Zeigt er dann ein für ihn normales, übliches Verhalten? Wenn man dieses stromlinienförmige, ganz konzentrierte Anlaufnehmen beobachtet, kommen in einem durchaus Unsicherheiten auf, ob er sich wirklich wohl fühlt, ob es ihm gut geht. Wäre er in freier Wildbahn ungefährdet? Doch dort könnte er sein Wesen leben.

Rainer Maria Rilke hat 1902 in Paris im Jardin des Plantes folgende Beobachtungen niedergelegt.

Der Panther

Sein Blick ist vom Vorübergehn der Stäbe
so müd geworden, dass er nichts mehr hält.
Ihm ist, als ob es tausend Stäbe gäbe
und hinter tausend Stäben keine Welt.

Der weiche Gang geschmeidig starker Schritte,
der sich im allerkleinsten Kreise dreht,
ist wie ein Tanz von Kraft um eine Mitte,
in der betäubt ein großer Wille steht.

Nur manchmal schiebt der Vorhang der Pupille
sich lautlos auf - dann geht ein Bild hinein,
geht durch der Glieder angespannte Stille -
und hört im Herzen auf zu sein.

War das, was sie sah und hörte, von der Welt so weit entfernt von den Worten, die hier heute gelesen lagen? Irgendwann hatte sie aufgehört, sich zu fragen, was sie wollte. Dann redete sie sich nicht mit ich an, sondern wechselte zum Allgemeinen über. Irgendwann fragte man nicht mehr, was man wollte, gewollt hatte. Man betrachtete, was man bekommen hatte, reihte es aneinander, stellte fest, abzählend. Halbdenken nannte sie es. Man vereinfachte das Abzählen zum Zählen, nahm es zur Kenntnis, schrieb es als Summe mit Worten und fand sich damit ab. Irgendwie stellte man fest, es gibt zwei Arten Blumenzwiebeln zu pflanzen. Entweder feierlich oder heimlich. Die eine hängt sich mit Datum und Anlass an den Zeitpunkt, die andere Vorgehensweise lässt sich völlig verwildernd, zeitfrei ausführen. In letzter Variante steckt eine ungeheure, kosmische Eigendynamik, losgelöst von eigenen Vorstellungen, voller Überraschungen.

Dann erkannte man, dass die eigenen Kleider dunkler geworden waren, was nicht an den Kleidern lag, sondern am schrägen Tageslicht. Mit den neuen Lampen, die heute Leuchtmittel genannt werden, hatten sich, ihrer Beobachtung nach, die Farben freiwillig geändert, mehr nicht. Spätestens beim nächsten Zusammentreffen mit Menschen, beim kommenden Arztbesuch würde sie wieder darüber hören, weil es zum Tagesgespräch geworden war. Inzwischen kam es darauf an, wie viel Veränderung man seinen Augen zumuten wollte. Man kann etwas schneller nicht mehr hören als man es nicht mehr sehen kann. Sie würde verneinen, dass sie irritiert sei von der andersartigen Lampe, weil ihr glaubhaft versichert werden würde, es handle sich um natürlichem Sonnenlicht angepasstes, gelbes Tageslicht, ganz ohne Wärmeentwicklung. Im Winter bleibt es gleich kalt und im Sommer gleich warm, also immer authentisch. Der Energieerhaltungssatz stimmt, der Thermodynamik ist damit Genüge getan. Bis hierher stimmt die Physik nach wie vor. Sie würde selbst zuerst diese knappen Worte und dann die dazugehörigen, ganzen Sätze und Zusammenhänge träumen und nichts von dem anzweifeln, was sie sah, denn manchmal können auch Messwerte ohne Bedeutung bleiben, zumindest innerhalb der durchaus engen Grenzen der Tagesverfassung.

Man ordnete die abgegebenen Osterglocken dann wieder den allzu üblichen Blumenzwiebeln zu, stellte die Farben mit gleichem Gelb immer nahe beieinander, nahm nebenbei die einzige Tulpe aus dem Bündel, der unverträglichen Ausscheidungen und der Übermacht an glockenförmigen Blüten wegen, die ein Blumenwasser unerträglich für diesen einzigen Blumenstiel machte. Man wählte deshalb auch kein Gefäß aus Glas, nahm auch auf die amorphe Struktur und Oberfläche der Vase Rücksicht und beachtete deren Gestalt. Man ließ das kostenlos beigelegte Frischhaltemittel schließlich doch ins

Wasser einrieseln, vielleicht entfaltete es ja doch die versprochene, segensreiche Wirkung und diese Blumen hielten länger als ihre Vorgänger in den anderen Gefäßen. Das war eigentlich alles, was man für diese Situation tun wollte. Anschließend griff man zum gekochten Ei, suchte die vormals aufgedruckte Identifikationsnummer vergeblich, ordnete sie analytisch dem abkühlenden Kochwasser, der im Gleichgewicht befindlichen Dampfphase und dem sichtbaren Kondenswasser am Glasdeckel des Topfes mit eingetragenem Markenschutz zu. Das Eiweiß war gleichgeblieben, das Gelbe im Ei hatte ein oranges Gelb. Wahrscheinlich wurde den Hühnern ein rötliches Futter verabreicht. Man dachte an die jetzt aufgelöste Stempelfarbe, an E 132, an dieses künstlich hergestellte Rotblau, welches jetzt irgendwo in dieser Flüssigkeit verdünnt herumschwamm, nicht mehr erkenntlich für normale menschliche Augen. Man vertraute den unbekannten Hühnern und wusste inzwischen, dass man sich heute als Verbraucher schützen kann, man Schutz suchen kann. Man vertraute der Richtigkeit aller Angaben, aus denen längst Daten, virtuelle Worte oder Ähnliches mit angeblich transparenten Wegen geworden waren, genauso wenig durchsichtig klar wie dieses konservierende Blumenwasser oder das salzige Kochwasser und die mit dunkelgrauem Holzrauch angereicherte Luft im Herbst und Winter. Man nutzte, so gut es ging, jegliches Hintergrundwissen. Eine Menge Daten erzeugt Datensätze. Irgendwann glaubte man, sämtliche Stellen des Gehirns mit irgendeinem erlernten Wissensstück belegt zu haben, doch sicher war man sich auf gar keinen Fall. Man hatte erkannt, dass die eigene Merkfähigkeit nicht unbedingt besser wurde im Laufe der Jahre, dass das gleiche Wissen heute keine Anwendung mehr findet. Damit wurde auch ein Teil seines eigenen Wesens überflüssig. Sollte man darüber noch weitere Überlegungen anstellen? Vielleicht war es besser, diesen Bereich seiner Gedanken nicht mehr weiter zu verwenden, und falls dies doch unvermeidbar war, mit niemand anderem darüber zu sprechen, sich unwissend zu stellen. Solche Tage würden sich mit der weiteren Zukunft bestimmt auch nicht mehr üppig anhäufen.

Vielleicht kann man die Verbindung nach Franken aus alten Zeiten ableiten, der Markgräflich Ansbacher Epoche, in Zusammenhang mit den Zweckvorhaben und Hoheitsbeziehungen zur Mark Brandenburg. Möglicherweise ist es doch angemessener, die komplizierten historischen Gebilde nicht zu betrachten und eine naturgegebene, immerwährende Gemeinsamkeit in den Vordergrund zu stellen. Ein Wachstum und Leben auf gelbem, körnigem Sand. Es gibt einen Garten im Südwesten von Berlin, der so gesehen äußerst fränkische Anteile enthält. Dessen Einmaligkeit damit auch in Franken einer besonderen Erwähnung bedarf.

Karl Foerster (1874-1970) war ein begnadeter, erfolgreicher Staudengärtner und Züchter. Ab dem Jahre 1912 begann er in Potsdam-Bornim, um sein Wohnhaus herum seinen berühmten Schaugarten „Am Raubfang" anzulegen. Auf rund 6.000 qm erstreckt sich eine einzigartige Stauden- und Gehölzwelt. Im Mittelpunkt seines Denkens und Handelns stand immer die einzelne Pflanze, deren Charakter und Wesen er herausarbeitete, forderte und gezielt förderte. Er beobachtete intensiv die natürlichen Pflanzengemeinschaften, erkannte bestehende Gartensituationen, verflocht beides zu einer unzertrennlichen Einheit. Für ihn gab es sieben Jahreszeiten, die in jedem Gartenleben eine wirkliche Gewichtung besitzen. Nach diesen entwickelten Gedanken stellte er die Formen und das Gerüst seines Gartens zusammen.

Neben seinem bedeutenden Wirken als Gartengestalter war er zugleich auch Gartenphilosoph. Über dreißig Bücher veröffentlichte er in seinem schriftstellerischen Leben. Seine vielen wegweisenden Schriften sind größtenteils auch heute noch erhältlich und haben nichts von ihrer Ausdruckskraft verloren. Man hat Karl Foerster mit vielen Beinamen bedacht, ihn als „Vater der Rittersporne" bezeichnet, als Initiator der öffentlich zugänglichen Schaugärten geehrt. Ihm haben wir den „Einzug der Gräser und Farne" in unsere Gärten zu verdanken. Er bezeichnete Gräser oft lyrisch als das Haar der Mutter Erde. "Es wird durchgeblüht" war eines seiner gärtnerischen Ziele. In seinem bekannten Ausspruch „Ein Garten ohne Phlox ist ein Irrtum" spürt man seine Wertschätzung und Leidenschaft für das Pflanzenreich. Viele unserer heute gängigen Staudensorten sind in ihrer Pracht, Schönheit und Ausdauer ihm zu verdanken. Ein großes Anliegen war ihm die Züchtung „sandduldender" Sorten. Eine wunderbare Auswahl an Sonnenbraut, Astern, Chrysanthemen und vielen anderen Mehrjährigen findet sich auch heute noch in den aktuellen Staudenkatalogen. Das ganze Ausmaß seines Anteils an der Gartenkultur und die Wegbereitung einer natürlicheren, freieren Beetgestaltung für jeden Jahresmonat lässt sich nicht mit wenigen Zeilen beschreiben.

Im Vorfeld der Bundesgartenschau in Potsdam 2001 wurde dieser Garten mit Unterstützung des Landes Brandenburg umfangreich restauriert. Nicht im Sinne eines konservatorischen Erhaltens, ein Garten erfordert andere Denkweisen als statische Baukörper, es ist vielmehr gelungen, den grundsätzlichen Ausdruck und Sinngehalt dieser Schöpfung als Garten- und Kulturdenkmal in die Zukunft hineinzuentfalten. So erstrahlt dieses Paradies in alter und neuer Pracht. Geldliche Mittelzuwendungen sind eine Notwendigkeit, die andere, eine Persönlichkeit zu finden, die einem wachsenden Denkmal täglich zur Seite steht. Seit 1991 hat diese anspruchsvolle Aufgabe Marianne Foerster, die Tochter von Karl und Eva Foerster übernommen. Sie entwickelt mit eigener Kraft weiter. Die Wurzeln kennend, bringt sie sich selbst ein, fachspezifisch und menschenoffen. Es ist wunderbar, dass dieser Garten auch heute noch unendlich viel zu sagen hat. Und sollte man Marianne Foerster bei einem Besuch begegnen, ist es ratsam, Stift und Notizbuch bereit zu halten. Denn die Fülle der Hinweise, Erfahrungen und Pflanzennamen, die sofort aus ihr herausprudeln, kann sich auch der aufmerksamste Gartenfreund nicht dauerhaft merken. Bezeichnend ist, dass sie eines der Zitate ihres Vaters im Zentrum des Gartens, dem berühmten, unnachahmlichen Senkgarten, niedergeschrieben hat: „Wer mit seinem Garten schon zufrieden ist, verdient ihn nicht."

Ein einmaliger Besuch, auch wenn er Stunden andauern kann, genügt nicht, diesen Garten zu erfassen, seiner Fülle, seinen Inhalten gerecht zu werden. Gleich einem Meisterwerk möchte man ihn studieren, zu jeder Tages- und Jahreszeit, bei verschiedenen Lichtverhältnissen ihn beobachten und hat das große Glück: Dies ist ein offener Garten. Besucher sind herzlich willkommen. Es ist auch nicht unwahrscheinlich, Marianne Foerster persönlich zu begegnen, denn sie ist eingewoben in dieses Umfeld, lässt dieses Juwel weiter blühen. Sollte dieses Reiseziel für manchen Gärtner nicht sofort zu verwirklichen sein, auch dafür gibt es Trost. Marianne Foerster hat 2006 ein inzwischen preisgekröntes Buch geschrieben. Die stimmigen Photos des Neuseeländers Gary Rogers und ihre mit persönlichen Erfahrungen und den leidenschaftlich für diesen Garten sprechenden Texten ließen ein Buch entstehen, das seinesgleichen sucht. „Der Garten meines Vaters" von Marianne Foerster.

Nach der Lektüre dieser Seiten kann in jedem begeisterten Gärtner nur die Sehnsucht entstehen, noch mehr über diesen intensiven Ort zu erfahren und ihn doch, eines Tages, betreten und fühlen zu können. Das Leben hat auch vor diesem Text nicht Halt gemacht und eine traurige Wirklichkeit entstehen lassen. Marianne Foerster folgte vor einigen Jahren ihren Eltern, in für uns nach wie vor unbekannte Sphären. Man kann nur hoffen, dass die von amtlicher Seite gemachten Zusagen ohne Wenn und Aber dauerhaft eingehalten werden.

Manchmal zeichnet sich die Idylle selbst. Mit spätsommerlichen Farben und einem sanften Wind nimmt sie die Pflanzen auf. Mittlerweile haben die Gewächse ihre vollen Ausmaße erreicht. Die tiefgelb gefärbten Kugelblüten schweben über unseren Köpfen. Die gerade Begrenzung der Rabatten wird vom bogigen Überhängen der Gräser gesäumt. Besser hätte dies keiner der berühmten Maler anordnen können. Das Wichtigste an diesen Augenblicken ist dieses plötzliche Von-selbst-Entstehen, ohne das eigene menschliche Zutun. Ein einziger Blick genügt manches Mal. Ein anderes Mal ist unsere Empfindsamkeit nicht so ausgeprägt oder aber wir verharren bei einer die gesamte Optik störenden Unzulänglichkeit einer verwachsenen Blüte.

In unseren Breitengraden blühen Oleander eher fremdländisch auf. Sie mögen keine Nässe auf ihren Blüten, schätzen aber das Wasser zu ihren Füßen. Ihre Wurzeln wachsen hier bei uns in Töpfen beengt heran. Pflanzen sind standorttreu. Bleiben verwurzelt an eine Stelle der Erde gebunden. Eine einzelne Blüte gelöst in Wasser schwimmend, wie der Lotus, eröffnet nicht nur einen anderen Anblick an anderer Stelle. Er führt uns weiter zu den überraschenden Fähigkeiten der Natur. Die Tropfen der blauen Diamanten, des reinen Wassers, perlen von den Blättern kugelrund ab. Diese lassen sich nicht benetzen, bleiben immerwährend sie selbst. Nicht, dass sie überaus glatt wären, sondern ihre Oberfläche besteht aus dünnen, eng beieinanderstehenden, rauen Stäbchen, die jede fremde Substanz wie Tränen abrollen lässt.

Diese Szene verbindet sich vielmehr mit neuen, fernöstlichen Empfindungen. Aus den Beeten werden Bassins, aus Wasserrohren plätschernde Brunnen. Neben den uns gewohnten Vasen mit aufrechten Körpern tauchen nun flache sich weit öffnende Gefäße auf. Damit dehnen sich nicht nur die Höhen untereinander, die Verhältnisse verbreitern sich. Nachhaltig ändert sich die Wirkung auf uns als Beobachter. Trotz gleichen Abstands müssen wir unsere Augen nach unten nehmen, uns beugen, eine zunehmend demütigere Haltung einnehmen. Die Wasseroberfläche wird sichtbarer Teil der Anordnung, wird damit zur Umgebung und hat zusätzlich eine eigene losgelöste Beweglichkeit. Die Blumenfarbe erfährt jetzt eine scharfe Abgrenzung zur an sich farblosen, schimmernden Flüssigkeit. Anders wäre es beim Einstellen von Blumen und Grün in unsere gewohnten Vasen. Hier sind Stängel und Blütenschäfte nicht nur zum Tragen, Halten da. Sie sind Teil der Struktur. Ihr optisches Gewicht könnte ein Arrangement strecken oder den Schwerpunkt tiefer hin zum gesamten Gebinde drängen. Als Strauß gefasst entwickelt sich eine deutlich stärkere Gewichtung der inneren Proportionen. Die äußere Umgebung benötigt ein absolut anderes Farben- und Formenspiel. Sie entwickelt sich zum Hintergrund. Jetzt holen die Unterschiede in der gemeinsamen Vielfalt, die gebunden beieinandersteht, den Kontrast hervor. Das chlorophyllfarbige Laub ordnet sich gleich bleibend - harmonisch verbindend ein. Es ist bei jeder Pflanze charakteristisch, immer anteilig mitgewachsen, und schließt mit seinen Nuancen den Farbenkreis mittig. Die Natur hat keinen eigenen Missklang.

Dem Lotus entgegen

Auf einer langen Reise gen Westen betrat der altehrwürdige Chuan zum ersten Mal in seinem Leben ein christliches Gotteshaus. Er zeigte sich beeindruckt, trat andächtig in die Mitte des Raumes und verneigte sich tief. Soweit blieb alles gewöhnlich. „Du verneigst dich vor diesem fremden Gott", riefen ihm seine Schüler erschrocken zu. Chuan wandte sich um. „Ich verneige mich nicht vor einer fremden Gottheit, einem Gemälde oder einer Statue, deren Welt sich mir nicht erschließt. Ich beuge mich vor den Blumen, vor den Rosen dort in der Vase. Ihnen gilt meine Aufmerksamkeit." Schweigend traten sie anschließend durch ein schweres Eisentor in den Kirchgarten ein. Da hielt Chuan inne und bat, ihm die Inschrift zu übersetzen. Dort stand in derben, goldenen Lettern auf einer Platte, in die beiden Torflügel geschmiedet:

– Was ihr seid, das waren wir - Was wir sind, das werdet ihr –

Chuan senkte den Kopf im Nachdenken zu Boden. Seine Hände griffen nach den ledrigen Efeublättern, die zu beiden Seiten des Tores die festen Steine mit Grün bedeckten. Er schien sie zu streicheln und flüsterte ihnen kaum hörbare Silben zu. Seine Weggefährten begannen untereinander zu raunen, er aber spürte ihre innerliche Unsicherheit. Nach wenigen Schritten verließ er den Hauptweg, bog nach Osten ab. „Nein, nicht in diese Richtung. Es war geplant, geradeaus zu gehen. Dort drüben ist nichts geordnet und wichtig", erklärte ihr Begleiter auffallend hastig und nervös. „Ihr verlasst den Weg, der für uns gedacht war", riefen nun seine Schüler aufgeregt, „uns bleibt nicht mehr genug Zeit für die anderen Aufgaben." Sein Blick streifte nur noch flüchtig ihre Augen. Er drehte sich in seine gewünschte Richtung, der glutrot aufgehenden Sonne entgegen. Leicht gebeugt wartete er, bis ihm ein Teil der Jungen gefolgt war. „Aber da wächst nur Wildnis und dort nur Dornengestrüpp, ohne die Geschenke des Himmels, die Blumen, die Andenken zulassen würden. Wir müssen zurück auf den geraden, gegebenen Weg", flüsterte einer seiner Zöglinge ihm ins Ohr. Doch auch jetzt konnte ihm nichts seine Ruhe nehmen. Seine Aufmerksamkeit richtete sich vollendet nach wie vor dem nicht einsehbaren, gewundenen Pfad zu.

„Hier ist der Übergang, die Schwelle zur Natur und dieser Wildwuchs, wie ihr meint, auch in diesem findet sich eine Rose. Habt ihr noch nie über eine Rose gesprochen, und sie ist kurz darauf erschienen? In ihr lebt die Seele der Welt, haben uns die Alten immer deutlich gesagt. Ihr wisst ebenso davon. Diese wilde Rose trägt den Duft der vergangenen Blüten in ihren Blättern weiter, für uns alle." „Aber wir riechen nichts, sehen nur verworrenes, dürres Grün." Chuan versuchte wieder ihre Augen zu erreichen und fügte erstaunt, aber sehr bestimmt hinzu: "Deshalb tretet heran, mit der nötigen Offenheit und Ehrlichkeit, die über euch hinausgeht, und berührt die Dinge, ehe ihr euer endgültiges Urteil fällt, nur dann können sie in euch eindringen. Ich erwarte mehr von euch, auch hier an dieser fremden Stelle. Im Leben brechen sich so manche der Hoffnungen an der Wirklichkeit, aber wer hat diese je genau erkannt? Wer könnte sie, ohne sich selbst darin aufzuhalten, beschreiben? Der eigene Vorrat an Blicken und Worten ist unzulänglich, er ist endlich, es gilt, ihn aufzufüllen. Beachtet allerdings jederzeit, dass die Worte ihre Flügel ausbreiten könnten und sie es dann vermögen, sehr weit über uns hinauszufliegen. Kein noch so heftiges Drängen kann sie von dort Draußen wieder in uns zurückholen. Darüber hinaus bleiben stilles Betrachten und gelingendes Zuhören die längst bekannten Mittel, die wir immer mit uns tragen. Weshalb habt ihr dieses hier vergessen? Der Umfang dessen, was Worte uns zu sagen haben, ist größer als ihr euch im Denken zutraut. Und diese Übungen gehen oftmals in keinen ausgetretenen Spuren, sie kommen auch nicht von vorne, sichtbar auf euch zu, sondern sie überraschen die Achtsamkeit in ihrer Mitte, irgendwann, wenn sich keiner eurer Gedanken mehr daran erinnern kann. Die Zeit entschwindet in ihrem eigenen Maß, sie ist kein zweites Mal in der gleichen Weise zu verwenden. Deswegen bin ich hier abgebogen, stehe am Rand des Wassers und reiche euch einen der stehenden, lichtbrechenden Tropfen. Was ist Zeit, wonach ihr fragt, und welcher Weg ist es, den ich nicht mit meinen Füßen betrat? Noch einmal frage ich euch, welcher Weg es ist, den ich nicht mit meinen Füßen betrat? Wenn Gegenwart sich nicht die Zeit nimmt zu bleiben, dann gebt der Zeit die Pflicht im Augenblick zu denken."

Seine Mitreisenden hatten sich, wie früher, schweigend um ihn geschart. Betroffen schauten sie auf die Natur vor ihren Augen und folgten seinen Schritten. Auffallend zurück blieb ihr ausgewählter Begleiter, dem es schwer fiel, sich einzufügen, bis ihn die Gruppe aufforderte, zu ihnen zu kommen und mit ihnen gemeinsam weiter zu gehen.

Den Bienen sei Dank

Jetzt, im Januar, wenn in den Bienenstöcken die Temperaturen zu weit zu fallen beginnen, fächeln sich die Insekten mit ihren Flügelschlägen selbst etwas Wärme zu und lassen damit die Grade in der Tiefe des Stockes wieder etwas ansteigen. Ohne diese fliegenden Blütenbestäuber gäbe es bei uns kein Obst oder etliche andere Früchte des Gartens oder der Felder. Es wären kaum Blumen und Kräuter vorhanden. Ein Großteil unserer Nahrungs- und natürlichen Heilmittel würde wegfallen. Ernteausfälle wären die Normalität und diese auf keine befriedigende Art zu lösen. Seit Jahren klettern in China Menschen mit Befruchtungspinseln auf die Obstbäume und versuchen das Fehlen der Bienen damit zu ersetzen. Das fordert allerdings stramm geschnittene Zweige ohne übermäßige Längen und Äste mit erreichbaren Maßen. Unsere altbekannten Hochstämme hätten wieder einmal das Nachsehen.

Schon im Mittelalter wusste man diese munteren Völker zu schätzen und hegte und pflegte dieses sogenannte Zeidlerwesen, das Handwerk der Imkerei. Bienenwachs diente neben dem klassischen Kerzenmaterial auch zum Versiegeln von Dokumenten oder dem Verschließen von Flaschen oder Fasslöchern. Weitere Anwendung fand es beim Imprägnieren von Stoffen, Tierhäuten und Pflanzenfasern. Seine flüssigkeitsabweisenden Fähigkeiten wurden zum Versteifen von Fäden oder festeren Zwirnen und ebenso in erwärmter Form als Möbelschutz genutzt. Damals gab es den Wachszins für Kirchen und Klöster, der als Naturalie abgegeben werden musste. Wachs und seine Produkte, der erschleuderte Honig und die mit diesem hergestellten Waren, wie zum Beispiel dem Gebäck aus der Lebküchnerei der Zunftmeister und das nicht allzu üppig abzuschöpfende Propolis, das desinfizierende Harz, all diese Dinge waren wertvoll und wurden sorgfältig behandelt. Man ging sparsam damit um. Bienenwachs hält sich Jahrzehnte. Wenn der honiggelbe Farbton verblasst, muss man es leicht anwärmen, dann kehrt die ursprüngliche Färbung zurück. Am meisten verbreitet waren sicherlich die in spezielle Formen aus weicherem Stein oder Birnbaumholz gegossenen Model oder Gaben als ein Geschenk oder ein kirchliches Opfer für Segnungen, die in demütiger Haltung für ein gelingendes Leben oder als Dank für eine wundersame Wendung des Schicksals abgegeben wurden. In dieser Weise des Dankes lag über Generationen ein Ritual, das weitergereicht wurde und das eigene Leben unter die Obhut Gottes, mitunter auch die der Kirche legte. Heute verkanten sich zunehmend die verschiedenen Lebensaufgaben und widersprechen sich in ihren Anforderungen oder ihrem Sinn. Nicht Jedem gelingt es, daraus einen wohlwollenden Lebenstext zu bereiten, in dem sich alle Bedingungen glaubwürdig unterbringen lassen. Tagtäglich müssen wir uns mit den auferlegten Kapiteln des Daseins beschäftigen. Mit einem Geschehen, auf das wir wenig Einfluss haben, ebenso wenig wie wir keinen Entscheidungsanteil daran hatten, auf eben diese Welt zu kommen. Manche der sogenannten guten Charaktereigenschaften oder der schon fast in Vergessenheit geratenen alten Tugenden verlieren sich in den Lebensjahren, verkapseln sich in einzelnen Erlebnissen, wandern in die unsichtbare Welt des Glaubens. Manchmal finden sie auch Einlass in den sich dauernd verändernden Bereich des eigenen Wissens. Wie man es dreht und wendet, sickert es in beiden Richtungen hinein in den Anteil des Ungenauen. Keine von beiden, weder die christliche noch die weltliche Betrachtungsweise, können bisher bewiesen oder völlig abgetan werden. Aber vielleicht ist dies auch lediglich das Resultat unserer menschlich falschen Herangehensweise des Denkens. Unstrittig bleibt, dass in diesem Universum nichts verloren geht, alles in Bewegung bleibt und selbst das für uns Dauerhafte von Grund an veränderlich ist. Unsere Zeitlichkeit steht der nahezu unermesslichen Lebenslänge des Kosmos, der wahrscheinlich eine für uns schwer vorstellbare Zeitbegrenzung besitzt, gegenüber. Nichts, was wir mit unseren schnell ermüdenden und dann ungenau werdenden Augen sehen, muss in dieser Form weiterbestehen. Genauso wird manches, was wir mit unseren pausenlos hörenden Ohren vernehmen, ein Klang aus der neueren Vergangenheit sein, der seine Tonhöhe der Entfernung wegen verändert, je nachdem ob er auf uns zu schwingt oder sich weiter von uns entfernt.

Eine ehrliche Suche

Wir sind unzureichend gerüstet für die Herausforderungen der nächsten Jahre. Die Übrigbleibsel unserer Gesellschaft, unser Abfall, unsere überflüssig gewordenen Dinge, die wir als Müll wegwerfen, vernichten kontinuierlich die Grundlagen des Lebens auf diesem grünen Planeten. Die Berge dieser Reichtumsprodukte, die einstmals unsere Lebensqualität, Bequemlichkeit und Daseinsfreude erhöhen sollten, werden immer wuchtiger. Wir haben uns daran gewöhnt, unseren Giftmüll beschönigend Sondermüll zu nennen und uns die Müllverbrennung als eine saubere Entsorgungsart vorzustellen. Wir vergraben die für uns wertlos erscheinenden Reststoffe, zeitgleich sammeln und zerlegen wir bestimmte Abfälle, um sie dann wiederzuverwerten. Die giftigsten Rückstände deponieren wir in sogenannten Zwischen- oder Endlagern. Von diesen endgültigen Stellen behaupten wir auch noch, sie seien für immer sicher bis in alle Ewigkeit. Wir verfahren nach dem Motto: Aus den Augen - aus dem Sinn.

Diese Überreste stammen aus denjenigen technischen Verfahren, deren Gefahrenpotential nur über eine Wahrscheinlichkeitsberechnung beurteilt werden kann. Und darüber kann man genaugenommen nur aussagen, dass eine Störung des Anlagenbetriebes jederzeit stattfinden kann. Lediglich die Vergangenheit kann ausgeschlossen werden und je nach dem, wie lang man die Spanne der Gegenwart auslegt, mitunter diese auch. Wir leben in dem Zwiespalt zwischen einem unbekümmerten Weiterso und schlechtem Gewissen der jungen Generation gegenüber, die nach uns auf diesem Erdball ebenso leben möchte. Die Natur an sich hinterlässt grundsätzlich keinen Abfall. In ihr findet alles eine Art von Verwendung.

Anstatt von diesem Prinzip dauerhaft zu lernen, bereits vor der Herstellung einer Ware oder vor dem Aufstellen einer Regel, die Folgen mit zu berücksichtigen und umsichtig dafür zu sorgen, dass möglichst unsere Erde und alle Mitgeschöpfe keinen Schaden durch uns nehmen, berechnen wir weiterhin lediglich den geldwerten Aufwand. Wir wollen in dem gnadenlosen Wettbewerb, den wir unter uns geschaffen haben, unbedingt Erfolg haben, besser sein als die anderen. Es scheint so schwierig, diese alteingefahrenen Selbstverständlichkeiten verlassen zu können, die über Generationen erworbenen Gewohnheiten aufzugeben. Genaugenommen wissen wir nicht, was wir tun sollen. Wir sind ratlos, haben keine gemeinsamen Zielvorstellungen von der Zukunft, auf die wir unsere Gedanken und Handlungen ausrichten können. Wir können uns nicht untereinander einigen. Unangenehme Tatsachen verdrängen wir nach wie vor. Wir sammeln Wissen vorrangig in unserem Kopf, sind aber kaum mehr fähig uns in neue Situationen hineinzufühlen und die eventuellen Folgen abzuschätzen.

Die Welt ist sehr komplex geworden. Alles hängt mit allem zusammen. Das Ausmaß dieser eingespielten, in einem Regelkreis verbundenen Abläufe haben wir unterschätzt. Seit wenigen Jahrhunderten glauben wir, unsere Lebensbedingungen durch den Einsatz technischer Hilfsmittel angenehmer gestalten zu können. Lösungen für Verbesserungen, wir nennen sie Fortschritt, lassen sich inzwischen immer schwieriger finden. Wenn wir meinen, ein Problem durch Veränderung abmildern zu können, übersehen wir, dass an seinen Rändern die nächsten Unannehmlichkeiten schon Schlange stehen. So geraten wir ständig in Zugzwang. Immer wieder beginnen wir zu zögerlich, ihre neuen Herausforderungen einzuarbeiten. Diese Folgeerscheinungen kommen geradlinig auf uns zu, und erneut suchen wir ewig lang nach dem Nutzen oder wir fragen, wie jedes Mal automatisch, nach den anfallenden Kosten, bevor wir uns überhaupt erst einmal mit den jetzt aufgetretenen Schwierigkeiten auseinandersetzen. Wir haben nicht ein Zuwenig an Technik und Informationen, sondern ein Zuviel an unterschiedlichen Technologien. Nicht alles, was mit unserem bereits erworbenen Wissen entwickelbar ist, ist auch sinnvoll. Nicht alles muss von uns auch ausprobiert und eingesetzt werden. Vor inzwischen ungefähr einem Dreivierteljahrhundert, nach den üblen, verbrecherischen Abwürfen von Atombomben mit ihren verheerenden Folgen für Zehntausende von Menschen, die auch ganze Landstriche und Umweltbereiche dauerhaft verseuchten, einigten sich viele Nationen dieses Erdballs darauf, es nie wieder so weit kommen zu lassen. Mittlerweile sind fast zwei Menschenalter vergangen, und die Schrecken, aber auch das Zurückschrecken, haben sich offenbar nicht vererben lassen. Die Erzählungen der Vorfahren erzeugen nur noch klägliche Wahrnehmungen. Sie bewirken keine dauerhaften Eindrücke und Verhaltensweisen mehr. Große Teile der Menschheit sind sich selbst gegenüber wortbrüchig geworden. Ihre Regierungen haben kein Problem damit, vorangegangene Zusagen nicht mehr einzuhalten. Unser bisheriges Handeln erweckte den Anschein, als ob alles machbar sei, wir sind zu fortschrittsgläubig geworden. Zukunftsgerichtete Entwicklungen bräuchten dringend die übergeordneten Ziele, unsere Lebensgrundlagen für die Nachwelt zu erhalten und zu reparieren, was wir eigennützig in Schieflage gebracht haben. Die vielen Möglichkeiten müssen sich anpassen. Wir sollten einen neuen, heilsamen Dialog mit der Natur eingehen.

Unsere Welt wird sich niemals vollkommen in beweisbaren, mathematischen Formeln unterbringen lassen. Ihre chaotischen, aber lebensspendenden Strukturen und Mechanismen werden immer schwierig nachweisbar, aber auf jeden Fall für uns unberechenbar bleiben.

Wach sein und doch diese schnell unwichtig werdenden Tagesmeldungen wieder fliegen lassen, sie von den Rändern der Gedanken nicht bis in die Gegenwart der Texte kommen lassen. Sie also so wegwischen, dass nur noch die Worte Platz finden, die auch bei Tageslicht noch farbig sind und nicht verbleichen.

„Ein Tag, an dem man alle Wörter gebrauchen kann." 1978 Peter Handke

Ein Garten stellt eher ein Gefühl dar, er muss nicht an einen Ort gelegt werden. Er kann sich in einem Buch aufhalten und wie eine Membran zwischen der Sehnsucht und der Lebenswelt liegen.

Wir müssen wieder lernen, auf die Vorgänge in der Welt zu achten, wie früher in den Zeiten der Kriege mit Worten voller Drohungen und uns Waffen zulegen, da einer die Weltgemeinschaft verlassen hat. Wir hatten geglaubt, dass alle Frieden wollen.

Krieg hat niemals Zeit und lässt niemals Zeit.

Wir fürchten uns vor Veränderungen, wissen, dass wir ärmer werden, dass wir die Stufen in den Keller wieder ein Stück weit frei räumen (betreten) müssen.

Wird nicht jedes renovierende Attraktivmachen einer Landschaft durch weitere Möblierung und neue Förderprogramme zur Zerstörung der vorherigen Natürlichmachung der Umwelt führen?

Es besteht das Bedürfnis der Menschen nach einer fülligen, die Pflanzenwelt der eigenen Gegend übertrumpfenden Vielfalt, die den Rahmen des Alltäglichen sprengt.

Das eingeschlagene Holzstück ist das überdeutliche Erkennungszeichen für die Anwesenheit eines Menschen.

Das Angebot anderer Sachen hilft dann nicht weiter, wenn wir sie nicht entdecken können, weil sie nicht obenauf liegen.

„Ich habe Heimweh nach einem Land,
wo ich noch nie war,
wo alle Bäume und Blumen mich kennen…" Hilde Domin

Geduld lernen und Langsamkeit üben. Was uns als Kind schon schwer gefallen ist, hat sich vielfach unbemerkt in unser Verhalten eingeschlichen und ausgebreitet. Dort wo wir doch glaubten, mit unserer Erziehung einen Erfolg verbucht zu haben, dass wir uns beherrschen können und über den Dingen stehen.

Wir sehnen uns nach etwas und suchen danach, nach diesem Gemeinsamen zwischen uns und der Natur. In uns ist noch ein Rest von Wildnis, diese Durchbrüche der Wildheit aus Kinderzeiten. Das meiste an ihr ist glattgeschliffen, unter den Umhang der Zivilisation gekehrt.

Kulturlandschaften bleiben nicht ohne beständige Pflegemaßnahmen bestehen. Als Folge entstehen auch hierbei neue Arten oder werden welche von anderen, weiter entfernten Lebensgebieten angelockt.

Verfeinertes Wissen schafft zuerst eine steigende Zahl an Beschäftigten. Diese benötigen dann allerdings auch entsprechende Arbeitsmengen. Aus dem Rechtswesen, dessen ursprüngliche Grundaufgabe die Gerichtssprechung war, wird zunehmend eine Stelle, die unter die einzelnen Worte geht, Spitzfindigkeiten zur Normalität wendet. Damit macht sie die Verfahren größer und umfangreicher und zieht ein Urteil weiter in die Zukunft. Sie verschafft sich damit selbst Arbeit, ist systemimmanent.

Es bleibt schwer vermittelbar, wie unterschiedlich die verschiedenen Gerichte urteilen. Manchmal entsteht der Eindruck, dass die Gesetze über Gebühr gebogen und gedehnt werden.

Wenn alles jederzeit verfügbar ist, wird es für das Gedächtnis schwierig, etwas Besonderes daran zu finden und es aufzubewahren. Es lassen sich darüber nur wenige Sätze und keine herausragenden Bilder entwickeln.

Wir leben in von uns geschaffenen Landschaften, die unsere Sichtweise enthalten. So wird diese dritte Haut zur näheren Natur.

„Nach Auschwitz kann man das Unsagbare nicht auf Sagbares zurückbiegen."
Theodor Adorno

Die Weiterentwicklung der Sprachen zu Fachsprachen führt dazu, dass keinerlei Verständigung mehr unter den einzelnen Fachgebieten möglich ist. Nachdem alles derart auseinandergerastert ist, gibt es auch keinen eindeutigen Verantwortungsbereich mehr.

Natur ist zum Erlebnis geworden. Die Suche nach ihr ist inzwischen globalisiert und in die Freizeit verlegt. Es entsteht ein anderes Gefühlsleben, da wir auf immer weniger Erfahrungen mit ihr und auf weniger Sozialkontakte zurückgreifen können. Es sind Computerwelten oder Netzbeziehungen.

Wenn sich die Sprache ändert, der Bedeutungsinhalt zur Vergangenheit geworden ist, dann erklären sich für jüngere Menschen die Worte nicht mehr von selbst.

Beim Lesen sprechen die Worte, sie lassen sich hören, obwohl das Papier auf dem sie stehen doch nicht reden kann.

Wildnis lässt sich nicht beschreiben, in ihr ist eine Ordnung, die wir Chaos nennen.

Der Absatz an Rüstungsprodukten steigt wegen des russischen Krieges immens an, dieses Geld fehlt dann für andere dringende Krisenbewältigungen. Das Hochfahren des Einen führt zur Bedrohung des Anderen und zur weitergehenden Gefährdung durch Anderes. Diese Abläufe haben die Tendenz, sich zu verstetigen und auch selbstständig zu machen.

Wenn die Zeit kommt, in der alles gedacht ist, jedes Wort gesprochen und gelesen, jedes Gefühl gefreut und getrauert, wenn die Zeit da ist, wirst du merken, dass die vorbei ist, in der du konntest. Du hättest die Stille hören können, du hättest das Glück leben können.

Was wir wollen

Hoffen beinhaltet eigentlich immer etwas Angenehmes. Etwas, auf welches zu warten sich lohnt. Etwas, das man irgendwie beurteilen kann, doch selbst noch vermisst. Einen Vorzug, den man woanders schon einmal kennengelernt und für sich als ebenfalls erstrebenswert auserkoren hat. Das Gelingen liegt allerdings nicht in den eigenen Händen, wird auch nicht unbedingt von erklärbaren, beeinflussbaren Abläufen bestimmt. Die Hoffnung trägt ein stilles Sehnen nach etwas bisher nicht erreichbar Gewesenem in sich.

Wer in solchen Zeiten aufwächst, die gänzlich fremde Herausforderungen bereithalten, kann auf deutlich weniger festgeschriebene Erkenntnisse zurückgreifen als alle seine Vorgänger, die in regelmäßigen Phasen ohne große gesellschaftliche Umwürfe lebten. In dem Maße, indem sich bisher Bewährtes zurückziehen muss, rückt die andere noch wenig erprobte Neuerung dazwischen und belegt erst einmal irgendwelche Stellen, ohne noch zu einem festen, unverzichtbaren Bestandteil geworden zu sein. Das Anlehnen an bisher sicher da Stehendes und das Festhalten der so einleuchtend klaren Regelmäßigkeiten bewirkt lediglich eine Verzögerung der augenscheinlich gewordenen Veränderung. Zurückdrehen lässt sich der Ablauf nicht mehr. Ideen, die einem gegenwärtigen Allgemeinzustand weit vorgreifen und gewohnten Lebenslinien eine Krümmung verpassen, sind anfangs nicht erwünscht. Dann beginnt man aber auch dort nach den vorteilhaften Teilen zu suchen. Unter Umständen bauen die Menschen um einen herum dieses neue Andere schneller in ihren Alltag ein, als man selbst dazu imstande ist. Dann versucht man es doch, versucht es ebenfalls in seinen Umgang einzupassen, um nicht als der Außenseiter zu gelten. Gerade unter Jugendlichen schwingt dieser Ablauf überall mit. Dieses dauernde Abwägen und hin und her Denken führt unweigerlich zu noch mehr Unsicherheit. Wir können uns nicht so verhalten wie wir wollen. Nach einer gewissen Zeit, wenn sich die Änderungen verstetigt haben und von Medien und der eingreifenden Reklameindustrie noch um ein Vielfaches weiterverbreitet wurden, kann niemand mehr genau erklären, was er eigentlich gerne möchte. Was er wollte, was er eigentlich noch will.

Das Angebot an Tage füllenden Dingen ist riesig geworden. Wir müssen uns immer häufiger für oder gegen etwas entscheiden. Wir müssen uns mit Regeln und Abmachungen auseinandersetzen, deren Sinn sich uns nicht immer erschließt. Unsere Denkweise und unsere Gedankenwelt haben sich viel schneller weiterentwickelt als unsere körperlichen Sinne, die Gefühle und unsere Anpassungsfähigkeit dies taten. Diese können nicht unbelastet bei jedem von uns ansetzen, sondern sie türmen sich immer als eine obere Mauerschicht auf Ererbtes und Erlerntes auf und setzen damit die letzte Reihe. Damit geht auch ein Stück weit das Gespür für lebenswichtige Dinge verloren, wenn man von so weit oben über den Steinrand nach unten blicken muss. Empfindungen lassen sich nicht richtig weitergeben. Sie entziehen sich einer kurzen, deutlichen Beschreibung. Wer etwas Ähnliches nicht selbst erlebt hat, tut sich sehr schwer, aus Beschriebenem dieselben Bedeutungen hervorzuholen. Gefühle und unsere anderen Sinne sind deutlich älter als unsere Fähigkeiten, sich vorteilhaft in der jeweiligen Zeit zu bewegen. Dies müssen wir uns stets erarbeiten.

Einkreisende Überlegungen

Demokratie bildet den Rahmen für ein Gemälde, dessen Landschaften sich verändern, doch gemeinsam von Bürgern und Politikern gemalt werden müssten. Es genügt in Krisenzeiten nicht, lediglich zu neuen Pinseln zu greifen. Wenn Verordnungen und Gesetze ihren Zweck nicht mehr erfüllen können, da die Bürger sich ihnen widersetzen und erneut zu Althergebrachtem greifen, ausländische Staaten oder selbstsüchtige Tyrannen die national und international ausgehandelten Abmachungen schlichtweg ignorieren und wieder einmal ihre eigenen, gebietshungrigen Vorstellungen gewalttätig umsetzen, offenbart sich nicht nur ein Vertrauensverlust, sondern ein langjähriges Aussitzen und Wegsehen. Das namenlose Untertauchen des Einzelnen, das eine größere Gesellschaft ermöglicht, zersetzt diese im Laufe der Zeit, weil keine Bindungen zu Verbindungen aufwachsen können. Demokratisch angelegte Strukturen können nicht starr in ihrer Entstehungszeit stecken bleiben, während die bürgerlichen Lebenswelten herausfordernden Veränderungen ausgesetzt sind. Vielleicht muss sich das erarbeitete Wissen und die Erfahrungen breiter Bevölkerungsschichten intensiver in den politischen Meinungs- und vor allem in den tatsächlichen Handlungsabläufen wiederfinden. Dadurch entsteht eine Gemeinschaftsarbeit, die die Vorteile der Weiterentwicklung und die Handschriften Vieler trägt und nicht losgelöst über den Köpfen umherwehen kann.

So wie wir in uns das Erbe und die Verhaltensmuster unserer Vorfahren tragen, scheint auch unsere gültige Staatsform noch Anteile aus den anderen Demokratieformen der Alten und Neuen Welt in sich zu haben, die die Macht in den Händen einer kleinen, bestimmenden Gruppe zusammenfasst. Bezeichnend für eine Entwertung der Tätigkeiten von Staatsspitzen und Abgeordneten ist die enorme Auslastung des Bundesverfassungsgerichtes mit all seinen Kammern, das sich inzwischen, vor allem durch das Verkünden weiser, sehr ausgewogener Rechtsprechungen, eine Hochachtung bei den Bürgern erarbeitet hat. Es sorgt teilweise dafür, dass Regieren auf der Unterlage unseres Grundgesetzes überhaupt funktioniert. Bis heute wurde keine staatstragende Verfassung niedergeschrieben, wie es einmal am Ende des Zweiten Weltkrieges geplant war. In einem Kriegsjahr, wie dem jetzigen 2022, kann man die Erwähnung des letzten Krieges, der die gesamte Welt betraf, nicht wegdenken, kann man dieses Thema nicht herunterfallen lassen. Die Wenigsten haben geglaubt, dass es ein Gemetzel mit Waffen, Raketen und Panzern, ein solches Töten noch einmal geben kann. Man war sich ziemlich sicher, dass hier in Europa das Licht keine Schatten der Nummern und Kreuze mehr auf die Wege werfen wird.

Eine haltbare Demokratie fordert mehr als eine teure, gigantische Wahlmaschinerie in regelmäßigen Abständen, mit ihren Luftbuchungen, den designten Wahlauftritten und den andere Konkurrenten niedermachenden Wortbeiträgen. Das Internet, dieses weltumspannende Netz, hat dieses Verstecken in einer Masse noch einmal deutlich erleichtert. Es hat damit weitergehenden Gemeinheiten die Schleusen geöffnet, gleichzeitig eine Schnelligkeit und zweifelhafte Informationsflut eingeführt, mit der die trägen Verfahren der politischen Übereinkunft, der Abstimmungen und die kostbare, Zeit benötigende, persönliche Meinungsbildung nicht mehr mithalten können. Die Sprachverknappung bestimmter Mediensysteme erhöht zudem die Anzahl der Fehldeutungen enorm. Sie führt augenscheinlich auch dazu, dass lediglich gleiche Altersstufen bestimmte Sprachsymbole, Abkürzungen und neue Wortkreationen sofort begreifen können. Dies verändert auch die ungezwungenen Gesprächsmöglichkeiten der verschiedenen Jahrgänge miteinander. Man versteht sich nicht mehr ohne Hilfestellungen oder Nachfragen. Man spricht nicht mehr dieselbe Sprache, eine einheitliche Landessprache. Wer muss da auf wen zukommen, um die Häufung von Missverständnissen gering zu halten? Wie erkennt man überhaupt, dass man etwas ganz anders bewertet und deutet, wenn während der Fragestellung schon längst eine andere Situation eingetreten ist?

War nach dem Ende der Schreckensherrschaft eines diktatorischen Führers und seiner Einheitspartei mit Einschüchterungswahlen der Siegeszug der Demokratie schierer Luxus, so haben sich heute manche Verordnungen und Rahmenbedingungen abgenutzt, wie ein alltäglicher, selbstverständlich vorhandener Gegenstand. Ein deutliches Indiz für ein nicht mehr passgenaues System bleibt das Weiterschieben von Problemen auf nachfolgende Generationen. An dieses Verschieben angekoppelt bleiben die geldlichen Zuwendungen für einzelne Bereiche der Gesellschaft, falls doch einmal ein Gesetz mit Mehrheitsbeschluss zum Tragen kommt. Wer dadurch einen Nachteil erleiden sollte, wird durch diese Unterstützungen beruhigt, ist dann zwar abhängig von Paragraphen und seine Eigenleistung wird weniger wertgeschätzt. Insgesamt aber kann der Einzelne nur ahnen, welche Querverbindungen es gibt und er spürt, dass es ihn überfordert. Er merkt, dass sich hier über die Jahrzehnte ein unentwirrbares Knäuel von Nehmenden und zu Nehmendem verschlungen hat.

Die sogenannte Volksherrschaft lebt natürlich nicht ausschließlich von der Gestaltung durch die gewählten Vertreter, sondern braucht auch das Einverständnis und die Unterstützung durch die in ihr lebenden Menschen. Unsere Demokratie ist sicher nicht der Weisheit letzter Schluss, die beste aller Teilwelten. Sie ermöglicht aber ihren Bürgern ein relativ großes Maß an Freiheiten, zum Beispiel auch ihre Meinung meist frei sagen zu dürfen. All dies erfordert eine beständige Weiterbildung, muss es vor allem einer Person möglich machen, an vergleichende und vergleichbare Materialien für den Selbstunterricht zu gelangen. Diese Person muss sich sicher sein können, dass diese Unterlagen auch nach bestem Wissen und mit einem Gewissen unabhängig zusammengestellt wurden. Nur so kann eine gute Kritikfähigkeit entstehen. Weiterhin braucht sie auch deutlich verschiedene, vertrauenswürdige Quellen, das heißt, sie muss sich aus unterschiedlichen Winkeln Sachkenntnis aneignen können. Andere beschreiben manchmal etwas, das man selbst nicht sieht oder gesehen hat, weil die eigenen Gedankenabläufe in andere Richtungen führten. Etwas, das allerdings durchaus die Substanz des Wissenswerten in sich hat. Gerade Themen des Zusammenlebens in einer Gemeinschaft und ihre notwendigen Regelmechanismen sind ein ganz wesentlicher Bereich der persönlichen Lebensgrundlagen. Wenn davon nur wenig in einem ruht, wie soll man da eine vor sich selbst begründbare Entscheidung fällen? In unserer Demokratie kriselt es unübersehbar. Die Lage ist unstet geworden. Dies haben nicht allein die sich abwechselnden Regierungslager verursacht. Wir haben uns daran gewöhnt, dass es uns gut geht und glaubten, dass es immer so bliebe.

Dieses Wörtchen „scharf" hat überraschend viele Bedeutungsebenen. Der Zufall wollte es, dass genau 2005, dem Jahr mit einer Häufung runder Gedenktage an bedeutende Persönlichkeiten, wie auch die Erinnerung an den genialen Albert Einstein (1879 in Ulm geboren, 1955 in Princeton gestorben), der Begriff „scharf" eine besondere Dimension erhält. Einstein muss uns von seinem scharfen Verstand nicht mehr überzeugen, denn dieser klingt in seinen Werken und Ausführungen, vor allem aus seinem Wunderjahr 1905, bis heute nach. Es gibt nur wenige, die sich mit ihm messen können, sich scharf abzeichnen, abheben, Konturen bekommen neben ihm. Er vermachte uns seine Relativitätstheorien, die Generationen von Studenten zum Verzweifeln gebracht haben, die sie Verstehen suchend und um Erkenntnis ringend immer und immer wieder durcharbeiteten. Nicht jedoch für dieses begründete Gedankengebäude hat er 1921 den Nobelpreis erhalten, sondern für seine Arbeiten und Anwendungen zur Quantentheorie, der Lehre vom Wesen der kleinsten Materie- und Energieteilchen, der Quantenmechanik. Und genau hier greift dieses simple Adjektiv „scharf" an, ist es in diesen Tagen scharf in den Mittelpunkt gerückt. In Verbindung mit den Gesetzmäßigkeiten der Relativitätstheorie und der Quantenmechanik. Beide gelten bisher als nicht vollkommen vereinbar. Das Bestreben aller Physiker war es deshalb, diese in Einklang zu bringen.

Eigentlich müssten nach den Gesetzen der Quantenmechanik Bilder aus den weit entfernten Bereichen des Weltalls leicht verschwommen bei uns ankommen, müssten eine gewisse Unschärfe haben. Also eine Ähnlichkeit haben mit den vergrößerten Abzügen von Photos, die dann durch die höhere Auflösung eine Körnigkeit zeigen. Ein häufig benutzter Vergleich ist der Sandstrand, der aus der Entfernung beobachtet wie eine glatte Fläche wirkt, erst bei näherer Betrachtung aus einer Vielzahl einzeln erkennbarer Sandkörner besteht, die noch durch leichte Brisen in sich herumgewirbelt werden. Genau dieses Phänomen müsste auch auf Weltraumbildern festzustellen sein. Aber zum Entsetzen der Wissenschaftler liefert uns das Weltraumteleskop Hubble nur gestochen scharfe Aufnahmen. Die Bilder zeigen eine unglaubliche Tiefenschärfe, die es eigentlich gar nicht geben dürfte. Nach den heutigen Glaubenssätzen der Physik schwankt die Raumzeit. Wenn man Licht aus einer großen Entfernung betrachtet, dann durchquert es Raum und Zeit, und dies nicht geradlinig, sondern es muss fluktuieren, also pulsieren oder schwanken. Die Bilder und Daten die uns Hubble sendet sind aber gestochen scharf, eben diese Unschärfe hätte man sehnsüchtig erwartet.

„Die Theoretiker sind sehr beunruhigt", kommentiert dies der Astrophysiker Richard Lieu, „es könnte noch Einiges bisher Fehlendes in der Physik entdeckt werden." Welche Folgen dies für unser zukünftiges Wissen hat ist noch nicht abzusehen. Aber Irgendetwas passt nicht zusammen, soviel ist heute schon klar.

Vielleicht, vielleicht nur, ändert sich an den Theorien doch noch etwas, war doch noch nicht Alles zu Ende gedacht. Jedenfalls lassen sich durch diese fehlende Unklarheit, diese vorhandene Schärfe, bestehende Gesetze nicht mehr so scharf auf den Punkt bringen, sehen sie ganz schön unscharf aus.

23.03.2005

14.01.2023

An diesem Text muss ich nichts ändern. Interessant ist, dass Ende 2022 durch Alain Aspect in der Quantenmechanik der Beweis für die sogenannte Verschränkung erfolgt ist. Damit ist ein Ablauf bekannt, der die neueren Erkenntnisse der Quantenphysik belegt, aber auch herausstellt, dass andere Gesetze und Folgerungen nicht überall anwendbar sind, bzw. neu interpretiert, ausgeweitet und bewiesen werden müssen.

Paarweise gegenüber

Die Welt besteht aus Gegensätzen, ohne diese gäbe es kein Leben, war eine der Prämissen im ausgehenden 17. Jahrhundert. Wenn aber die Bausteine des Lebens über gewaltige räumliche Entfernungen sich miteinander austauschen, also Quanten Energie, ganz allgemein Informationen oder auf der anderen Seite vielleicht sogar wechselweise Ort- oder getaktete Zeitanteile mitnehmen oder zurückerhalten können, dann sollten wir nachdenklich sein und die bisher immer umstrittenen Verfahren der Homöopathie, weitere Teile der Naturheilkunde und andere Bereiche, die wir als unwissenschaftlich abgetan haben, erneut kritisch überprüfen. Selbst wenn in den von Samuel Hahnemann (1755 – 1843) hergestellten hohen Verdünnungsreihen seiner Substanzen theoretisch kein Molekül mehr vorhanden sein kann, ist es also möglich, dass noch Merkmale oder Kennzeichen zurückgeblieben sind oder wieder eingearbeitet werden können. Ihm selbst war dieser chemische Hintergrund egal, er bezeichnete die Wirkung seiner ausgesuchten pflanzlichen und feinstofflichen Mittel als in der jeweiligen Heilsubstanz inneliegende „Lebenskraft". Während die klassische Medizin, auch heute noch, gegensätzliche Prinzipien anwendet, ging er, ähnlich wie Paracelsius (gestorben 1541) im 16. Jahrhundert davon aus, dass einfache, natürliche Elemente zur Gesundung führen können. Hahnemann stellte als seinen Leitsatz „Ähnliches heilt Ähnliches auf."

Wir müssen unsere physikalischen Gesetze also nicht nur weiter- und umschreiben, sondern vieles neu Denken, Berechnen und Beweisen. Albert Einstein hatte diese Quantensicht, also die Verschränkung und damit mögliche Austauschbarkeit physikalischer Teilchen und Größen, stets abgelehnt, nach dem Motto: „Was zählt, ist Intelligenz nicht Gefühl." Noch vor wenigen Jahren wurde behauptet, Tiere könnten nicht Fühlen und eigene Denkvorgänge entwickeln. Heute wird meist zugelassen, dass beides stimmt. Lediglich religiöse, am Wortlaut der überlieferten Schriften klebende Menschen, lehnen alles vehement ab. Angeblich haben ein Gott und seine Lehre dann keinen Platz mehr. Gerade unter diesem Beweis des Franzosen Alain Aspect und seiner Mannschaft, die den diesjährigen Nobelpreis der Physik, für ein physikalisches Zustandsmodell bekamen, bleibt Raum für einen handelnden Schöpfer und weitere Kräfte. Vielleicht müssen wir uns alles anders vorstellen als bisher in unserer menschlichen Art. Jedenfalls bleiben Wissenslücken, in welche ebenfalls die Erscheinungen der Berichte von Nahtoderfahrungen oder einem gleißenden Licht, von göttlichen Kräften oder dem Heiligen Geist der Bibel hineinpassen.

Nach diesen frischen Belegen in der Quantenmechanik stellen sich natürlich auch die Fragen nach der wirklichen Größe eines Atoms, nach den Ausmaßen und der Richtigkeit bisheriger Modelle und Beschreibungen. Wie kann man diesen schwierig vorstellbaren Effekt, der so viele Änderungen in den wissenschaftlichen Denkweisen nach sich ziehen wird, in die regulären Lehrmeinungen integrieren? Eine sehr kluge und fähige Stelle hat die Natur und ihre Verbindlichkeiten geschaffen. Vielleicht formt auch die Natur durch ihre Entwicklungsgeschichte diese Gesetze selbst weiter, mit denen wir uns derart schwertun, sie genau zu entschlüsseln.

Dieser bahnbrechende Wissensschritt liefert möglicherweise auch die Erklärung für das vollkommen andere, mikroskopische Aussehen der Molekülverbände des Wassers, wenn man Trinkwasser aus sauberen Quellen und mit anorganischen oder organischen Substanzen versetztes Trinkwasser analysiert und vergleicht. Schon der Zustand, dass sich niemals zwei identische Kristalle, auch des reineren Wassers ausbilden, weist auf seine besondere Rolle und Einmaligkeit hin. Bei den anderen, mit unterschiedlichen Inhaltsstoffen und damit auch Eigenschaften, bilden sich allerdings nicht einmal sternförmige Kristalle aus, sondern teils klumpige, nicht mehr symmetrische Figuren.

Zumindest passen vorläufig diese Gedanken in die Vorstellung dieses sich untereinander Austauschens, das heißt, das Leben fließt noch auf eine ganz andere Art und Weise als wir gemeinhin bisher dachten und als gültig zuließen. Wenn auch etliche der vorhergehenden Sätze Spekulatives enthalten, so finde ich zumindest nichts massiv dagegen Sprechendes. Im Symbolgehalt vieler Wissensgebiete kann also noch genügend liegen, was bei weiterem, genauerem Betrachten in den wissenschaftlichen Kontext übernommen werden kann.

„Logisches Denken verschafft uns keine Erkenntnis über die wirkliche Welt. Alle Erkenntnis der Wirklichkeit beginnt mit der Erfahrung und endet mit ihr. Alle Aussagen, zu denen man auf rein logischem Wege kommt, sind, was die Realität angeht, vollkommen leer."

Auch dies soll ein Ausspruch von Albert Einstein sein.

Noch liegen sie vor mir, die wenigen Tage im Jahr, an denen ich meinen Garten sich selbst überlassen werde. Nur für den äußersten Notfall jemanden habe, der vorbeischauen, die Kannen Wasser in die Töpfe gießen, das Gemüse wässern, eventuell das gemähte Grün mit Feuchtigkeit aus der Zisterne versorgen könnte. Es steht und fällt alles mit dem Wasser, genügend Wasser zum Leben. Dafür gilt es zu sorgen, als Grundlage allen Daseins. Viel mehr ist nicht machbar, nie möglich, wenn man abwesend ist und etwas zurücklässt. So gesehen ist man nicht zu ersetzen, kann nur das Gröbste delegieren. Der Rest wird eben nicht getan, eine Zeitlang. Das muss nicht nur der Garten aushalten, sondern auch ich. Auf dem Krisenzettel für Nachbarn und Freunde sind nur die wichtigsten, die allerwichtigsten Daten aufgeführt. Er würde abschreckend wirken, wenn ich all das mir Beachtenswerte und Notwendige aufschreiben würde, die Menge hätte schnell ein ganzes Buchformat. Erst da fällt mir auf, wie viele hundert Kleinigkeiten ich täglich nebenbei erledige, um welche unterschiedlichen Bereiche ich mich kümmere, wie viele „verschiedene Berufe" ich in mir trage. Doch nun muss ich Prioritäten setzen, Abstriche machen, das Wesentliche erfassen.

Entweder man verbringt jeden Tag mit seinem Garten und den Lebewesen in ihm. Hat damit die Möglichkeit einzugreifen, helfend zur Stelle zu sein. Doch selbst im bewohnten Garten können die Hände und Augen nicht überall sein. Auch dann übersieht man den Ernst der Lage. Unterliegt gerade der schönste Anblick der Rosenblüte der Notwendigkeit des Holzmachens, bevor der heftige Regen kommt, dem anstehenden Fensterstreichen oder gar unangenehmen Versicherungsfragen oder zeitraubenden Geldangelegenheiten, Terminzwängen eben. Von unpassendem Wetter gar nicht zu reden. Entwickelt sich doch jedes Jahr im Winter die Vorfreude und Vorstellung von Frühjahr und Sommer. Immer in wohlwollenden Bahnen von Harmonie und Ausgeglichenheit, von Wärme verbunden mit Licht und buntesten Farben, eine ausgeprägte Üppigkeit. Entweder also, man bleibt zu Hause und hat dann gewissermaßen die Verantwortung dauerhaft. Oder man wagt, für kurze Zeit wenigstens, die gewohnte Umgebung zu verlassen, die so vertraut, aber ohne Abstand ebenso einschränkend sein kann. Es ist herrlich, bei anderen Menschen zu Gast zu sein, bei ihnen wohnen zu dürfen. Einen Garten zu beobachten und keinen Finger dafür bewegen zu müssen. Mein Gartenglück zu Hause ist ein anderes als hier. Bei mir gibt es immer etwas zu tun, mehr als genug, ob ich will oder nicht. Hier dagegen habe ich keine Pflichten, trage keine Sorge für die Pflanzen, kann einfach nur da sein und aus vollem Herzen genießen. Ich ahne sehr wohl die Arbeit, den Aufwand, der hinter Gartenanblicken liegt, aber ich bin nicht dafür zuständig. Ich kann, genau genommen, pausenlos ernten. Es ist nicht das Faulenzen allein, das einen Urlaub in passender Umgebung so angenehm macht. Es ist auch die Rückkopplung. Sei es in Gesprächen mit dem anderen Gartenbesitzer, der offen über Nöte und Erfahrungen spricht, die wie wohlbekannte Melodien klingen. Oder die Bilder, die Eindrücke, die man in sich aufnimmt. Die bei flüchtigem, erstem Sehen wie zauberhafte Gemälde wirken, doch bei genauerer Sicht die Feinheiten, Unzulänglichkeiten preisgeben. Manchmal schleicht sich der Gedanke ein, dass es doch bei mir genauso aussieht, zumindest in Teilbereichen. Manches, sich sogar schöner darstellt, anderes durchaus verbesserungswürdig erscheint. Also es entstehen in solchen Tagen auch Ideen und Anregungen, die mitgenommen werden können. Dies macht Aufenthalte in unbekannten, fremden Gärten dauerhaft wertvoll, neue Einsichten schaffend.

Bleibt nur die schlichte Feststellung, dass die Schwierigkeit darin besteht, im eigenen Umfeld Besucheraugen zu entwickeln. Augen, die nur Bilder sehen, gleich einem Photographen, und nicht die Komplexe, die dahinterstehen, in Gefühle verwandeln. Zu vermeiden, dass das zweckgerichtete Aufwandsdenken und abwertende Bedenken sich an den Blick mit anheften. Ein ähnliches Spüren habe ich beim Betrachten der Sommerphotos im Winter am Kamin. Ab und zu frage ich mich ungläubig, ob dies wirklich Szenen aus meinem Garten sind. So eindrucksvoll habe ich die Stellen nicht in Erinnerung im Dezember. Es sind also doch der Ausschnitt und das Ruhige, vollkommen Tonlose, welche die Idylle auszeichnen. Das gezielte Hervorheben des Schönen, umgekehrt das bewusste Ausblenden des Störenden, in allen Bereichen. Der gewisse Hang zum Verklären. Nichts anderes geschieht in den Urlaubstagen. Eine aus vielen Gründen nur partielle Wahrnehmung ermöglicht diese intensiven Stunden, diese Gefühle der Seligkeit. Sie lässt manchmal auch kurze Gedanken aufkeimen, den Wunsch, in eben solch einer Umgebung, solch einer Stimmung zu leben, dauerhaft. Doch da benötigt es nur eine rasche, vernünftige Überlegung, die den Versuch unternimmt, aus dem Bildausschnitt einen Lebensfilm zu bilden, und schon relativiert sich vieles. In einem italienischen Bergdorf zu leben ist nichts anderes als in einem fränkischen Dorf zu wohnen. Vielleicht gibt es dort mehr Sonnenschein und mildere Winter. Aber ebenso viele Tage und Dinge, die grau sind. Das eigene Wesen und der gesellschaftliche Einfluss sind da wie dort vorhanden. Die Leichtigkeit des Seins beginnt im tiefen, inneren Garten. Nur wenn diese dort wachsen und gedeihen kann, lässt sie sich auch in den tatsächlichen Garten umpflanzen.

Eine Freundschaft ist geprägt von gegenseitiger Achtung, einem gütigen Geben und Nehmen. Wobei die Frage der Gleichwertigkeit keine wirkliche Bedeutung findet. Jeder Partner schenkt das, was er in sich trägt, was seinem Können entspricht, eben was er gerne zu geben vermag und geben kann. Es wird nichts gegeneinander aufgerechnet und damit unterbleibt auch eine Abrechnung. Schon so häufig habe ich genau dieses unselige Verhalten in menschlichen Beziehungen studiert und auch deswegen meinen Freundschaftsbegriff Artgenossen gegenüber enger gefasst, ihn andererseits aber im Verhältnis zu Tieren und Pflanzen gehörig erweitert. Ein Sinnes- oder Seitenwechsel geht ihnen völlig ab, sie bleiben sie selbst in aller offenen Erkennbarkeit.

So erlebe ich Freundschaften, die inzwischen Jahrzehnte andauern. Ein gefülltes, blaues Leberblümchen, Hepatica nobilis eine botanische Rarität, hat immerhin fast zwanzig Jahre unter meinen Händen verbracht. Für diese ungewöhnlichen Varianten mit gefüllten oder gestreiften Blüten, fleckfarbigem oder gezacktem Laub werden teilweise drei- oder vierstellige Geldbeträge gezahlt, sie sind heutzutage wieder sehr begehrt. Wie alles was rar und gefragt ist, so steigt auch hier der Preis, da das Angebot nicht damit Schritt halten kann. Gelegentlich bringt die Natur solche Spielarten hervor. Sie bildeten früher die Grundlage der normalen Züchtung durch Selektion. Auch wenn die kugelig aufgebauten Blüten kaum eine nennenswerte ökologische Rolle spielen, so prägt sich doch die besondere Variante, wahrscheinlich wegen der ungewöhnlichen Optik, deutlich ein. Nicht gelungen ist mir da allerdings eine Vermehrung durch Teilen der Mutterpflanze. In einem aufkommenden Frühjahr war nichts mehr von diesem Leberblümchen zu entdecken. Ein anderes Mal denke ich an die seltene, lachsgetönte Primula veris, eine Variante des Echten Himmelsschlüssels, duftend, eine edle Kostbarkeit, die ich hinübergerettet habe über etliche meiner Lebensabschnitte. Die mir also durch verschiedene Gärten gefolgt ist, vielleicht auch vertraut hat, die ich stets beachtet und umsorgt habe und wiederkehrend im Jahreslauf im März, April oder Mai danke ich auf Augenhöhe für ihre Anwesenheit und sie schenkt mir ihre Blüten, ihr Dasein, streut Samen, verbreitet sich, wenn auch zögerlich, legt sich ganz in meine Hände. Schlichtes Gärtnerglück, vielleicht. Ich denke es ist mehr. Es ist das bedingungslose sich Zurücknehmen, aufeinander Einlassen. Das Erfassen der Art und Weise des Anderen, seiner Bedürfnisse, seines Wesens, die dauerhaft Nähe bringen können. Allesamt edle Kennzeichen der gelebten, wahren Freundschaft.

Rosen- und Gewürzgärtlein

Es ist einer jener Spätsommertage, an denen man die Zukunft spürt, so deutlich wie lange nicht. An denen die Gegenwart zugleich Vergangenheit ist und man nicht erkennt, in welcher Zeit man wirklich steht.

Ich lehne an den Sandsteinzinnen, betrachte einen der vergangenen Orte, die voller Zeichen sind, sich ahnen lassen, und spüre diesen Zauber in mir aufsteigen. Ich weiß, dass unter mir der Burgberg liegt, mit Walnuss und Apfel. Die letzten ihrer Art, die noch vorhandenen. Sehe sie vor mir, die tausend Obstbäume: Den Freiherr von Berlepsch, den Kaiser Wilhelm, Schafsnase und Winterrambour. Dazwischen eine Madame Verté oder Gellerts Butterbirne. Auf der Südseite die Nancyaprikosen und Reneclauden, Mispeln und Maulbeeren. Hier oben aber könnte einer der Gärten gewesen sein, Jahrhunderte früher. Von Mauern umrahmt, die Mittags- und Abendwärme einfangend, „verschlossen", burgengleich. Das Reich, das einzige, eigene der Burgfrauen und Fräulein. Stilla, die Grafentochter lebte hier. In jener Zeit, als die Gärten Mauern bekamen und Kreuzwege die Fläche gliederten. Als sie Nutzgarten, Lustgarten, Ziergarten, alles zugleich waren, Sinnesgärten. Standesgemäß sich mit Blumen füllten. Den ersten südländischen Gewächsen und Kräutern, die die Kreuzfahrer mitbrachten. Lorbeer, Rosmarin, Granatapfel und Zypresse. Die Gärten waren voller Sternblumen. Ringelblume, Gänseblümchen und Margerite. Man verehrte die aufrechte Madonnenlilie als Symbol der Reinheit und Schönheit. Vielleicht gab es damals keine Lilienhähnchen. Meine Blumen jedenfalls haben nie das strahlende Weiß erreicht. An ihren Stängeln kleben die Käfer wie rote Blutströpfchen. Bereits damals galt die Sehnsucht der „Blauen Blume". Man pflanzte Salbei und Iris, Rittersporn und Borretsch. Diese Suche hat später in der Romantik ihren Höhepunkt erreicht. Man kannte sich aus mit der Sprache der Blumen, der Symbolik der Pflanzen und ihrer Farben, mit Düften und Heilwirkungen. Gelb, noch heute die Farbe des Neids und der Missgunst, aber auch der Sonne und der Heiterkeit, war im Mittelalter die Farbe des Teufels und der Schande. Neben der Lilie gelang es nur der Rose, das Symbol für Schönheit und Vollkommenheit zu werden.

> Die Ros' ist ohne Warum, sie blühet, weil sie blühet,
> sie acht nicht ihrer selbst, fragt nicht, ob man sie siehet.
> Angelus Silesius (1624 – 1677)

Die Königin der Blumen, die Blume der Liebe. Die Rose des Mittelalters ist, unbestreitbar, die Rosa gallica. Der Abkömmling „Officinalis" mit dem bedeutungsvollen Namen Apothekerrose. Sie wächst selten höher als knapp einen Meter. Das rosarote Karmin ihrer flachen Blütenschalen, ihr betörender

Duft und ihre zugleich wehrhafte Ausstrahlung ließen sie damals zum Mittelpunkt jedes Gartentreibens werden. Man näherte sich ihr, anders als in römischen Zeiten, nicht mehr verschwenderisch, sondern mit Demut und Hochachtung, begann ihre Heilkräfte zu erforschen und empirisch zu belegen. Kein Wunder, dass in den Pflanzenbüchern der Hildegard von Bingen eine Vielzahl von Anwendungen für Körper, Geist und Seele empfohlen wurden. Neben der roten wird auch noch die weiße Rose beschrieben, Rosa alba in ihrer leichtgefüllt blühenden Form „Semiplena". Sie konnte allerdings sehr kräftig wachsen und durchaus drei Meter Höhe erreichen. In den Liedern der Minnesänger umrankten sich Rose und Rebe, wuchsen weit empor. Man träumte unter Rosen von der Liebe und baute Lauben- und Rosengänge in die verwunschenen Gärten. Es waren die roten und weißen Rosen, Heckenrosen und wilden Rosen, die man verehrte und begehrte. Man hatte die magische Kraft der Rosen gespürt und einen Teil des Lebens mit ihnen verbracht.

Da fällt mir der Text eines kubanischen Liedes ein:

Es schlafen in meinem Garten
die Lilien und die Rosen,
und meine Seele voll Trauer und Betrübnis
will vor den Blumen verbergen
ihren bitteren Schmerz.
Ich will nicht, dass die Blumen erfahren,
welch' Qualen mir das Leben bereitet.
Wenn sie wüssten, wie ich leide,
würden auch sie über meinen Kummer weinen.
Seid still! Denn sie schlafen
die Lilien und die Rosen…

Man muss sich im Klaren sein, dass zur damaligen Zeit keine der uns heute bekannten Rosenüppigkeit der mehrere Meter hohen Kletterrosen herrschte. Diese wurden erst viele hundert Jahre später durch die Einführung der chinesischen Rosen möglich. Selbst Goethe war an seinem Gartenhaus an der Ilm, „wo die Rosen bis unters Dach wuchsen", der Anblick von gefüllten, großblumigen Kletterrosen noch verwehrt geblieben. Auch dort handelte es sich um Wildrosen oder deren einfache Derivate. Die Sonne scheint mir warm ins Gesicht, durch die geschlossenen Augen. Ich komme langsam wieder zurück und sehe alles in einer roten Färbung. Ich muss lächeln und an mein letztes Gedicht denken:

ich nahm aus dem garten
das rot der rosen mit

es füllte das kühle zimmer
und schenkte mir die nacht

nun im frühen tageslicht
träumt meine seele in rot

Meine Augen blicken suchend umher, die Tönung ist fast verschwunden. Dort an den Stahldrähten sehe ich die Rose Super Excelsa, eine nachblühende Ramblerrose von 1986, daneben vielleicht die Ilse Krohn Superior, weiß, gelb überhaucht. Vorhin, an der mächtigen Gebäudewand, erkannte ich New Dawn, die erste öfter blühende Kletterrose von 1930, porzellanfarbenes Rosa, zerbrechlich, eine Weltrose, die Geschichte geschrieben hat. Meine Zeit drängt, ich muss aufbrechen. Aber ich komme wieder, gerne an diesen Ort zurück, der mir so manche Gedanken schenkt. Da gibt es noch viel zu beleuchten und zu träumen.

September 2004

Mittlerweile sind fast zwanzig Jahre vergangen. Die Abenberger Burg wird seit mehreren Jahren umfassend renoviert, mit allen nicht zu übersehenden Folgen für die Pflanzenbereiche. Aber auch dies war nicht das erste Mal. Gen Ende und nach dem Zweiten Weltkrieg musste auch hier jedes Stück Erdboden mit Gemüse und Getreide zur Ernährung bebaut werden. So wandeln sich die jeweiligen Notwendigkeiten. Es lässt sich immer nur ein kleines Zeitfenster in einer solchen historischen Anlage darstellen.

Wenn sich das Wetter wieder mit Starkregen oder lähmender Dürre über uns austobt, scheint es, als ob wir uns die Natur zum Feind gemacht haben. Wir haben durch unser Zuviel an Raubbau und Besitzstreben inzwischen dafür gesorgt, dass das empfindliche, schöpferische Gleichgewicht der globalen Welt beträchtlich in Schieflage geraten ist. Selbst im entfernten Universum sind unsere schädigenden Einflüsse unübersehbar, deutlich messbar geworden.

Bis wir dies erkannt und bestätigt haben, bis wir es dann auch glauben und die verantwortlichen Entscheider handeln, hat sich der Zustand schon wieder geändert, ist er längst ein anderer geworden. So wird es für uns immer schwieriger, vorauszuschauen und entsprechend zu reagieren, das rechte Vorgehen zu entwickeln, sind wir doch lediglich ein Teil dieses Kosmos und nicht dessen Urheber. Noch haben wir die Zusammenhänge dieses Weltgebäudes nicht völlig verstanden und es stellt sich die Frage, ob wir dies je umfassend erreichen können. Unser Gehirn scheint uns dabei im eigenen Weg zu stehen und deutliche Grenzen zu setzen. Wir haben die widerstreitenden Interessen nicht einmal unter uns Menschen beseitigen und ausgleichen können. Unter Zeitdruck und bei unangenehmer werdenden Lebensbedingungen müssen wir selbst unsere Anstrengungen nicht nur erhöhen, sondern auch etliche liebgewonnene Verhaltensweisen grundlegend verändern. Gerade Letzteres erweist sich als immense Herausforderung. Dies verlangt eine große Selbsteinsicht, viele kritische Fragestellungen und eine möglichst offene Bestandsaufnahme ohne Schuldzuweisungen, denn es ist schon genügend ungenutzte Zeit über diese unsere Erde gezogen. Uns mangelt es nicht an Wissen über die verschiedenen Probleme der Gegenwart, dies ist schon seit Generationen so.

Wir müssen selbst stärker Mitfühlen und genauer Hinfühlen, was andere Menschen und die uns umgebenden Geschöpfe benötigen. Wir müssen uns vielleicht wieder mehr an alte, wegweisende Tugenden erinnern. An Demut, Ehrlichkeit, Fleiß und Ausdauer zum Beispiel. Genaugenommen schwingen in diesen Kreis die früher in Gesellschaft und Erziehung immer vermittelten Grundlagen des menschlichen Zusammenlebens und sehr große Anteile an religiösen Werten mit hinein. Doch auch wenn die christlichen Religionen allgemein auf dem Rückzug sind, so haben ihre moralischen Aussagen nach wie vor Gültigkeit. In den uns überlieferten zehn Geboten steht an sich nichts grundlegend Falsches, sie sind immer noch beachtenswert und lebenswert. Es gibt einen Unterschied, wie Kirche gedacht und wie sie gelebt wird. Der Kopf hat eine andere Aufgabe als das Herz. Endlich beginnt auch diese Institution ihre eigene Verhaltensgeschichte aufzuarbeiten. Noch zögernd hat sie jetzt begonnen, aus den Tiefen der Erinnerung die verursachten Schrecken hervorzuholen. Von judenfeindlichen Hasspredigten von den Kanzeln herab bis hin zu übergriffigem

Handeln gegenüber Schutzbefohlenen gibt es genügend Themen, um bußfertige und bereuende Einsichten zu erlangen und entsprechende Abbitte zu leisten. Eine umfassende Offenheit gegenüber den Betroffenen wäre ein Entkommen aus der Schleife des Wegsehens, des Vertuschens. Die Täter müssen endgültig Namen bekommen. Keiner muss heute mehr hartgläubig leben. Doch ohne jeden ethischen Halt und deutliche, rahmengebende Verhaltensweisen scheinen sich menschliche Anteilnahme und Verantwortlichkeit nicht genügend entwickeln zu können. Haben uns die letzten Jahrzehnte des prallen Überflusses und des überbordenden Wohlstandes nicht nur deutlich träger, sondern auch verwundbarer werden lassen?

Jeder Tropfen zählt

Die große Trockenheit und Dürre des letzten Sommers mit Hitze und rotem Feinstaub aus der Sahara, der riesigen Wüste des afrikanischen Kontinents, ließen alle Wasser schmaler werden. Zeitweise kursierten sogar die Ideen, die ungreifbaren Wolken mit Silberjodid in einen Vorhang aus Regen zu verwandeln. Jetzt, in den Tagen vor dem Ende des letzten Jahresmonats, können die meisten Flüsse wieder ihre Namen zurückerhalten und so wie früher benannt werden. Sie haben sich ihre Biegungen und Stromschnellen erneut erobert.

Viele unserer Wasserbänder sind inzwischen begradigt und einbetoniert. Ein industriefreundlich formuliertes Wasserrecht beförderte die weitere, beengende Kanalisierung. Sie erreichen damit Fließgeschwindigkeiten, die selbst manchen Wasservögeln zu hoch sind. Flüsse dienen nicht mehr als Lebensraum, sondern als schiffbar ausgebaute Handelsstraßen und einer sie vereinnahmenden Erholungsnutzung. An die Stelle der jährlichen Hochwasser nach der einsetzenden Schneeschmelze sind punktuelle Starkregengüsse getreten, die vernichtende Kräfte entfalten. Der Kiebitz, der sich in den überfluteten Flachwasserbereichen früher sehr gerne aufhielt, verschwand geräuschlos. Ohne seine Rufe bleibt es ärmlich still auf den Flächen. Nur wenige, kurze Strecken sind manchen Flüssen geblieben, um zu mäandern, diesem auf einer Seite des Flussbogens Ufer abtragenden und an einer anderen Stelle, der mit der sanftesten Strömung, ablegenden Treiben.

In den großen Städten der südlichen, adriatischen Staaten, aber auch bei uns, lassen sich Brunnen- und Fontänenanlagen mit ihren Wasserkünsten als wohltuende Auflockerungen in den Kernlagen antreffen, ganz so unbefangen und harmlos wie früher wird unsere Reaktion darauf nicht mehr ausfallen können, wenn es sich nicht um nötige Trinkwasserspender, sondern um reine Zierelemente handelt. Manchmal fällt das Nass in mehrstöckigen Kasskaden von Steinrand über Steinrand. Wenn glücklicherweise Stille herrscht, kann man dieser Sprache des Wassers andächtig zuhören.

Conrad Ferdinand Meyer, der Schweizer Lyriker verfasste 1882 ein berühmt gewordenes Gedicht über ein mehrteiliges Kunstwerk:

Aufsteigt der Strahl und fallend gießt
Er voll der Marmorschale Rund,
Die, sich verschleiernd, überfließt
In einer zweiten Schale Grund;
Die zweite gibt, sie wird zu reich,
Der dritten wallend ihre Flut,
Und jede nimmt und gibt zugleich
Und strömt und ruht.

Ein sorgloser Umgang mit Wasser müsste der Vergangenheit angehören. Wir sammeln Abwasser größtenteils wieder ein und bereiten es in mehrstufigen Kläranlagen auf, kommen dort auf Reinigungsleistungen sogar über 95%. Speisen dann das gesäuberte Nass in den dafür vorgesehenen Fluss zurück. Klingt gut. Aber diese wenigen, restlichen Prozentpunkte haben es jedoch in sich. Unsere bessere Analysetechnik mit ihren Nanoverfahren zeigt uns die laborfüllende Menge an Stoffen, die nichts in der Natur verloren haben. Aus einer einfachen Aufgabe kann sich sehr schnell eine umstürzende, bedrohliche Situation entwickeln. Unsere Anstrengungen müssen also deutlich weiter gehen, über Nationalgrenzen hinweg. Verseuchtes Wasser und Fischsterben machen nicht an Grenzstationen halt und haben keine Einreisepapiere, auf denen die richtige Chemikalie oder falsche Algensorte aufgelistet erscheint. Selbst mit viel Einsatz und Geldmitteln lässt sich nicht alles entfernen. Wir können beides nicht trinken. Wir haben zwar gelernt, aus Flusswasser wieder Trinkwasser herzustellen, sogar aus Abwasser und Urin, doch es bleibt ein Rest Unbehagen und regelmäßige Kontrollen hängen sich an. Warum lassen wir es erst so weit kommen? Wir müssen sparsamer mit diesem kostbaren Gut umgehen. Und doch hat auch dieser bewusste Verbrauch seine unteren Grenzen. Bei zu geringer Wassermenge bekommt das System Mangelerscheinungen. Die Kanäle und Rohre benötigen einen bestimmten Durchfluss, um intakt zu bleiben, sie müssen immer wieder benutzt werden. Manchmal glaubt man, mit dem Anziehen einer Stellschraube ein Konstrukt schon erneuert zu haben, bis man gewahr wird, dass der Rest sich nicht mehr wie gewohnt verhält.

Sie erzählte von Blumen und Steinen

Sie war eine einfache Frau, schlicht, genügsam geblieben. Machte nie Aufhebens um sich selbst. Ihr Merkmal war: Sie sprach nicht viel, fast gar nicht. Und doch zog es ihn als Kind zu ihr hin, beinahe magisch. Sie hatte wissende Augen. Hinaus an den Stadtrand ins schmale Austragshaus mit dem wilden Garten, in dem sie lebte. Heimlich versteht sich. Es war eine Art von Geheimnis, sein Geheimnis. Er war dort stundenlang, so oft es ging. Beobachtete sie, wenn sie mit den Blumen sprach im Sommer, wortlos natürlich. Sie konnte die Blumensprache und streichelte ihre Geschöpfe mit derben Fingern, sanft. Ob sie je einen Menschen so geliebt hat? Er wusste es nicht.

Eines Tages geschah das Seltsame. Er besuchte sie wieder und wollte ihr ein Geschenk mitbringen, ihr etwas von sich geben. Von seinen wenigen Blechautos, von ihnen konnte er sich nicht trennen, so kramte er in seiner versteckten Steinsammlung. Weit war er nicht herumgekommen bisher, so erschöpfte sich sein Fundus in den geschliffenen Kieselsteinen aus dem großen Fluss, auf dem die Ladeschiffe tief fuhren, die Schubkähne mit schwerer Fracht, oder den gegensätzlich derben, schichtigen Kalksteinen aus den Weinbergen, die oft auf Lesehaufen am Rand der Wege lagerten. Er wählte einen wohlgeformten, runden Stein, der in sich mehrere helle Einschlüsse trug. Genau der richtige für ein Geschenk, etwas Besonderes. Genau diesen Stein überreichte er ihr ohne ein Wort, hastig. Griff schnell ihre Hand, drückte ihn hinein und schloss sie. Er zog sich auf seinen Besucherplatz zurück und wartete. Es geschah etwas, womit er nicht gerechnet hatte. Sie blieb stocksteif stehen und starrte auf den Kiesel in ihrer Hand. Es vergingen Ewigkeiten, bis sie sich unbeholfen zu ihm umdrehte. Es kostete Überwindung. Ihre Augen hatten einen feuchten Glanz, rötliche Farbe, das war nicht zu übersehen. Er erschrak.

Doch dann begann sie zaghaft zu lächeln, unsicher, umklammerte den Stein und kam auf ihn zu. Sie setzte sich neben ihn auf die graue Bank, legte den Kiesel in die Mulde, die ihre Kleiderschürze formte. "Zwei Kriege habe ich erlebt, sie überlebt, um welchen Preis? Und du schenkst mir einen Stein. Ich habe das Sprechen verlernen wollen, denn es gab so viel Unaussprechliches, was ich gesehen habe, dass es besser ist, den Mund geschlossen zu halten. Wenn man nicht spricht denkt man weniger und vergisst schneller. Ich war vielleicht so alt wie du, damals in Frankreich. An der Ardèche war ich jeden Tag, es war mein Fluss, meine Welt. Wir waren arm, hatten nie Geld und so träumte ich mit den Steinen im Wasser. Sie bargen mein Geheimnis. Sie glitzerten und funkelten dort unter der Oberfläche. Ich saß stundenlang mit geschlossenen Augen da unten, dachte mir Geschichten aus, malte meine Zukunft. Vor mir die runden Steine voll Gold, mein Schatz. Ich müsste nur wieder hinunter zum Fluss gehen und es herausbrechen. Ich belächelte die Goldgräber aus den Erzählungen des Wilden

Westens, sie schienen mir wie Narren. Welch einen Aufwand sie trieben. Suchen, Schürfen, Waschen wegen ein paar kleiner Nuggets, Stäubchen in den großen Schalen fangend. Hier, vor mir lag der Reichtum der Welt, an meiner Ardèche. Nur ich kannte ihn, er war mein Besitz. Die wertvollsten Steine verbarg ich unter einem Steg, hinter den Fischreusen, im Dunkeln, sicherheitshalber. Da lag genug, im Überfluss, für ein ganzes Leben mit Erfüllung, ohne finanzielle Probleme. Die würde ich nie mehr haben. Mein Leben schien gesichert."

Sie hörte auf zu reden. Er traute sich nicht einmal Luft zu holen, atmete ganz flach. Er wollte alles, jedes Wort von ihr hören. Er spürte, dass sie nochmals etwas sagen würde. Sie seufzte tief, und begann erneut: "Es ist nicht alles Gold was glänzt. Katzengold ist es in den meisten Fällen. Nichts als Biotit, ein Mineral, im Glimmer gelagert, an der Luft oxidierend. Nur den Schein von Gold in sich tragend, nichts Besonderes, trügerisch. Steinreich war ich jedenfalls einmal. Auch glaubte ich, ein Stein zu sein, den Widernissen des Lebens trotzen zu können, der starken Erosion, der schnellen Vergänglichkeit. Du musst keinen Stein ins Rollen bringen in deinem Leben, es rollt von selbst genug. Ich war nur scheinbar fest, nicht das härteste Gegenstück der Natur, nur die Hülle war stark. Ich habe immer Steine gesammelt, wie sonst nur Pflanzen, es sind Persönlichkeiten mit langen Lebensgeschichten. Siehst du dort drüben den Platz mit dem hohen, gelben Klee? Manche sagen, es sei schlicht ein Schutthaufen voller Unkraut. Für mich ist er so bedeutungsvoll wie jede andere Stelle in diesem Garten. Der Steinklee wuchs am Bahndamm, häufig. Wir ernteten und trockneten ihn. Er hat den Geruch, den Duft des Waldmeisters, Cumarin. Die langen Büschel trugen wir zu einer alten Frau im Dorf. Sie nähte diese in Kräuterkissen für den Markt. Wir bekamen dafür dann einen halben Laib Brot, manchmal auch Eier oder einen Tiegel voller Schmalz. Auf die Idee, Menschen zu sammeln um mich, bin ich nie gekommen. Ich habe nie ein wirkliches Augenmerk für sie entwickelt. Wollte ich es nicht oder konnte ich es gar nicht entwickeln? Vielleicht ist es die Ehrlichkeit, die ich der leblosen Materie eher zuspreche als den lebenden Dingen. Wobei die Frage ist, wo denn eigentlich die Trennung zwischen beiden verläuft. Du siehst es ihnen an, den Pflanzen und den Steinen, ihr Wesen, sofort. Sie sind aufrichtig, kennen ihre Grenzen. Ich schätze sie und sie gedeihen bei mir. Sie lassen sich ihren Stolz nicht nehmen und bleiben sie selbst, sich treu. Sie wachsen in jedem Boden gleich, wenn er ihnen nicht zusagt, keimen sie nicht. Wenn die Zeit aber reif ist, sind sie da. Was ich mit dem Reichtum hätte machen wollen? Heute weiß ich es. Es gibt Sorgen, die kann man mit Geld nicht ablösen. Gold wiegt nichts vor der Angst, vor der Einsamkeit. Du musst die Geschichte vom Stein bis zum Bewusstsein verfolgen und erfassen. Selbst, mit eigenen Gedanken, und dich nie täuschen lassen. Steinhart musst du werden und kämpfen, niemals aufgeben. Der Stein des Anstoßes sein, wenn es sein muss. Ob du Eckstein warst, wirst du lebend nicht mehr erfahren, erst später werden sie alles beklagen. Das sollte dir egal sein.

Überhaupt, die Natur wird Pflanzen senden und Geröll überwuchern und sie wird Steine schicken und das Grün bedecken. Und wie immer beginnt die Zeit in der Gegenwart. Woher willst du wissen, dass der steinige Umweg nicht genau der rechte Weg ist? Ich sage dir noch etwas. Eigentlich ist mir jetzt ein Stein vom Herzen gefallen, jetzt erst, so fühle ich mich. Aber es ist nun auch genug damit. Geh, geh heim!" Sie winkte mit ihrer Hand und wies ihm deutlich zu, sich wirklich zu entfernen. Er tat es, aber er brauchte Jahre, um die Worte zwischen den Sätzen zu begreifen.

Pilze erhalten über ihre kilometerlangen, unterirdischen Geflechte mit den Bäumen von diesen Zuckerstoffe dargereicht, mit denen sie dann für uns sichtbare, oberirdische Körper aufbauen. Sie selbst liefern Nährstoffe an die großen, sie beschirmenden Gewächse ab. Die Haut des Eisbären ist sehr dunkel und damit in der Lage, aus dem einfallenden Licht trotz kalter Umgebung die Wärme aufzunehmen und zu speichern. Noch eine Einmaligkeit zeichnet diese Giganten des Eises aus. Sie haben einen so hervorragenden Geruchssinn, wenn nicht sogar den besten im gesamten Tierreich, dass sie es sich leisten können, unter Wasser ihre Augen zu verschließen.

Vieles in den Naturabläufen folgt besonderen Vorgängen, anderen Prinzipien, als wir bis vor kurzem gedacht haben. So scheint es durchaus möglich, dass Schmetterlingsflügel, die ihre schillernden Farben je nach der Neigung zur einfallenden Kraft der Sonne erhalten, über diese Oberfläche nicht nur Energie aufnehmen, sondern auch in ihrem Körper umwandeln können. Nachdem es auch viele Schwärmer oder Insekten gibt, die im Dunkeln unterwegs sind, gelingt es offenbar auch mit wenig Lichtenergie, diese Umwandlung durchzuführen. Vielleicht werden hierfür auch Wärmeanteile aus der Luft einbezogen. Die Art, eine andere Energieform herzustellen, kannten wir bislang lediglich von den Chlorophyll aufbauenden Pflanzen. Sie legen über das Sonnenlicht ihre eigenen Strukturen auf und reichern unsere Atemluft mit dem lebenswichtigen Sauerstoff an. Einzig diese chemischen Gleichungen nachzustellen und ihre naturgegebenen Ausbeuten zu erreichen, ist uns bis heute, trotz riesiger Forschungsvorhaben, nicht gelungen.

Neue Gedankenverbindungen sind immer erlaubt, wenn es darum geht, einen Zusammenhang aufzubauen, aus dem sich alsbald ein verwendbarer Faden entwickeln kann, der zu einem guten Stoff führt. Um dieses Gewebe dann zu begrenzen, wird man auch besonders auf die Ränder achten. Etwas Kleines, zwischen den Substanzen Liegendes, muss nicht so bewertet werden, sondern es kann als Teil eines Gesamten eine andere Größe und Wichtigkeit annehmen.

Jedes Lebewesen bildet Narben und Verwachsungen um seine Verletzungen. Jeder Körperteil hat einen anderen, eigenen Schmerz, mancher ist schlicht Platzhalter der Wut. Bruchstücke bekommen füllige Struktur, ordnen sich um und neu ein. Das Leben sucht sich immer wieder die Geduld zusammen, in jedem Winkel des Körpers, bis die Regungen wieder hineinwachsen können. Auch Pflanzen haben den Drang, sich wieder zur Sonne hin auszurichten und können ihre Verwundungen gezielt ausheilen. Man könnte meinen, sie sehen mit ihrem ganzen Körper. In dieser Gewandtheit der Pflanzen zeigt sich die ganze Klugheit des Lebens.

Die Natur ist sinngesättigt und voller Lebenskraft. Das Fühlen bleibt niemals unsichtbar, sondern nimmt überall im Naturreich Gestalt an. Es hat keinen festen Ort, sondern es durchzieht alle Bereiche des Lebendigen. Es zeigt sich als Lebensteil in Tieren und ebenso in Pflanzen. Es erscheint nur als eine weitere Ausdrucksform dessen, was wir als menschliches Empfinden in unserer Existenz beschreiben. Für uns selbst weisen wir meist dem Bauch den Platz dafür zu. Wenn auch das Gefühl als keine physikalische Grundgröße bezeichnet werden kann, so bleibt es doch indirekt eine sehr einflussreiche Variable auf andere grundlogische, berechenbare Komponenten. Pflanzen und Gewächse reagieren langsamer als animalische Wesen auf Veränderungen, ihre Bewegungen und vegetativen Äußerungen sind allerdings ebenfalls messbar. Einzig für unsere Ohren liefern sie keine hörbaren Töne. Auch da gibt es Parallelen zur Lebenswelt der Tiere. Unsere eigenen Sinne sind auf andere Tonhöhen beschränkt, füllen nur ein gewisses Stück eines Messbereichs aus. Mit diesen Einblicken und dem Verstehen der Zusammenhänge lässt sich eine stabile Wertschätzung für die anderen Mitgeschöpfe dieser Welt ausbilden und aufbauen. Das ist eine bedeutende Voraussetzung für ein gutes Zusammenleben.

Natur fördert in den Menschen in jungen Jahren zuerst eine Quelle der Begeisterung zutage, ist ein spannendes Beobachtungsziel, bringt eine Sehnsucht nach weiterem Wissen hervor und lässt Fragen nach den Grundlagen und Zusammenhängen entstehen. Kann man eine Blüte oder ein Blatt beobachten, ohne gleichzeitig daran zu denken, dass in uns nach wie vor auch noch dieser urtümliche, evolutionäre Anteil mitschwingt? Sind wir lediglich eine gewisse Weiterentwicklung davon? Unsere menschliche Spezies ist nichts anderes als das gegenwärtige Resultat, eines sich mit der Vergangenheit verbundenen, weiter ausbauenden Entwicklungsprozesses. Er bleibt ein immerfort während, mit uns Menschen als momentan denjenigen, die die größten Denkvorgänge bewerkstelligen können. Genaugenommen beantwortet die Natur alle diese Fragen, die wir als Menschen noch immer nicht beantworten können, weil wir schlicht noch nicht so weit sind, die richtigen Schlüsse zu ziehen. Den Kenntnisring, das Wissensbuch können wir noch nicht schließen.

Der angeborene Antrieb vieler unserer Kinder, diese echte Begeisterung für die gesamte Umwelt, weicht wenig später den Einflüssen der gesellschaftlichen Standards. Ihr leidenschaftlich hingebungsvolles Spielen mit Flora und Fauna, ihr Spaß, sich mit der Erde und ihrem unglaublichen Reichtum an Formen und Farben zu befassen, ihre Neugier werden spätestens in den Schulen als Kleinkindverhalten abgetan und hat sich damit erledigt. Der frühere Drang zum staunenden Erforschen erlahmt. Dies ist eine Folge der öffentlichen, höheren Anerkennung der „logischen-und-weißen" Berufe mit den sauberen, penibel gepflegten Händen. Die ruhenden, sitzenden Tätigkeiten werden immer mehr bevorzugt. Den Körper Forderndes findet allenfalls, in der Freizeit, geplant, unter gezielten Bedingungen statt. Die kindliche Spontanität unterwirft sich irgendwann einem von der Elterngeneration aufgestellten Nutzenprinzip und den Fragen nach Geld. Seit vielen Jahrzehnten herrscht immer wieder dieser gleiche Kreislauf, er scheint vererbt zu werden. Als ob wir in der Lage wären, ein Perpetuum Mobile in dieser unserer einen Welt zu installieren. Schon gibt es konkrete Überlegungen und weiterführende Pläne, uns umgebende Gestirne als Rohstofflieferanten zu benutzen und ihre Besiedelung vorzubereiten, oder vielleicht auch unseren hochgiftigen Abfall und nicht mehr brauchbaren Müll dorthin zu verschicken.

Wir haben längst begonnen, vieles gut zu reden. Dabei sind wir Menschen nicht einmal in der Lage, uns tolerant und freigiebig gegenüber Unseresgleichen zu verhalten und uns auf ein höheres Maß an Menschlichkeit und weitere Bildung einzulassen. Auch dabei darf man nicht außer Atem geraten, auch hier sollte man beständig üben und die Ergebnisse der eigenen Bemühungen kritisch begutachten. Hängen am Ende auch die Intelligenz und die Zufriedenheit von Bewegung ab? Die gesamte Gefühlswelt bleibt eine chemisch-biologische Uhr, die uns mit den anderen Lebewesen dieser Erde, der einzigen uns bisher bekannten, belebten Welt verbindet. Wir erforschen immer tiefere Bereiche weit in die Sphären der atomaren Strukturen hinab. Wir sammeln immer mehr Einzelheiten. Diese Datenmengen müssen von einigen Wenigen gesichtet, eingestuft und gewichtet werden, um sie dann anschließend aufbereitet an die restliche Bevölkerung weitergeben zu können. Die Zeitabstände für diese Abläufe sind mittlerweile immer kürzer. Sind die Wege für brauchbares Wissen besser geworden? Gibt es deshalb weniger auswendig zu Lernendes, für das es keinerlei Lebensanwendung gibt? Wer sortiert altes, überfälliges Wissen aus und wer füllt danach uneigennützig und unentgeltlich die dadurch entstandenen Lücken mit neuen, wichtigen Erkenntnissen? Wer entscheidet wohlwollend? Ist das Leben trotz vieler Erleichterungen nicht doch undurchdringlicher geworden? Kann es sein, dass wir zunehmend an erster Stelle mit dem Kopf leben, dem gefühlten Lebensteil aber einen Platz auf dem Siegerpodest verweigern? Wenn wir glauben, unsere Gefühle dauerhaft verdrängen zu können, unterliegen wir einem Irrtum. Wir müssen uns spüren, nur dann können wir auch für Anderes offen sein.

nachts, wenn der geruch schläft, gehen die moleküle auf eigensinnige reisen

Die Wahrheit in der Erinnerung

Erinnerungen sind trügerisch, sie heben nur einen Ausschnitt des Erlebten und Erspürten auf und werden mit der Zeit blasser und unaufmerksamer. Sind Photographien passgenauer als Bilder? Geben diese die Umwelt entsprechender wieder? Ein Rück- und Vorspulen des Lebensfilms, beständiges Grübeln, ändert nichts. Die Aufnahmen bleiben Aufnahmen. Es wandelt sich aber mit den vielen Stunden die eigene Stellungnahme dazu. Die gedanklichen Filmbilder verlieren ihren bisher künstlich gesetzten Rahmen. Sie lassen sich durchaus auch anders deuten, sie zeigen eine bisher ungesehene Vielschichtigkeit. Manche Sequenzen lassen sich allerdings immer, wie gerahmt, mit einem Bildernagel an einer Wand befestigen. Die erlebte Wirklichkeit bleibt immer richtig, wenn die Tränen nicht dazwischen sprechen und die Ansicht korrigieren. Es ist nicht einfach, der zu sein, der man ist. Die Beurteilung seiner selbst bleibt immer ein Stückwerk, dem auch noch genügend Fehlschlüsse anhaften. Nach und nach entwickelt sich zwar keine andere Lebensechtheit, durch dieses innere Anschauen erwächst aber immerhin eine Wahrheit, die sich selbst aushält und durch ihre fest gewordene Kontur abgelegt werden kann. Es sind keine weiteren Beschreibungen mehr nötig, die ein echtes Verstehen formulieren, wo ein solches Verstehen so schwer zu erreichen ist. Manche Träume verschwinden ins Licht hinein, bilden dann keine beklemmenden Geschichten mehr aus.

„Und du glaubst, es bliebe alles wie bisher. Es würde sich anfühlen, wie gewohnt. Die Veränderungen machten vor dir Halt, und ließen dich in Ruhe". Die Zeit ist manchen innerlichen Abbildungen befremdlich. Sie verläuft nicht linear. Die Chronologie der farbigsten Bilder nistet am längsten, belegt immerfort die selben Stellen, lässt sich nicht verbiegen und verändern. Kann allein daraus eine Unantastbarkeit des Erlebten erwachsen? Tragen starre Standbilder den Beweis in sich? Welche Umgebungen lassen wir lieber weg?

Dem Beobachter, dem alles so intensiv vor dem inneren Auge abläuft, so intensiv, als wäre er direkt betroffen, dem ergeben sich Augenblicke, die ein anderer zwar auch unmittelbar vor sich sieht, aber nicht ebenso wahrnimmt und damit immer anders behalten wird. Dann wird das Sprechen zur Zeugenaussage, wenn jeder Satz so unbeholfen und schwach auf den Beinen steht. Manchmal nur mit sich selbst allein. Dann müssen sich die gefundenen Begriffe und ihre angehängten Ansichten erst aneinander gewöhnen um zu Gedanken zu werden. Sie haben ihre Formel. Niemand kann solche Formeln chemisch rein leben. Vorhaltungen sind die Freiheitsräume der Anderen, sie beengen. Die Außenwelt wird für den Betrachter allmählich zur Innenwelt, und diese als innerlich aufgenommene bewegt wieder die noch umgebende Restwelt. Man kann sie nicht sein Eigen nennen und festhalten. Das sollte man für weiteres Nachdenken verkraften. Jeder erinnert sich anders. Wie quälerisch können Stunden sein, die man bezweifelt. Beweisen lässt sich nichts. Die Zeit krümmt sich, verlangsamt schaut man zu, und taktet sie in kürzere Stücke, um der Gewissheit mehr Raum zu geben, länger als es der Ungeduld lieb sein kann. So viele Splitter des eigenen Ichs liegen herum, die den Weg zu den offeneren Gebieten versperren. Kann man selbst das eigene Ich zusammenbauen und für unanfechtbar erklären? Wieviel Objektives vermag man über sich selbst zu sagen? Wie weit lässt man die eigene Kritik zu, ohne unter sich selbst den Boden zu sehr zu verletzen?

An manchen Tagen ist in der eigenen Welt das Aufrichten schon eingeschlossen. Die stützende Ordnung liegt wieder in der Gegenwart, es bedarf einstweilig keines weiteren Aufwands. Die Gedankenstränge werden nicht mehr jünger, warten nicht mehr ungeduldig auf die Zukunft. Der Kerzenschein wirft normale Schatten in die Umgebung, in der sich bald niemand mehr sichtbar aufhält. Es siedeln sich Silben an vor diesem wortlosen Hintergrund, die dem Schweigen Kontur verleihen. Die Zeit altert, die Minuten gehen wie Jahre über einen hinweg, aber die eine Gewissheit wird durch eine andere weder angetastet noch entkräftet. Das Zeitgefühl verstetigt sich wieder, bindet die Stunden regelmäßiger zusammen in einen durch nichts mehr unterbrochenen Ablauf. Die Dichte der Ereignisse kann wieder Raum einnehmen, im Gefüge des Gehirns, dem Gedächtnis. So als wäre nie etwas anderes mitten darunter gewesen. Die Wahrnehmung ist wieder ein rein deutender Vorgang, der zwischen allen Hypothesen, den Vermutungen und wachgerufenen Ereignissen hin und her springt, die von dort eingehenden Signale überprüft und dann zusammenführt zur „wahrscheinlichsten Lösung". Die Beobachtungen konstruieren ihren Anblick der Welt, entwickeln eigene Zusammenhänge. Jeder bemerkt etwas anderes.

Ganz offensichtlich wird dies bei Zeugenaussagen in Gerichtsfällen. Die gleiche Situation wird von unterschiedlichen Personen nahezu immer anders wiedergegeben. Da spielt vieles hinein, Ehrlichkeit vorausgesetzt. Es gibt unterschiedliche Vorstellungen und Gewichtungen der erlebten Ereignisse. Es entscheiden also nicht nur der Ort, der Zeitpunkt und die eigene Beobachtungsgenauigkeit, sondern auch die persönliche Erregbarkeit für ein Geschehen, die aktuelle Aufnahmefähigkeit, die Sprachfertigkeit des einzelnen Menschen. Unser Gedächtnis besteht aus vielen verschiedenen Ebenen, die gekonnt, blitzschnell und vielseitig zusammenarbeiten.

"Der Wissende weiß, dass er glauben muss." Friedrich Dürrenmatt (1921 – 1990)

Es entwickelt sich

Die Spur zusätzlicher Wünsche verblasst manchmal nicht schnell genug und wir werden, obwohl wir uns in zufriedenen Verhältnissen befunden haben, durch unsere plötzlichen Vorstellungen von weit größerem Glück unruhiger. Letztendlich zerstören wir damit unsere vorhandene, angenehme Situation und werden, nachdem wir das andere Hochgefühl noch nicht erreicht haben, nicht unbedingt glücklicher. Den inneren Reichtum zu vermehren und seine Wärme wieder fest in uns einzubauen, vielleicht macht dies den heute so oft verloren gegangenen Sinn des Lebens aus.

Könnten wir in unserer Gegenwart mit den Gegebenheiten zurechtkommen, welche die Gunst der Natur für uns bereithält? Wie weit sind die Wünsche nach Reisen, nach modischer Kleidung oder anderen Äußerlichkeiten schon von Kindesbeinen an tief in uns verankert? Uns gealterten Menschen gelingt es kaum noch, die reine Lebensfreude, welche Tiere und auch Kleinstkinder verspüren, wirklich zu erreichen. Wir müssten uns dazu, genaugenommen wie diese, meist in der Gegenwart aufhalten, einfach in den Tag hinein leben. Unser Verständnis und unser Empfinden lassen sich auch nicht unendlich vergrößern, weil uns in der langen, Jahrmillionen andauernden Evolution ein Engpass erhalten geblieben ist, das sogenannte Großhirn. Diese einstmals für unsere menschlichen Vorfahren so zentrale Stelle im Gehirn müssen alle Regungen und Kenntnisse durchlaufen. Dort werden sie auf ihre Wichtigkeit hin geordnet und nur die notwendigsten Kernmitteilungen gelangen dann zeitversetzt in unser Gedächtnis, werden dort länger abgespeichert. Bei den einfacheren Geschöpfen, den Pflanzen, gibt es einen adäquaten Ablauf. Hätten Pflanzen keine eigenen Sinnesorgane und nicht die Fähigkeit, neue Informationen mit der in ihnen vorhandenen Verständigungsart zu speichern und dann über den Boden oder die Luft an ihre Nachbargewächse weiterzugeben, so wären ihre Vermehrung und ihr Fortbestand unweigerlich gefährdet. Ihre eigene Gattung müsste unweigerlich vergehen. Ohne eine Form der Wahrnehmung würde es bei ihnen keine Anpassung geben. Die Sprache der Pflanzenzellen ist mit der unserer Nervenzellen verwandt. Letztere haben sich aus den einfachen Keimen der Pflanzen weiterentwickelt.

Andere Gedanken

Bei dem Wort Garten denken wir heutzutage nicht in erster Linie an den in der Bibel so sorgsam beschriebenen Garten Eden, der den beiden von Gott selbst erschaffenen Menschen Adam und Eva übergeben wurde. Wir stellen uns darunter heute auch nicht mehr den auf tausenden Ölgemälden festgehaltenen Paradiesgarten vor, auf dem immer auch eine Spur der Göttlichkeit abgebildet war. Sei es, dass einer der helfenden Boten, einer der Erzengel zur Erde herabgekommen war, oder lediglich Frauengestalten mit dem in blaue Farbe getauchten Gewand gezeigt wurden, dem Privileg Marias, der Mutter von Gottes einzigem Sohn. Manchmal erschien auch eine weiße Taube, als Sinnbild der dritten, christlichen Säule, dem Heiligen Geist, oder im oberen Bereich eines Bildes thronte das in ein Dreieck eingearbeitete Auge Gottes, das von der Höhe aus alles überblickte.

In einem solchen Garten gibt es nichts Privates. Alles gehört Jedem. Denn in Jedem ist Gott. Der Herr ist der Schöpfer von Allem. Der Garten ist zum Ort der Zukunft für den in einfacher Sprache und mit Gleichnissen redenden Jesus aus Nazareth geworden und zeigt die Einheit des Menschen mit allen Erscheinungen in der Natur. Er ist ein tiefes Abbild seines Glaubens und seiner Frömmigkeit. Wenn das Geviert allerdings ummauert zum Hort der Pflanzen und einiger Tiere, Vögel und Käfer wird, dann lässt sich auch die Porträtzeichnung Adliger oder bürgerlicher Personen darin unterbringen. Über allem Dargestellten liegt die Sehnsucht nach einer späteren Rückkehr am Ende des Lebens in ein friedliches Zuhause, eine schützende Umgebung. Nicht nur in dem von Moses im Alten Testament wiedergegebenen Text vom Paradies und der anschließenden Vertreibung daraus steht es als Schöpfungsgarten im Mittelpunkt. Auch der Koran berichtet von einem solchen Ort voller irdischer Genüsse, angefüllt mit allerlei Köstlichkeiten. Meist sind auf allen Abbildern wichtige Pflanzen bestimmbar. Von den Tieren nehmen die Vögel als Tiere des Himmels, die seine Lieder singen und zu uns herunterbringen, den wichtigsten Platz ein. Der Garten zeigt sich da nicht nur als ein Ort göttlichen Wohlwollens, sondern dort kommen auch tiefe Gefühle für die meist zählbaren und erkennbaren Arten des Lebendigen auf. Diese religiös geprägte Bildsprache zerfällt im Laufe der Jahrhunderte. Der Alltag läuft nicht mehr grundsätzlich nach den von der Kirche ausgerichteten Regeln ab, sondern die Staatengebilde geben die Haltelinien vor. Ins Zentrum des Denkens gelangt die einzelne Person. Eine andere Gewichtung erhält nun auch das Leben. Zusätzlich steht damit die eigene Familie im Mittelpunkt, bekommt in der Außenwirkung mehr Aufmerksamkeit.

Der heutige Gartengedanke ist geprägt von einer unüberschaubar gewordenen Anzahl an möglichen Ausführungen. Wie alles in unserem jetzigen Dasein unterliegt auch der Gartenbereich wechselnden Aufgaben und

Angeboten. Aus den einstmals familiengeführten Gärtnereien sind überregionale Gartencenter und Baumärkte mit Pflanzenabteilung geworden. Für alle diese Untergliederungen der Gärten gibt es auch spezielle Namen. Vom klassischen Blumengarten, über Kräuter- und Gewürzgarten, Gräsergarten, Naturgarten, Rasengarten, Spielgarten, Kiesgarten oder Steingarten. Wobei letzterer inzwischen leider oft sehr wörtlich genommen wird. Ehemals brauchte man für einen Steingarten vor allem genaues Wissen von alpinen Stauden. Das Steinmaterial war die durch Witterung entstandene Umgebung, der Pflanzgrund und Lebensraum. Heute verunstalten auf Folien aufgeschüttete Stein- und Geröllschichten die Häuser umgebenden Flächen. Die Kunststoffe sollen das lästige Unkraut zurückhalten. Die Zeiten des durch Hacken und andere Bodenbearbeitung so krumm gewordenen Rückens und der von Wind und Wetter gegerbten Finger sollen der Vergangenheit angehören. In der Realität kann das Regenwasser nicht mehr in den Boden gelangen, es fließt weiter und der grüne Aufwuchs breitet sich trotzdem durch Flugsamen aus oder wird von Kerbtieren weitergetragen. Gleichzeitig heizt sich das Kleinklima unnötig auf. Der Ort ist als Lebensraum für die Natur wertlos geworden. Neben Brunnen, Statuen und Pflanzenbögen, die die grünen Oasen schon früher begleiteten, möbliert man zusätzlich den Außenbereich noch mit einem Wohnzimmer, Küche und möglichst auch einem Freiluftkino. Anstelle des Metallrechens oder einer Wurzelbürste finden lärmende, die Kleintierwelt tötende Laubbläser und Wasser vergeudende Hochdruckreiniger, denen pilz- und algenhemmende Chemikalien beigesetzt werden können, zunehmend Platz in gärtnernden Haushalten. Um auch im Dunkeln, nachts, zu der Zeit, zu der früher in den warmen Monaten die Frösche quakten, sein Reich noch betrachten zu können, weisen Lichterketten in allen Farben und Lampen in allen Lichtstärken und Güteklassen die dann doch selten begangenen Wege. Dafür verschwinden Nachttiere wie der Igel, und die Insekten taumeln orientierungslos, verletzt, eine lange Zeit ihres so kurzen Lebens dahin.

Ist dies die persönliche Freiheit, zu der Hermann Hesse in seinen Texten und Gedichten immer wieder aufrief? Die Individualität, die er meinte? Er war ein leidenschaftlicher Gärtner, ein Denker, ein brillanter Poet und Schriftsteller. Der Nobelpreisträger setzte sich vehement für die Freiheit des Einzelnen und seine persönliche Würde ein. Er leistete während des letzten Weltkrieges humanitäre Hilfe bis zur eigenen Erschöpfung. In seinen gesammelten Schriften, Briefen und Werken zeigte er aber auch die Grenzen der einzelnen Freiräume auf. Er verurteilte deutlich die Rücksichtslosigkeit und eine Oberflächlichkeit im Leben. Umgreifender, übersteigerter Egoismus war ihm fremd. Auch würde er heute sehr den Verlust natürlicher Lebensräume, das Abholzen und Verschwinden der landschaftsprägenden Alleen und vieler alter Bäume betrauern. Bäume waren für ihn Heiligtümer. Er wäre entsetzt über die gegenwärtigen Entgleisungen in manchen Gesellschaftsbereichen unserer inzwischen so anspruchsvoll gewordenen Lebensweise.

Wir sind am Scheideweg einer untergehenden Weltepoche. Wir haben etwas verwechselt. Wir stehen nicht oben auf der Stufenleiter, sondern wir sind Gast auf dieser einen Erde, wir kennen nur diese Lebensoberfläche. Noch können wir mit unserem Wissensurgrund die Entwicklungsabläufe der Welt nicht lückenlos beschreiben. Wir müssen inzwischen regelmäßig etliche Gesetze abändern, von denen wir bisher glaubten, dass sie feststehend bewiesene Naturgesetze seien. Wir entdecken chemisch-physikalische Besonderheiten, die wir uns nicht richtig vorstellen können. Wir fahnden mit indirekten Messungen und Indizien den wirklichen atomaren Strukturen hinterher und hoffen mit diesen Kenntnissen dann die Substanzen dieser Erde zusammensetzen zu können, wie mit einem Baukasten. Jetzt haben wir ein Gebilde entdeckt, das sich unsere Phantasie nicht besser hätte ausdenken können. Die Bausteine eines Atoms erstrecken ihren energetischen Austausch über gigantische Entfernungen hinweg. Sie werfen sich ihre winzigsten Portionen an Energie also über lichtjahrelange Wege zu und bilden Paare und Informationen heraus, die nur noch staunen machen. Je mehr wir erkennen, desto größer schimmert uns unser Anteil an Nichtwissen entgegen. Es scheint höchst unwahrscheinlich, dass es in diesem gigantischen Weltall nur auf unserem Planeten ausgeprägte Lebensformen und ein erkennendes Denken gibt. Doch wir sind dabei, uns selbst die Luft zum Atmen zu beschneiden. Was für eine Unvernunft. Wir verspielen heute das Leben einer Generation, die vielleicht in zwanzig Jahren geboren wird und wir bis dahin unser derzeit noch angenehmes Leben schon weitestgehend gelebt haben.

trauer um einen alten baum

dein platz bleibt leer
sie haben dich entfernt gesagt
gefahr ging von dir aus
gefällt zerkleinert fortgeschafft

wie sie es mit ihren noch nicht tun
noch nicht vielleicht die äste brüchig
verantwortungslos eine zumutung
das geld dafür nicht eingeplant

sie haben dich nie wahrgenommen
noch schauen sie nach ihren alten
es könnte bald neupflanzung geben
an anderer stelle ersatz

ihr bäume werdet immer jünger
in diesen tagen werden menschen älter
machet euch die erde untertan
hatten sie in früheren jahren gehört
und ihren enkeln erzählt ausführlich

ihr seid im weg belegt die falschen stellen
seid zeugen der vergangenheit
doch nicht standfestigkeit ist gefragt
wenn der wind sich schneller dreht

fortschritt heißt das goldene ziel
und sie schreiten von allen seiten
und brauchen neue opfer
dein platz ist leer

die wurzeln hatten tief gegraben
hundert dunkle jahre in dich aufgenommen
doch niemand sah dein zittern als sie kamen
und keiner stand bei diesem tod zum abschied

dein platz bleibt leer

In einem alten, eingewachsenen Garten wird die Farbe Grün zum Haupton. Die Spielformen der Blattstrukturen und die Wuchsformen in ihrer grandiosen Bandbreite nehmen dann umfassend die Stelle der Buntheit ein. Es scheint wie eine Beschränkung, doch eröffnet sich damit gleichzeitig eine völlig andere Wahrnehmung. Farbe tauscht sich gegen Grün als ein Zeichen von Reife.

Wer vermag da eine Wertigkeit zu vergeben. Die Nutzung der Gärten ist eine andere geworden. Sie hat sich überlebt. Letztendlich schreiben die eigenen Lebensjahre die weitere Entwicklungsgeschichte. Wenn man älter wird, sollte man schon früher dafür gesorgt haben, dass so wenig wie möglich schwere Arbeit und andere Plagereien in einem Garten anfallen. Wenn die notwendigen Tätigkeiten rund um einen Fleck Erde in gleichem Maße abnehmen, wie man selbst an Jahren zunimmt, dann ist sicherlich der beste Zustand von allen erreicht.

So entsteht dann aus drei langen Reihen von Gemüsebeeten, nur noch ein einzelnes, mäßig großes Hochbeet. Die gepflanzten Blumen werden weniger. Die Farben ziehen sich in die noch vorhandenen Früchte oder Wildbeeren zurück, zeigen sich nicht mehr das ganze Jahr, sparen viele Stunden in den Jahreszeiten aus. Sie verlegen ihre Plätze in andere Höhen, auf die Ebenen der Bäume und Sträucher. Das wachsende, blasse Orange am Rande der Ebereschen strahlt über das matte Laub aus und wird sich über die Nacht hinweg dem Scharlachrot annähern. Es muss jetzt entdeckt werden. Von vielen Sitzplätzen wird eher die Bank am Haus belegt. Fast gleicht sich dieses Verhalten den Ursprüngen der einstigen bäuerlichen Lebensweise an. Die Vorsorge für einen auch im Winter ansprechenden Eindruck entfällt mit zunehmendem Alter des Gartens. Stetig übergehend nähert er sich einer robusten Pflanzengemeinschaft an, die geschickt Licht- und Wasserverhältnisse berücksichtigt. Sie lässt die Lücken zwischen den Gewächsen nicht mehr allzu groß werden. Ein Garten bleibt ein einmaliger Ort.

Nur hier kann sich das Zusammenspiel des Lebens zwischen Gärtner und Pflanzenwelt im völlig geschützten Raum frei entfalten. Diese entfesselte Weiterentwicklung wird zu einer erweiterten Beobachtung. Sie verbindet symbiotisch altes Wissen mit selbst angeeigneten Kenntnissen. Zusammen bilden sie die neue Grundlage für einen wachsenden, inneren „Gemütsgarten" und mit dieser erlernten Erfahrung, kann sich ein neuer Blick wieder nach vorne ausrichten. Wo keine Suche nach etwas anderem ist, findet sich auch kein weiterer Weg. In so viel Trägheit und Beständigkeit erstickt jedes aufkeimende, frische Leben und erstarrt vollkommen.

„Es ist immer altes Wissen, das als Neues eingearbeitet wird in die Neuzeit, anders geht es nicht. Entscheidend ist die Ehrlichkeit." Karl Foerster

„Komm, setz' dich einfach zu mir. Ich würde dir gerne eine Geschichte erzählen. Nimm dir die Zeit und hör' mir einfach zu."

Die Lederrose

Sie war es, da bestand kein Zweifel. Eine Verwechslung schloss er sofort aus. Seine Augen täuschten ihn nicht. Freudig streckte er die Hand nach vorne, griff ein einzelnes Blatt und rieb heftig, es fühlte sich vertraut an. Natürlich war sie es. Aber hier, an dieser Stelle, war sie ihm noch nicht aufgefallen. Genau genommen hatte er sie vierzig Jahre lang nicht gesehen, aber auch nie danach suchen wollen. Es schien ihm, als ob es kein Zufall war, sie gerade jetzt zu treffen. Inzwischen hatte er die Hand zurückgezogen, ans Kinn gelegt. Seine übliche Hektik war verflogen, er kannte sich selbst nicht mehr. Jetzt stand er mitten im Park an einer Weggabelung, starrte auf eine kräftig rosa blühende Rose mit nicht gerade auffallendem, gedrungenem Wuchs. Er kam sich nicht einmal lächerlich vor, würde alle kommenden Fragen beantworten, Kritik dieses Mal von sich weisen. Diese Rose war etwas ganz Besonderes. In diese hatten sich die Erinnerungen eingesponnen.

Es war die Rose seiner Heimat, der Landschaft am Meer, und es war zugleich die Rose seiner Großmutter. Jener Frau, die ihn aufgezogen, die jahrelang in ihrem schmalen Haus für ihn gesorgt hatte. Mit bescheidenen Mitteln, aber immer mit einem großen Gespür für alle Jahreszeiten, für die Natur. Das Leben dort war hart, aber überschaubar gewesen, hatte einen festen, alltäglichen Ablauf gehabt. Sie verdiente sich ein kleines, eher karges Zubrot mit Marienbildern. Klebte sorgfältig bunte, geprägte Oblaten, die sie von einem der fahrenden Händler bezog, auf zerlegte Zigarrenschachteln, Deckel und Böden. Die Seitenteile hob sie auf. „Man weiß nie, wofür die noch gut sind im Leben." Dann umrahmte sie alles, ganz genau, fast kunstvoll, mit Ketten gesäuberter Muscheln, die er nahe am Wasser aufsammelte. Stundenlang watete er bei Ebbe mit heraufgeschlagenen Hosenbeinen suchend im Schlick, den Kopf auf den Schlamm gerichtet, ein Gehäuse nach dem anderen in den blechernen Eimer werfend. Wenn das Wasser zurückkam, pflückte er hinter dem Deich mit denselben, zarten Fingern die Blätter der Lederrose. „Du musst mehr Blätter bringen", hatte sie einmal gesagt. „Die Hoffnung ist grün und die verträgt zwei ganze Reihen, eher schon drei." Es war ihm lieber gewesen, im Schutz des Deiches zu arbeiten. Da blieben wenigstens die Füße trocken, die Finger beweglicher, der Rücken schmerzte da wie dort gleichermaßen. Er lernte diese Rose kennen. Wusste mit der Zeit genau, wie man das Laub erntete, ohne gefährlich nahe an die stacheligen Zweige oder behaarten Früchte zu geraten. Er durfte nicht zu viel von einer Pflanze entfernen, sonst musste er im nächsten Jahr dafür büßen, immer weiterwandern und aufwändiger suchen. „Diese Blätter", hatte die alte Frau erklärt, „verrotten nicht. Sie sind bereits gegerbt. Du musst sie nur noch grob trocknen. Sie rollen sich nicht ein. Ziehen keine Feuchtigkeit aus der Luft. Das Salz macht ihnen nichts aus. Sie behalten die Farbe ewig."

Später, als er dann doch in die Stadt fort ging, hatte er einmal geforscht nach dieser Lederrose, in den Büchern der dortigen Universitätsbibliothek.

Lederrose, Rosa caesia
Synonym Rosa coriifolia

Lebensraum Nordeuropa, regionale Art, vereinzelt bis 900m stark beschränktes Vorkommen, Gruppe der Hundsrosen, gedrungener Wuchs, bogige Zweige, erreicht 1 - 1,5m Höhe, Blütezeit jährlich Juni, kräftig rosa, beim Verblühen heller, Frucht kugelig, behaart, orangerot, Durchmesser 1,5 - 2cm, Wildbestand gefährdet

Heute war er unterwegs zu den Freunden. Am Wochenende wollten sie alle gemeinsam hinausfahren in die Berge, dort weiterarbeiten. Bis zum Winter endlich damit fertig sein, um einziehen zu können. Genügend Platz war für sechs Personen. Es gab für jeden etliche Rückzugsmöglichkeiten, genügend Raum zum Selbstfinden, Ausspannen, fünf Hektar Grund. „Wie entsteht eigentlich ein Garten", fragte er sich. „Du nimmst vier Pflöcke, schlägst sie in den Boden, verbindest sie mit einer Schnur. Schon ergibt sich ein Innen und Außen. Als ein begrenzter Raum hebt sich dieses Stück Land aus der Umgebung hervor. Ein wirklicher Garten ist dies allerdings noch lange nicht. Erst wenn du Verantwortung übernimmst für die Pflanzen, die du selbst eingebracht hast, oder für die, die sich dort niedergelassen haben und du dich um sie kümmerst, dauerhaft, kannst du davon sprechen. Nicht dem Eindringen, sondern dem Ausbreiten der Natur musst du Einhalt gebieten, es in Grenzen halten, sesshaft werden, eben Gärtner sein. Deine Träume in Erde pflanzen, mit Wirklichkeit wachsen lassen. Ich werde am Sonntag beginnen, einen Garten zu markieren und im späten Herbst Rosen pflanzen, ein ganzes Beet voll mit Lederrosen. Das bin ich ihr schuldig, meiner Großmutter, aber durchaus auch mir. Ich werde ein Stück Vergangenheit zurückholen, vielleicht sogar Gärtner werden. Jedenfalls werde ich mich niederbeugen und hacken, gießen und jäten. Mir die Zuversicht erarbeiten, die sie immer hatte. Diese Zufriedenheit, oder war es nur reine Bescheidenheit gewesen, Lebenserfahrung? Ich werde dieses Mal wirklich nicht lange mit den anderen diskutieren und es erklären. Irgendwie spüre ich aber auch, dass sie das ohne große Worte verstehen werden. Vielleicht pflücke ich wieder einmal die Blätter dieser Rose."

„Gibt es diese Rose wirklich", fragte sie erstaunt. „Rosa caesia, ja, so wie es in dem klassischen Buch stand." „Und der Rest?" „Eine Geschichte, einfach nur eine Geschichte." „Und warum hast du sie mir erzählt?" „Weil ich weiß, dass du Rosen liebst." „Aber das ist doch noch nicht alles, oder?" „Und - weil du wieder unruhig wirst." „Unruhig?" Er sah sie zärtlich an und schwieg.

Wenn Grünland lediglich zu Fettwiesen mutiert, weil die Geschäfte der Düngemittelindustrie florieren, leidet das natürliche Arteninventar erheblich. In vergangenen Zeiten erfolgte eine schonende Bodenfütterung über nur mäßige Stallmistdüngung. Die Wiesen wurden kaum mitgedüngt, höchstens von Weidetieren, und falls nicht, so wurde wenige Male im Jahreslauf abgemäht. Die standortgerechte, artenreiche Fläche war überall vorhanden. Jeder konnte sich an der Blütenfülle erfreuen. Für ganze Generationen waren diese Anblicke die Grundlagen ihrer Phantasie und Kreativität. Früher waren ein Landwirt und seine Familie arm, falls ihr Boden karg und steinig war. Die Wiesen jedoch zeigten über alle vier Jahreszeiten hinweg den gesamten Schatz an Pflanzen und boten auch vielen anderen Geschöpfen einen Lebensraum. Rücksichtnahme auf die Zeitenläufe war selbstverständlich. Heutzutage beherbergen manche Gärten mehr wilde Pflanzenarten, bieten der heimischen Tierwelt deutlich mehr Chancen zum Überleben als die meist ausgeräumte Landschaft mit ihren im Mai gelb leuchtenden Löwenzahnfluren. Die Natur zeigt uns in ihrem angeblich so Ungeplanten, in ihrem für sie so selbstverständlichen Chaos, die ihr eigene Grundordnung. Löwenzahn blüht sehr gerne auf nährstoffreichen, stark gedüngten Böden. Durch seine weit fliegenden Fallschirmchen „siedelt" er sich leicht in der Umgebung an, und wegen seiner tiefgründigen, langen Wurzeln kommt er auch mit sommerlichen Trockenphasen prächtig zurecht. Ihn auf einem bestimmten Stück Erde halten zu wollen, stellt ein unmögliches Unterfangen dar. Weshalb haben wir uns so weit von den ursprünglichen Abläufen entfernt? Ruderalflächen, bewachsene Steinareale benötigen keinen Spateneinsatz oder Schubkarren voller Humus. Sie laden uns zum ruhigen Verweilen und Genießen ein. Ab wann wird ein Garten zum Garten?

Hugo von Hofmannsthals „Kleiner Garten" kann auch hier entstehen. Ihm, dem die enge Beziehung von dichtem Schreiben und ästhetischem Gärtnern nahe Verwandtschaft schien, war dieses Thema einen sprachlich erschöpfenden Text wert. Nur durch sein eigenes Beobachten und Erfahren konnte er sich diesen intensiven Sprachausdruck aneignen. „Es sollte nichts Beseelteres geben, als einen kleinen Garten, in dem die lebende Seele eines Gärtners webt." Was macht ein Stück Erde mit der Zeit zum Garten? Und andersherum, was macht ein älterer, bewachsener Garten mit der Zeit aus dem Menschen, der ihn einst bepflanzte? Dieser begrünte Fleck hat dem Besitzer die Schule des Sehens beibringen können. Den Hang zum Verwildern trägt jegliches Grün vom Wesen her in sich. Inwieweit ein Gärtner diesem Drang Einhalt gebietet, oder ihn gewähren lässt, scheint den Modeerscheinungen des Zeitgeistes unterworfen zu sein. Es gibt Menschen, die jeden Stein für eine Schicht in der Mauerreihe zuschlagen und solche, die den von allen Naturkräften geformten suchen und einpassen. Dieser Art und Weise des rücksichtsvollen, angepassten Verhaltens stehen heute der große Maschineneinsatz und der Alleswerkstoff Beton gegenüber. Hinter beiden stehen jede Menge Finanzen und Lärm. Wobei letzterer laut Umfragen doch nahezu jeden von uns nervt und auch noch gesundheitliche Folgeerscheinungen nach sich zieht. In einer komplizierten und sich immer weiter verändernden Umwelt könnte dieses naturgegebene Stück freien Wachstums wahrlich zum Anschauungsobjekt, gar zum Vorbild werden.

Hugo von Hofmannsthal (1874 – 1929)

Es ist ganz gleich, ob ein Garten klein oder groß ist. Was die Möglichkeiten seiner Schönheit betrifft, so ist seine Ausdehnung so gleichgültig, wie es gleichgültig ist, ob ein Bild groß oder klein, ob ein Gedicht zehn oder hundert Zeilen lang ist. Die Möglichkeiten der Schönheit, die sich in einem Raum von fünfzehn Schritt im Geviert, umgeben von vier Mauern, entfalten können, sind einfach unmessbar. Es können im Hof eines Bauernhauses eine alte Linde und ein gekrümmter Nussbaum beisammenstehen und zwischen ihnen im Rasen durch eine glänzende Rinne aus Steinen, das Wasser aus einem Brunnentrog ablaufen, und es kann ein Anblick sein, der durchs Auge die Seele so ausfüllt, wie kein Claude Lorrain.

Ein einziger alter Ahorn adelt einen ganzen Garten, eine einzige majestätische Buche, eine einzige riesige Kastanie, die die halbe Nacht in ihrer Krone trägt. Aber es müssen nicht große Bäume sein, so wenig wie auf einem Bild ein dunkelglühendes Rot oder ein prangendes Gelb auch nur an einer einzigen Stelle vorkommen muss. Hier wie dort hängt die Schönheit nicht an irgendeiner Materie, sondern an den nicht auszuschöpfenden Kombinationen der Materie. Die Japaner machen eine Welt von Schönheit mit der Art, wie sie ein paar ungleiche Steine in den samtgrünen, dicken Rasen legen, mit den Kurven, wie sie einen kleinen, kristallhellen Wasserlauf sich biegen lassen, mit der Kraft des Rhythmus, wie sie ein paar Sträucher, wie sie einen Strauch und einen zwerghaften Baum gegeneinanderstellen, und das alles in einem offenen Garten von so viel Bodenfläche, wie eines unserer Zimmer.

Aber von dieser Feinfühligkeit sind wir noch weltenweit, unsere Augen, unsere Hände, (auch unsere Seele, denn was wahrhaft in der Seele ist, das ist auch in den Händen) entfernt. Immerhin kommen wir wieder dorthin zurück, wo unsere Großväter waren oder mindestens unsere naiveren Urgroßväter: Die Harmonie der Dinge zu fühlen, aus denen ein Garten zusammengesetzt ist; dass sie untereinander harmonisch sind, dass sie einander etwas zu sagen haben, dass in ihrem Miteinanderleben eine Seele ist, so wie die Worte des Gedichtes und die Farben des Bildes einander anglühen, eines das andere schwingen und leben machen. Ein alter Garten ist immer beseelt. Der seelenloseste Garten braucht nur zu verwildern, um sich zu beseelen.

(Auszug aus „Gärten" Hugo von Hofmannsthal)

Grenzen des Gartens

Im besten Fall lässt sich ein Garten fühlen, geht eine Berührung von ihm aus. Hat er eine eigene sichtbare Sprache entwickeln können. Dies sind fast immer Gärten, die nicht nur als reiner Besitz betrachtet werden, bei denen halt noch etwas vom Grundstück übrig war. Ein Garten an sich bleibt ein besonderer Ort mit einer tieferen, weitergehenden Bedeutung. Früher und auch jetzt noch stellt er die Verbindung von Natur und Kunst dar. Die Umwelt legt die Grundlagen und seine Möglichkeiten fest. Das Kulturverständnis gibt ihm den Rahmen, den letztendlichen Ausdruck. Häufig wird nur die eine ebene Fläche zu Füßen betrachtet, jedoch außer Acht gelassen, dass sich ein Garten genau genommen bis in den Himmel erstrecken kann. In die entgegengesetzte Richtung bis weit in den Boden hinab.

Der Garten bleibt ein Raum der Begegnung mit uns selbst, mit anderen, mit der Schöpfung. Während wir die allerletzten Winkel eines eingewachsenen oder gerade angelegten Gartens erschließen, zuerst grob gedanklich, bald schon handwerklich, beginnt in den entfernteren Bereichen längst ein lautloses, unscheinbares, aber energiegeladenes Eigenleben zu entstehen. Das so lange ersehnte Wachstum hat eingesetzt. In der ersten Zeit dieses erhofften Zustandes sind wir noch in der Lage, den Überblick zu behalten, und können irgendwie unterstützend eingreifen. Dann aber, nach etlichen Jahreswechseln, beginnt ein unbändiges Entfalten, übernimmt die Natur in ihrer eigenen Handschrift. Sie erklimmt die Bereiche, denen wir anfangs weniger Aufmerksamkeit haben zukommen lassen, die Lufthöhen und die Erdtiefen. Oftmals sind wir dann erstaunt, wie hoch aufragend ein Strauch oder wie gewichtig sich ein Baum ausdehnen kann. Beim Pflanzen hatten wir noch völlig andere Verhältnisse und Maße im Kopf. Wir sind verblüfft von der ungestümen Ausbreitung des Wurzelwerkes unter uns in der Erde und entdecken Unmengen eines meist weißen Geflechts, das wir später, mit mehr Einblick, der großen Gattung der Pilze zuordnen. Sie bilden unendliche Verbindungswege zwischen einzelnen Bäumen aus und leben in einem fruchtbaren Austausch mit diesen. Das Ganze fängt an, mehr zu werden als die Summe seiner Teile. Natur fließt in alle Richtungen unseres Lebens, wir können mit ihr oder gegen ihren Fluss vorgehen.

Selbst in die Recht sprechende Wortwahl hat die Natur inzwischen etwas Einzug gehalten. Ein Grundstücksbesitzer müsse nicht dafür Sorge tragen, dass von seinen Bäumen her das Laub nicht auf Nachbargrundstücke fällt oder weht. Deswegen müsse er auch Bäume nicht fällen… Diese Formulierung gesteht dem natürlichen Wind seine Eigenart zu. Unsere Welt ist mathematisch erklärbarer und wissenschaftlich zerlegt geworden. Nach wie vor allerdings kann sich kein Garten den Einwirkungen der Natur verschließen.

Kreativität

Auch Bücher schüren Bedürfnisse. Ihr Inhalt formuliert vielleicht irgendetwas, das es so wirklich nie gegeben hat, aber durch Worte immer entstehen kann. Die Veränderungen im Leben kommen gewichtiger mit den fortschreitenden Jahren daher. Gut ist es, wenn parallel dazu auch das Verständnis für ansteigende Probleme wächst. So schnell wie die Zeit vergeht, so scheint sie doch mit zunehmendem Alter meist noch schneller zu verfliegen. Lediglich in den Jugendtagen ist die Erwartung kaum zu bändigen, endlich älter zu sein, endlich von den Erwachsenen respektiert zu werden und keinen Verboten mehr gehorchen zu müssen. Die streng getaktete Zeit mit ihren identischen Abständen findet sich lediglich im Uhrgehäuse wieder. Unsere menschliche, biologische Natur bleibt abhängig von unseren Leidenschaften und Interessen gesteuert. Unsere Gehirnaktivität wird zu unterschiedlichen Tageszeiten oder Nachtlängen, bei verschiedenen Lichtverhältnissen anders. Es ergeben sich ganz andere Ergebnisse bei der Schnelligkeit und Aufnahmefähigkeit des Gedächtnisses. Wer es bisher gewohnt war, sich mit Büchern zu befassen, wird vielleicht irgendwann den Drang verspüren, selbst Hand ans Papier oder die Tasten legen zu wollen. Die Kunst des Schreibens ist die Kunst der freien sich aneinanderreihenden Gedanken. Selbst eine große Literaturkenntnis schützt allerdings nicht vor Neuentdeckungen, sie macht vielmehr neugierig. Die Sprachkenntnis, jene vormals gelesenen Schriften, geben den Rahmen und legen die Bandbreite des schreiberischen Planes fest. Je mehr wir uns davon befreien, desto leichter erscheinen die eigentlichen, individuell wichtigen Themen, die sich gut ausführen lassen. Es entsteht eine eigene Sprache. Soweit die Theorie.

Aus der kürzesten Strecke von A nach B formen losgelassene Phantasie und Erfindungsreichtum vielerlei Umwege, schenken also Zeitspannen, die Ideen nutzen können. Sie bringen immer mehr Details und Verästelungen ein, in die nach wie vor vom Endmaß her gleich weit entfernten Punkte A und B. Aber zwischen ihnen wird die Verbindung variantenreicher, interessanter. Das Nachdenken schiebt sich durch diese Bereiche und ertappt den einfachen Ausdruck, wendet ihn zur treffenderen Nuance. Hier bieten sich ungewöhnlich viele Chancen, die ausgetretenen Pfade zu verlassen. Ebenfalls unbelastet Neueres zu wagen, den Abstand zu den bisherigen, bekannten Möglichkeiten zu vergrößern und sich unbefangener bewegen zu können stellt eine der größten Herausforderungen dar. Die Verflechtungen des tiefen Nachdenkens zum bisher Erlernten sind beständig vorhanden, lassen sich aber durch parallel führende Vorstellungen erweitern. Statisch und althergebracht bleiben die Denkbahnen, die zum Alltag dazu gehören. Sie bleiben in den alten Satzlängen an einer Stelle gehalten. Eine andere Wortwelt lässt sich nicht bei reglosen, erstarrten Sinnen schaffen. Rein logisches Denken verstrickt sich in Kausalitäten und entwickelt eine blasse, rechnende, eine rein konstruierende Vernunft. Der Einfallsreichtum erscheint manchmal nutzlos, aber zumindest kann er Sinn darin finden, die Realität bunter auszumalen, ohne sie zu verfälschen. Diesen Faden kann er immer aufnehmen und weiterführen. Man hat zwar stets durch bisher Erlerntes begrenzte, aber eigentlich unerschöpfliche Zwischenräume vor sich. Insofern ist dies eine Freiheit, freie Zeit, eine offene Zeit. Ein gewisses Hinfiebern, sich übend Hineinsteigern in noch fremde, ungewohnte Bereiche bleibt der Schlüssel zum neugierigen Ausprobieren. Ein Wagnis ist dieses Eintauchen, das eine Kerze von beiden Seiten anzünden kann, man kann auch durchaus leicht darin versinken. Schreiben ist anstrengend, erschöpfend, schöpferisch und erfüllend.

Phantasievolle Gedankenpläne entfachen mitunter ein Spiel mit der eigenen Identität, gegen die hierarchische Starre und beschränkte Welt des Herkommens. Man geht auf einer Erde, auf welcher die Dinge ziemlich schön und fett wachsen, aber der Boden, der Untergrund, bleibt unsichtbar und darüber hinaus noch irgendwie schwankend. Manchmal entfacht sich ein euphorisches Gefühl, als könne man die Sonne austrinken. Kreativität lässt zuerst einmal jegliche Vernunft und jeglichen Zweck außer Acht. Sie entwickelt eine Ungezwungenheit, welche letztendlich nur ausgedacht, aber nicht immer ausgelebt werden kann. Mit ihr ermöglichen sich teilweise neue Sichtweisen, weitere Augen, die Bilder in den Worten finden und zusätzliche Sätze formulieren können. Sie geben allem eine Umrahmung, anstatt sich von allen Nuancen beherrschen zu lassen. Im schönsten Fall lenkt ihr Ideenreichtum ab von der Anhänglichkeit der unbeliebten Aufgaben, die immer im Trott folgen und treibt die Gedanken ganz hin zur blühenden Phantasie und damit weit nach oben auf die Spitzen der allerhöchsten Pyramiden.

Sie hat viele Bilder von der Anderen. Manchmal ist es, als ob diese sich einschleicht, ungefragt. Als ob die Fremde Besitz von ihr ergreifen möchte. In letzter Zeit besuchte sie sie häufig. Ein Kind, zwölf Jahre alt, hellblonde Haare zu festen Zöpfen gedreht, eine kurze, verwachsene Narbe auf der linken Hand. Ein Mädchen, dass sich zu Blumen und zur Erde niederbeugt, mit ihnen zu reden beginnt. In ihren Gesichtern das Gegenüber erkennt, deutlich gezeichnet, ihr freundlich gewogen. Offensichtlich Stunden so verbringend, erzählend vom Alltag, Rat einholend, umgeben vom fliehenden Duft, der ihr zutiefst bekannt war, bei dem sie immer in der Lage war, ihn hervorzuholen, gemäß ihren Bedürfnissen und Interessen. Ihr Gedächtnis nur teilweise zu nutzen hatte sie gelernt.

Sie war aufgewachsen unter Menschen, die so vieles vergessen sollten, so vieles nicht mehr fühlten, um leben zu können. Sie kannte keine anderen in ihrem näheren Umfeld. Auch deswegen konnte sie es, aber diesen Grund würde sie erst viel später erkennen. Sie hatte dieses System gespürt und bemerkt, dass es zurzeit ihre einzige Möglichkeit war, geschickt damit umzugehen und vorwiegend zu schweigen. Erinnerungen täuschten gerne, das wusste sie. Man muss sie deshalb beweisen Schritt für Schritt. Wo waren die Zeugen, die sie für echt erklären und bestätigen könnten, die Unabhängigkeit erreichen würden? Solche Blüten hatte sie schon lange nicht mehr gesehen. Mit den Blumen sprechen konnte sie nicht, oder hatte sie es nur verlernt? Konnte man zu Mutter Erde nicht besser sprechen als zu den Leuten in ihrer Siedlung? Hörte sie nicht auch noch besser zu und erlauschte sie nicht ohnehin jedes Gespräch, das über sie hinweg wehte?

Doch waren zu viele einzelne Worte, zu viele ganze Sätze um sie herum nicht gesagt worden. Wie sollte jetzt diese Leere ausgesprochen werden? Waren die Gesichter die gleichen oder mit anderen Farben gemalt? Bleiben die Bilder die selben, wenn sie so oft gesehen werden? Überhaupt, ist die Erinnerung immer so wenig verlässlich? Welcher kann man vertrauen? Der geborgenen, bestimmt, wahrscheinlich. Der restliche Teil, dieser graue, ist farblos, wie geblendet, in sich verengt. Die Suche nach den Ursachen, ihnen Namen geben zu können, ist anstrengend, nicht ohne Schmerzen, auch dies hatte sie mitbekommen. Sie hatte diese Ursachen nur einmal mit angehört, heimlich.

Da war von Krieg und Vertreibung die Rede, von Hunger und anderen Entbehrungen, von Unrecht und Unschuld. Manches konnte sie sich dann besser erklären. Für sich suchte sie noch nach den Gründen ihrer Angst, Wut und Trauer, die sie manchmal verzweifeln ließen, um damit die Erinnerung zurückführen zu können, die Bilder um die noch fehlenden Teile zu ergänzen und ihnen endlich ihre gleichmachende Blässe zu nehmen. War dieses Mädchen, das sie immer wieder einholte, ein Teil von ihr oder war sie inzwischen längst entschwunden? Sie stand auf, nahm die kleine, geschliffene Bleikristallvase aus der Vitrine, füllte Wasser ein und ordnete andächtig die zierlichen Blumen.

Rein menschliche Abhängigkeiten

Es sind zwei Faktoren, die jeden Umgang mit dem komplexen Thema Garten prägen. Ein von außen an uns angelegter Maßstab, das Wetter und der von uns als Maßeinheit entwickelte Hilfsbegriff Zeit. Beides sind messbare Größen. Wir haben uns für den täglichen Umgang damit technische Geräte entwickelt, um mit und zwischen diesen Bedingungen arbeiten und leben zu können. Äußerlich begrenzt die Temperaturabhängigkeit, innerlich entscheidet die Abhängigkeit von der Zeit, in welche Richtung sich unsere Gartenaktivitäten ausbreiten werden.

In den kalten Wochen entsteht eine „Quelle der Nahrung" für Geist und Seele. Es häufen sich die Anregungen, aus ihnen heraus lässt sich neue Kraft schöpfen, besonders in den langen Wintermonaten. Wenn ein von Innen-nach-Außengehen nicht mehr so leichtfällt, erscheint es sinnvoll, das Außen näher heranzuholen. Der Blick geht tiefer zu den Wurzeln. Die Gedanken betrachten auch verdeckte Abläufe, werden nicht mehr durch wunderschöne Farben und berauschende Düfte abgelenkt. Der kahle Zweig eines Baumes hält bereits den Frühling in seinen Knospen verborgen. Wir nennen den Kristall Schnee, und sehen auch in dem Tropfen Wasser, aus dem er kam, in den er zurückkehren wird, nur eine Wandlung der Form, der Erscheinung. Kurz denken wir daran, dass eigentlich jede dieser Flocken ein anderes Aussehen hat, und doch gehorchen sie alle einem gemeinsamen, grundlegenden Muster. Im Winter dominieren in den Flächen die Texturen, die Pflanzenstrukturen, legen sich die Gerüste der rankenden Bewohner frei. Es kann sich bei uns eine Muße des Betrachtens und Nachdenkens entwickeln, die anders geprägt ist als in den warmen Wochen. Sie greift eher am Kern des Lebens an, ist ernsthafter, lädt ein zu stärkerem Innehalten und vertieftem Sehen, wenn das Wachstum aufgrund der niedrigeren Temperaturen langsamer verläuft. Auch der Garten, wie das gesamte Leben, fordert einen eigenen Aufwand, eigene Kritikfähigkeit, ein Auseinandersetzen mit sich und der Situation, den Verstrickungen im Zeitgeist. Ein Sortieren, dessen Ziel nur sein kann, für sich und sein nahes Umfeld aus dem Alltag heraus das Angemessene herauszuarbeiten, umzusetzen. Doch eigentlich ist viel weniger nötig.

Kindern hat die Natur per se das für sie lebensnotwendige Vertrauen in die Welt in Form einer regelrechten Gier nach neuem Wissen mitgegeben. Für ein schlichtes Naturbetrachten bedarf es nur offener Augen, wacher Sinne, der Bereitschaft, um sich zu blicken, zu beobachten, wenn nötig Fragen zu stellen und dann auch die Ergebnisse anzunehmen. Alles Fähigkeiten, die uns Menschen an sich gegeben wurden. Seltsamerweise betreibt eine älter werdende Generation vorzugsweise „verbale Wertschöpfung" und benutzt dieses Geschenk der Schöpfung, dieses einfache Glück, das in uns geborgen liegt, selbst kaum noch. Natur und Technik sind kein Widerspruch an sich, entscheidend ist und bleibt der persönliche Einsatz - im doppelten Wortsinn. Manches Mal kann ein Verfahren die Einschränkungen der Natur beheben, ein anderes Mal zeigt uns die gleiche Natur einen sonderbaren Lösungsweg für ein Problem, auf den wir nicht von selbst gekommen wären. So gelingt es, aus Benutzen einen Nutzen entstehen zu lassen. Er umfasst mehr als die eigene Zeit, bildet Verbesserungen. Ein Garten bietet die Möglichkeit, Zukunft in Gegenwart abzubilden. Nichts anderes ist das Pflanzen, und besonders deutlich wird dies beim Einsetzen von Bäumen.

Genau dies bleibt die grundlegende Bedeutung von Nachhaltigkeit. Sie umfasst mehr als die eigene Zeit, geht darüber hinaus und meint eben nicht die Verlagerung der Verantwortung auf die nachfolgende Generation. Sie beinhaltet automatisch die Bereitschaft, dem Nachwuchs nachwachsende, eigene Ernten zu gewähren, auf unbelasteten, fruchtbaren Böden. Für einen Gärtner besteht zwar auch die Möglichkeit, den Blick vom eigenen Garten auf den Garten des Nachbarn oder ein anderes Grundstück zu lenken. Gartenarbeit hindert keinen Gärtner am zusätzlichen Nachdenken und Studieren dieses Themenfeldes. Gartenarbeit ist genau genommen das Resultat parallel verarbeiteten Wissens. So wird die Wertschöpfung zu einer Wertschätzung und umgekehrt. Mittlerweile hat selbst die amtierende Bundesregierung einen Rat für Nachhaltige Entwicklung ins Leben gerufen. Die Zeit war längst reif für mehr. Man kann aber auch da nur hoffen, dass diesem Gremium Unabhängigkeit eingeräumt und dem vorhandenen Sachverstand auch die Chancen für greifende Verbesserungen gegeben werden.

Gegebenheiten

So war es nicht geplant. Ich hatte es anders gedacht. Und hätte es doch wissen können. Wo bleibt die Erfahrung, die Kenntnis von Gärten? Dreißig Jahre lang geübt. Weshalb fließt dieses Verstehen so zögerlich in die Vorstellung von meiner Pflanzenwelt? Die, welche sich im Winter bildet, vor dem Kamin ihren Höhepunkt erreicht und dann in Leidenschaft ausartet. Wie gesagt, am offenen Feuer, romantisch, wenn der Wind ums Haus fegt, die Holzscheite hinter dem Marmor knistern, ihren Gesang entwickeln und die vollkommenen Bilder aufsteigen. Üppig grün, von Rosensträuchern und Nelken, von saftig wachsender Wiese und wilden Blumen, von knackigem Salat und zuckersüßen Erdbeeren. Alles wächst, wie von selbst. Ohne Zutun, ohne Sorge, wie im Schlaraffenland. Wachstum an allen Ecken, faszinierende Gedanken schaffend, ohne Unterlass, verlockend. Aber mit Wachstum ohne Unterlass meinte ich nie den Giersch, sah ich nicht die Quecke vor mir. Am Kamin tauchten seltsamerweise keine Schnecken, Ameisen oder Läuse auf. In den Rosenbildern hatten Frost und Rosenrost, Sternrußtau und Blattrollwespe keinen Platz. In meinen duftenden Apfelbaumbildern alternieren keine Baumsorten. Jede der herrlichen Blüten fruchtet ohne Wickler und Stippe. Selbstverständlich hängen die Früchte auch nicht zu dicht beieinander, um sich im Wachstum zu behindern oder gegenseitig abzusprengen. Und von Trockenheit und stürmischem Wind ist überhaupt nicht die Sprache gewesen. Sie kommen nie vor im Winter am Kamin. Seltsam genug. Wenn ich, wie in diesem Jahr, schon Anfang Mai gießen muss und trotz des ewig kühlen Frühjahrs in den Junitagen die Wiese gelbe, vertrocknete Stellen zeigt, hat sich doch etliches verändert. Zuerst entschuldige ich diese Anblicke mit dem harten, äußerst schneereichen Winter. Den extremen Bedingungen, die uns dieses Jahr auferlegt sind. Es wird schon werden. Aber dann kommt die Traurigkeit, die Wehmut bricht durch, von den Hoffnungen und Wünschen wieder einmal gehörig Abschied nehmen zu müssen. Dann kommt die Erkenntnis, dass diese Wetterkapriolen auch durch uns Menschen mit verursacht werden. Auch ich darin einen Anteil durch mein Dasein beisteuere.

Auch beim Garten, dem Wunschplatz, auch hier geht es anders als man denkt. Ist die Wirklichkeit nicht leicht zu ertragen, entfernt sich weit von dem Traum. Grau ist die Summe aller Farben, in ihr sind alle enthalten, sie weben zusammen das Bild. Flüchtig, vergänglich, manchmal bleibt mein menschliches Bemühen vergeblich. Schwebende Akeleien bevölkern ein Beet und die Esche wächst wuchtig mit mächtigem Schatten, dort wo ich die Rosen gesehen hatte. Sie kümmern, dem Baum geht es prächtig. Was ist daran falsch? Die Farbe des Mohns an der Stelle der Stauden. Kornrade traut sich bei mir zu wachsen, verfolgt, in der Landschaft vertrieben, von niemandem beklagt. Jetzt wächst sie bei mir, umgibt die Tomaten, verdeckt die jungen Rosentriebe, und doch, ich kann sie nicht ausreißen. Welches Recht hätte ich dazu? So formt mich Natur und quält mich zugleich, und gibt mir doch morgen wieder Zufriedenheit. Schenkt mir die Blüte des Erdrauchs, die Leuchtkraft des Mohns, den zarten Duft der Karthäusernelken, und scheucht mich dann aber wieder mit Kannen voll Wasser zu retten, was ich mir noch alles vorgestellt habe. Sicher, wenn das Gelb in den Beeten verblasst, die Kälte mich wieder ins Haus treibt, ich die dunklen Stunden am Kamin verbringe im Licht und der Wärme des Feuers, werde ich diese Wirklichkeit vergessen und erneut Gartenbilder träumen, verklärt und beschönigt. Ich werde aufs Neue den Winter aushalten und sehnsüchtig auf das Frühjahr hoffen, die Pflanzen und die Rosen erwarten.

Ich bin spät dran, die Schatten sind lang geworden, die Abende nahe an den ersten Frösten. Wenigstens haben wir letztes Jahr genug Holz gespaltet und aufgeschichtet. Trocken liegen die Stapel unter dem Baumhaus. Damals haben uns die Freunde geholfen, bei dem Kraftakt, die Äste und Wipfel der mächtigen Kiefern des alten Gartens Schritt für Schritt in Brennholz zu zerlegen. Wir schafften es, alle Stämme, die sich nicht für Anderes eigneten, bis auf drei krumme, selbst für den Holzspalter übermäßig lange Stücke, zu verarbeiten. Dort muss noch einmal die Kettensäge ansetzen. In glühender Sommerhitze fiel die Arbeit nicht ganz so schwer mit Freunden zusammen, denn es war auch eine gewisse Nähe, Dankbarkeit dabei, die beflügelte, und die Anstrengung teilte sich unter uns auf. Dieses Jahr mache ich weiter, alleine. Immerhin bin ich es, die die Stunden am Kamin verbringt. Die dunklen Herbst- und Winterabende Holz nachlegt. Die zwischen dem entspannenden ins Feuer blicken und dem Innehalten zum Stift greift und zu schreiben beginnt.

Wenn das Sonnenlicht sich zu ändern beginnt, das Grün der Blätter sich in Rot und Gelb verwandelt, zieht mich ein innerer Drang in den Sessel vor den Kamin. Gründerzeit, Jahrhundertwende mit fest gepolsterter Statur und dicken Armlehnen. Breit genug, ein Stück Papier darauf abzulegen und im Schein des Feuers die fließenden Worte festzuhalten. Leserlichkeit und Sinnrichtigkeit spielen zu diesem Zeitpunkt noch keine Rolle, die Aufarbeitung kommt Tage später und benötigt die ihr angemessene Aufmerksamkeit und Sorgfalt, allerdings mitunter mehr Zeit, als der ursprüngliche Text beanspruchte. Am Kamin geht es nur darum, den einsetzenden Fluss nicht abreißen zu lassen und alles an Worten und Bildern, was nach außen drängt, möglichst schnell und genau zu erfassen. Es gibt wenige Orte, an denen mir das Schreiben so leichtfällt, sich regelmäßig, beständig neue Gedankenspiele formen und sich das Unbewusste schöpferisch in Bahnen lenken lässt. Es lassen sich nur wenige Stellen finden, die mir diese Tiefe gewähren, dieses angenehme, versunkene In-Sich-Selbst-Sein ermöglichen. Aber nicht ausschließlich meditativ, im Sinne eines einfachen In-Sich-Kehrens ohne jeden Zusammenhang mit der Umwelt, selbstvergessen. Es ist eine Zwischenwelt, die nach oben holt, was innen bewegt und es blitzschnell vernetzt mit alten und neuen Erfahrungen, Erlebnissen und Eindrücken. Dies ist insgesamt ein erfreulicher, aber auch sehr anstrengender Zustand, mitunter quälend, wenn sich die nötigen Formulierungen nicht einstellen. Wenn ein Gefühl zu groß für Worte scheint.

Daraufhin nagt, peinigt das Unvermögen tagelang. Dann muss ich mich aufraffen, körperlich betätigen, hart arbeiten in Garten oder Haus, um den Kopf freizubekommen, neue Ansätze zu ermöglichen. Erst nach dem Holzhacken stellen sich andere Ideen heraus, und Asthölzer gibt es immer bei mir. Stücke, die ich in den Tagen des Holzmachens nicht genügend zerkleinert habe. Ganz einfach, weil ich nicht dauerhaft mit der großen Axt umgehen kann. Meine Handgelenke mir nur ein begrenztes Maß an Schlägen hintereinander ermöglichen, mir deutlich die Grenzen des Tuns aufzeigen. So verteile ich, aus Umsicht, das Hacken auf eine längere Zeitspanne, benötige damit keine Hilfe von außen und erleichtere es mir, die heftigen, gedanklichen Spannungen abzubauen. Auch im tiefsten Winter, wenn der Garten zur Ruhe gekommen, das Haus bereits winterfest ist und keinerlei schwere Anforderungen an mich gestellt werden, ist dies eine gute Möglichkeit des Ausgleichs. Noch etwas habe ich gelernt in diesem Zusammenhang. Ich weiß inzwischen zu gut, wie hilfreich es ist, gewisse Entstehungsprozesse genau zu kennen. Vom Aufdrehen eines Thermostatventils wird einem nicht automatisch warm. Sie benötigt keine wirkliche Kraft, keinen Energieaufwand diese bequeme Handbewegung. Mein Brennholz kenne ich Stück für Stück, ich hatte jedes mehrfach in der Hand gehalten, schätze es und vergeude keines. Es wärmt doppelt, einmal beim Herrichten, einmal beim Lodern im offenen Kamin.

Bis vor wenigen Tagen war das Kaminzimmer ein Raum ohne große Nähe, einer den man sauber und in Ordnung halten muss, das ganze Jahr über, wie andere auch. Mit einer Zweckbestimmung, die sich momentan nicht erschloss, nicht ergab, schlicht nicht vorhanden war in warmen Jahreszeiten. Dann lag abends der vage Geruch nach Frost über dem Garten und ich habe Holz mit hinaufgenommen, in den Weidenkorb geschichtet, einen scheuen Blick zwischen den Marmor geworfen. Nachfolgend spürte ich eine drängende Ungewissheit, ein Verlangen in mir wachsen. Die Zeit begann offensichtlich reif zu werden, von heute auf morgen, unaufgefordert. Jetzt, da ich das Feuer zum ersten Mal entfachte, mit Beginn des eintreffenden Herbstes war ich unruhig, voll drückender Erwartung, ungewisser Stimmung. Die Zeit vor einem Jahr war zu weit entfernt inzwischen, um mir das Gefühl noch genau zu schildern. Ich wusste nur noch, dass ich leidenschaftlich gerne am Feuer gesessen bin. Diese Begeisterung habe ich sofort verstanden, wieder. Das war der Grund, weshalb ich die schweißtreibende Mühe, die anstrengende Arbeit des Holzmachens, das stundenlange Kistenschleppen in den Keller auf mich nehme, dieses erste Mal entschädigte mich bereits vollkommen, ließ den Wunsch nach mehr entstehen. Es ist nicht Qual und Arbeit, es ist Notwendigkeit, die Vorbereitung von Leidenschaft. Die Stunden am Kamin gehören zu den eindruckvollsten im Jahreslauf. Neben den Rosenbildern prägen sie sich ein als Haltepunkt, als etwas unvergleichlich Schönes, aus dem sich Ruhe und Kraft schöpfen lassen. Wohlbefinden, ein Leben in der Mitte, ohne Alltag. Jetzt kann der Sommer sich wirklich entfernen, der Herbst mich tagsüber begleiten, bis auch er sein Alter erreicht hat. Die Wehmut ist in andere Bahnen gelenkt. Es gibt Ersatz für eine Zeit, die allmählich ins Fahle versinkt. Nun flammt gelegentlich ein Feuer, tauscht dann verlorene Wärme von außen mit behaglicher Glut und leuchtet in reichhaltiger Tönung. Ich erinnere mich an die vielen Stunden, die ich hier schon verbracht habe, lesend und schreibend. Dem Feuer nachschauend, zusammen mit Freunden, wortlos, eifrig diskutierend. Oder einfach für mich, allein, ohne einsam zu sein, dem Klang des Feuers lauschend, dem Flackern der Flammen folgend. Oft tief in die Nacht. Glut hat etwas Anhaltendes, das nicht unterschätzt werden darf, sie währt lange und entzündet sich manchmal launenhaft erneut. Doch das heller klingende Knistern umspielt ihr langsames Erlöschen und damit nimmt auch ihre Unberechenbarkeit ab. Die Abende, an denen ich mich oft erst nach Mitternacht von den Freunden, den Büchern trennen konnte. Bei kalter Glut, bei weißer Asche zu Bett ging.

Wieder im alten Park

Die Orte und Plätze, die in schönster, lebhafter Erinnerung in uns weitergelebt haben, sollte man eigentlich nicht noch einmal aufsuchen. Die intensiven Stimmungen und Gefühle von damals werden keine Wiederholung finden. Dagegen kommt die tiefe Enttäuschung oft unausweichlich. Denn fast immer ist diese früher erlebte Umgebung so nicht mehr vorhanden. Der Wandel der Zeit hat das Bild verändert. Wir suchen in dieser uns vormals so vertrauten Welt zuerst nach uns Bekanntem, einfach um uns erst einmal zurechtzufinden. Auf den zweiten Blick entdecken wir dann die Spuren der Veränderung und wägen blitzschnell in uns ab, ob uns jetzt alles mehr oder weniger zusagt. So schauen wir vergeblich nach der schmalen, gewundenen Straße, sind auf der Suche nach dem windschiefen Bauernhaus mit den mächtigen Holunderbüschen, finden das große, verwilderte Grundstück nicht wieder. Sehen Landschaften, die ihr Gesicht verloren haben, die austauschbar, namenlos geworden sind.

Nur äußerst selten gibt es die aus der Zeit gefallenen Orte, an die wir zurückkehren können und uns erneut die selbe, glanzvolle Stimmung, die selben faszinierenden Bilder vor Augen erscheinen, die wir so lange im Gedächtnis getragen hatten. Dann stellt sich ein mächtiges, berauschendes Glücksgefühl ein, eine Zufriedenheit und Harmonie, wie wir sie nicht allzu häufig erleben können. Ein derartiges Erlebnis gehört zu den raren, geheimnisvollen Momenten, die das Leben zu bieten hat, wenn die Jahre alten Bilder der Vergangenheit wieder in begeisternden Augenblicken enden.

Ehrwürdige Bäume sind das Schönste, das ein Park anzubieten hat. Umso wertvoller, falls die Natur ihre Schleier darüberlegen konnte und alle Gewächse sich untereinander ausrichten durften, ohne harte Eingriffe von außerhalb ihren Charakter und Charme bewahren konnten.

Zu Füßen der Klee

In Zeiten der vielfältigen Belastungen und Krisen bleibt es schwierig, die eigenen Antennen für eine Fröhlichkeit weiterhin empfangsbereit zu halten. Anders ausgedrückt: Wie erkennt man zufrieden und froh machende Einflüsse. Wie fällt es leichter, die im Traumland eroberten Wünsche mit dem Aufwachen in die Wirklichkeit hinüberzuziehen und weiterhin spürbar festzuhalten? Jene Stunden, in denen so gewinnende, einfühlsame und ehrliche Bilder und Gespräche durch den eigenen Kopf geflossen sind. Die dann im Halbwachen ihr umfangreiches Leben entwickeln, das sie im Tiefschlaf weiter ausführen und an unser Inneres wie ein „Leben im Klee" herantragen. Jene filmähnlichen Abläufe, die eine Fülle dieses Zustandes bereithalten, von dem man bisher nur äußerst wenig und in großen Zeitabständen etwas abbekommen hat, im eigenen, wirklichen Dasein. Es sind die Traumstücke, die eine Stimmung in uns reifen lassen, die vorgibt, dass es selbstverständlich immer so sein könnte im normalen, täglichen Erleben. Szenen, die in einem ein wohliges, angenehmes Gefühl verbreiten. Eines, das wie dieses äußerst schwer zu umarmende Glück daherkommt. Man gleicht einem erfolgreichen Schatzsucher, dem dann allerdings auch die Aufgabe übertragen bleibt, diese Errungenschaft zu behüten und dauerhaft schützend die Hände darüber zu halten. Dieses Wertvolle erweist sich doch letzten Endes als das Ergebnis vieler ideenreicher Denkvorgänge, die miteinander zu einem der nicht sichtbaren Gewinne aufwachsen und eigene Sehnsüchte aussprechen. So vermehren sich Reichtümer, die ansonsten nicht käuflich sind und sich vor allem im gewöhnlichen Alltagsgeschehen eher nicht finden lassen, da sie sich nicht üppig neben dem Tagesweg ansiedeln.

Eher selten stolpert man über ein solches vierblättriges Kleeblatt, das sich neben dem Pflaster nicht versteckt hat. Es fällt einem plötzlich auf, dass man diesen Weg schon öfters abgelaufen ist und nichts entdeckt hatte. In diesem Beiläufigen liegt mitunter Zufall, vielleicht auch ein Beobachten, das nicht jederzeit gleich durchdringend aufrechterhalten werden kann. Solche schönen Zeichen und Symbole wärmen und kräftigen. Lag es einfach an einem selbst, dass man in den heutigen Stunden besonders aufmerksam war und mehr als sonst daran festhing, das eigene Haupt nicht weit nach vorne schauend auf dem Körper tragen zu wollen?

Vor hundert Jahren, als eine gigantische Geldentwertung den Gegenwert für das tägliche Brot auf weit über eine Millionen Reichsmark trieb, waren diese nächtlichen Bilder sicherlich noch weniger bunt und schwärzer umrahmt als heute. Doch auch jetzt kann man sich ansatzweise vorkommen wie ein Herausgerissener von damals, dem diese Jahre des Übergangs in die Not alle zukünftigen Lebenspläne geraubt hatten. Wenn sich, wie aktuell, mehrere Katastrophen aneinanderreihen oder gleichzeitig einhergehen, geben wir nicht unbedingt ein weniger verzweifeltes Bild ab als die Menschen, die mit dem Umfeld der einerseits so „Goldenen Zwanziger" und der andererseits doch so erbärmlichen, kargen Zeit umgehen mussten.

Einzelne Schicksale erwachsen meist in historischen Wortzusammenhängen und zeitgenössischen Beschreibungen nicht detailgenau, sie werden nur mitgerissen. Lebensphasen werden dort allerhöchstens kurz angerissen. Der Platz eines ganzen Lebens ist größer als eine einzige Biographie. Wir kennen Geschichte nur in Bildern oder Texten, isoliert ohne die dazugehörigen Geräusche und Gerüche, mit denen wir uns die Verhältnisse tiefer erarbeiten könnten. Uns fehlt das Markante, mit Händen zu Ertastende der entsprechenden Zeit. Wer heute mit Kupferblech auf einem Denkmal umgeht, wird niemals ein mit Grünspan überzogenes Dach erleben, da die aktuelle Herstellungsart eine Reinheit des Metalls erzeugt und auch der Walzvorgang dies nicht mehr zulässt. Diese Verfärbung ist nicht ungiftig und doch markiert sie eine bestimmte, vergangene Epoche. Zu einer Altertümlichkeit gehört diese Ausblühung dazu. Wer jetzt die vor einhundert Jahren so übliche Kernseife verwendet, wird eine völlig andere Griffigkeit von Haaren und Haut bemerken. Einen unaufdringlichen Geruch, nach dem auch die Wäsche duftete. Bestimmte Frisuren lassen sich leichter mit solchen Haaren gestalten. Man benötigt eigentlich keine zusätzlichen Mittel. Gerade jetzt, wo Zeitzeugen derartiger Umbrüche an ihre Lebensgrenzen stoßen, wird es zunehmend anstrengender, die Lebenswahrheiten authentisch weitergeben zu können. Wie stellt man Realitäten nach?

Was ich Ihnen zu erzählen habe, fragen Sie? Wie die nächsten Minuten ablaufen werden?

Da bin ich mir eigentlich selbst nicht ganz sicher, aber dies ist so noch nicht ganz richtig. Selbstverständlich habe ich ein Thema, also ich kenne meine Idee. Es liegt nämlich an Ihnen, wohin diese Geschichte führt. Sie sehen mich so verwundert an. Natürlich liegt es auch an Ihnen, an Ihrer Vorstellungskraft, den Gedanken, Bildern und Eindrücken, die Sie mitbringen, besser einbringen. Wenn ich etwas erzähle, liegt es doch an Ihnen wie Sie es aufnehmen, wie Sie sich einlassen auf das Gesagte. Vielleicht verstehen Sie den Text nicht so, wie ich es mir vorgestellt, irgendwann ausgedacht habe. Eventuell machen Sie eine ganz andere Geschichte daraus, also Ihre eigene und schon ist es nicht mehr meine. Gehen Sie sozusagen andere Gedankenwege mit meinen Worten, geben ihnen neue Inhalte, zeichnen andere Bilder als ich.

Sie stehen vor meinem Gartentor. Wollen Sie mich besuchen, Werbung in meinen Briefkasten legen, ich weiß es nicht. Wir treffen uns, als ich das Haus verlasse, frühmorgens, gerade das Tor öffne. Vorsichtig, wie immer, denn es ist brüchig, das alte Holz teilweise morsch. Die Angeln haben wir im Frühjahr neu befestigt, mit Schnellzement tief in den Säulen verankert, um die ich nicht herum fassen kann. Sie haben den Umfang eines ehrwürdigen Baumes. Sie stehen genau davor, sind da stehen geblieben. Durch dieses hölzerne Tor mit seinen verwitterten Latten und einer Lattenbreite Zwischenraum zur nächsten hin kann man im Vorbeigehen nichts erkennen. Man muss die Augen schon senkrecht darauf richten, um hindurchblicken zu können. Im Winter ist dies eigentlich überflüssig, man kann auf dem Gehweg vorbei spazieren, so nebenbei ein Stück des Gartens begutachten, zumindest bis zur dunklen Eibe hinein, im Hintergrund die Bleiglasfenster. Die dichte, mannshohe Hecke trägt um diese Zeit fast kein Laub mehr, nur noch vereinzelte, weinrote Beeren hängen am Eingriffeligen Weißdorn, dem Crataegus monogyna, mit den letzten, tief eingeschnittenen, gelbbraunen Blättchen, manchmal auf die langen Dornen gespießt. Dazwischen finden sich, wie aufgereiht, die scharlachroten Hagebutten der Heckenrose, Rosa canina, die sich ihren Platz selbst gesucht hat, neben dem Liguster frei wachsend. Ansonsten Stämme und Zweiggewirr einer alten, verwilderten Hecke, zur Straße regelmäßig beschnitten. Besonders die weißen Maulbeeren, genauer Morus alba, benötigen viel Zuwendung, werfen beim ersten Frost schlagartig ihre herzförmigen Laubmassen zu Boden. Wenn es allerdings schneit, sich klebriger Schnee festsetzt oder Flocken sich pudrig niederlassen, verwandelt sich diese Hecke in eine undurchsichtige Mauer, von tausenden Kristallen gebildet, nun schneeweiß getüncht.

Das Tor klemmt, quillt bei Feuchtigkeit auf, presst sich fest zwischen die verputzten Säulen. Es geräuschlos zu öffnen ist nahezu unmöglich, gelingt selbst mir nur im Hochsommer, im nächsten Jahr werden wir endlich ein gusseisernes aus der Jugendstilzeit eingepasst haben. Sie schauen mich etwas erschrocken an. Ich grüße, wie ich immer zuerst grüße, das ist eine Selbstverständlichkeit für mich, seit Jugendtagen nicht wortlos zu bleiben, auch Fremden gegenüber. Ich könnte Sie in ein Gespräch verwickeln, Sie einladen, natürlich nur, wenn Sie wollen, zustimmen. Ein anderes Mal vielleicht zeige ich Ihnen den alten, eingewachsenen Garten, die duftenden Rosensträucher, die ich untermischte, und eventuell auch das Haus.

Schneekristalle bauen sich aus nahezu immer gleichen, kleineren Abbildungen ihrer selbst zu größeren Gebilden auf. Ihre Keimzellen liegen in den obersten Atmosphärenschichten. Bei den dort niedrigen Temperaturen bilden sich kleinste, gefrorene Wasserpartikel. Sie durchwandern die tieferen zur Erde hinführenden Bereiche, werden durch die unterschiedlichen Strömungen innerhalb der Luftschichten auf- und abgeworfen und bauen dabei sich selbst gleichende, jüngere Bruchstücke über ihre Spitzen an. Das zusätzliche Gewicht lässt sie dann durch die restlichen Luftlagen hindurch auf den Erdboden rieseln. Abhängig von der Größe der Kristalle und der sie umgebenden Temperatur ergibt sich ein charakteristischer Tonfall, den sie in unserer Atemluft, im Fallen neben uns oder beim Auftreffen auf den Untergrund bilden. Trockenere, kältere Flocken erzeugen einen helleren Klang als wärmere, und damit dickere, feuchtere Sterne. Als deckende Schicht über den Boden gelegt, dämpfen die in ihnen eingeschlossenen Luftteilchen den Schall und damit auftreffende Geräusche erheblich ab.

Obwohl inzwischen die Winter bei uns mit wenig schützenden Schneedecken daherkommen, bleiben diese glasig-hart oder dumpf-nass klingenden Geräusche ein ganzes Leben lang für uns erkennbar. Wir erwarten sie in der kalten Jahreszeit und insbesondere an den Tagen des uns so prägenden Weihnachtsfestes, auch über den Jahreswechsel hinaus an den ersten Monaten eines neu gezählten Jahres. Wie seltsam muss es für nachwachsende Generationen wirken, wenn nach wie vor die Geschichten und Fabeln von den verschneiten Festtagen und einem in gläsernen Schneekristallen versinkenden Jahreswechsel erzählen und vor allem, wenn in Werbungen aller Medien dicke, weiße Schichten von Schnee zu sehen sind. Welche Empfindungen kann eine Jugend dazu entwickeln, wenn die Wirklichkeit nicht mehr mit der ihrer Vorfahren und deren in Worten und Bildern festgehaltenen Texten übereinstimmt? Dem Einzelnen bleibt eigentlich nur das Lesen und Zuhören. Vielleicht übernimmt er noch das eine oder andere Bildnis mit dazu in sein Gedächtnis. Letztendlich ergibt sich für ihn aber nur ein Hoffen auf eigenes Erleben. Dieses wird mit Sicherheit nicht dem entsprechen, welches die Menschen vor ihm für sich aufbauen konnten.

Der Garten im Winter

Selbstverständlich wirkt sich die Anwesenheit der kalten Jahreszeit nicht unbedingt förderlich auf ausschweifende Gartenrundgänge aus. Wenn die von Kälte verdichtete Luft durchzogen wird von tausenden gereihter Nebelfäden, ergibt sich einer dieser schwebenden Tage, die noch nicht wissen, in welche Richtung sie erwachsen sollen. Ob sie dem Herbst noch einige Stunden anhängen sollen oder doch eher mit dem heranziehenden Winter zusammengehen möchten. Wohl dem, der aus der geschützten Räumlichkeit heraus, unabhängig von den Wetterbedingungen und allen Eigenstimmungen, weite Bereiche des Gartens überblicken kann. Er ist besser dran, wenn sich weite Ausblicke durch Fenster oder Türen anbieten. Sei es, weil einer jener Überwinterungsplätze für südländische Gewächse vorhanden ist, einer jener hier bei uns benötigten Wintergärten, aus denen heraus man doch täglich nebenbei das äußere Umfeld, als Zuschauer, ziemlich genau überblicken kann. Das ist Luxus unserer Tage.

Es gibt viele Möglichkeiten, die Anblicke in den trüberen Monaten angenehm zu gestalten. In einem Garten im Winter muss man nicht unbedingt triste Aussichten aushalten oder nur abgeräumter Flächen gewahr werden. Unzählige Pflanzen und Perspektiven stehen bereit für diesen letzten Auftritt eines Jahres. Wer einen Blick hat für die Umwelt, der spürt durchaus, dass es in ihr an sich keine Trübnis, sondern nur vielfältige Zusammenhänge gibt. Wer diesen Gedanken zulässt, wird mit Hilfe ihrer berauschenden Fähigkeiten auch weitere Erkenntnisse sammeln und an rechter Stelle einbringen können. Gewiss ist dazu mehr an Anstrengung nötig als ein einfacher Blick auf bunte Photos und Artikel aktueller Gartenzeitschriften und deren noch unbekannten, aber werbe- und firmenabhängigen Ratschlägen.

Jedenfalls muss ein Garten in der lichtarmen Zeit nicht fahl aussehen. Wenn dieser auch im Winter eine behagliche Atmosphäre übertragen kann, bewohnt wirkt, nicht zurückgelassen, dann steckt ein bewusstes Gestalten dahinter, mit einem großen Einfühlungsvermögen. Die Beetanlagen gaben früher ihren Boden für die Ernährung her, bildeten die klassische Überlebensgrundlage. Der menschliche Körper stand damit im Mittelpunkt allen Interesses. Die Funktion als alleinige Ernährungsquelle tritt immer mehr in den Hintergrund in heutigen Zeiten. Früher gelang es, beide Welten, den Nutzgarten und den Zierbereich, miteinander zu vermählen. Ersterer verzeiht noch weniger eine Nachlässigkeit oder irgendwelche massiven Fehler in der Behandlung als die verschönernden Gartenanlagen. In den Zeiten der zu Ende gehenden 1940er Jahre mussten alle Pflanzbereiche so umgestaltet werden, dass darauf Gemüse wachsen, Kartoffeln oder Getreide angebaut werden konnte. Dann traten wir in die Jahrzehnte des stetig steigenden Lebensstandards ein. In dem Ausmaß, in welchem die Lebensmittelgeschäfte ihre Angebote ausweiteten, ging der Anteil an selbst erzeugten Nahrungsmitteln zurück. Inzwischen, fast siebzig Jahre später, greifen etliche Menschen wieder auf diesen gesünderen und auch geldsparenden, eigenen Anbau zurück, auch den Nachkommen zuliebe. Es beginnt wieder ins Bewusstsein zu wandern, dass die wichtigste Grundlage für ausreichende Ernten ein humushaltiger, wasseraufnehmender Boden ist. Diesen erreicht man nur durch sorgfältigen Umgang und hohe Aufmerksamkeit ihm gegenüber. Erst dann spielen zusätzliche Nährstoffe oder die Auswahl des Saatgutes eine weitere Rolle. Jetzt, nachdem durch erneute kriegerische, gewaltsame Weltumstände die ständige Verfügbarkeit von Grundnahrungsmitteln eingeschränkt wird und die Preise dafür rasant steigen, suchen wir wieder Halt in vormals Bewährtem, fahnden wir nach dem erarbeiteten Wissen vergangener Jahrzehnte. Manchmal sind wir erleichtert, dieses noch anwenden zu können, sind aber immer öfter entsetzt, wenn wir verinnerlichen, dass die Zustände und Umstände um uns herum sich derart verändert haben, unser Spielraum zu handeln deutlich geringer geworden ist als wir gedacht hatten. Jeder Ort, mit welchem wir einige Monate verbracht und in dem wir gelebt haben, bekommt erst nach einiger Zeit des Zurücklassens einen richtigen Platz und genauen Umriss in unserem Gedächtnis. Damit sind seine Bedeutungen für uns fest angelegt. Anfangs erkennen wir noch Wichtigkeiten und Beigemischtes. Erst mit gewissem Abstand trennen sich dann dort Wesentliches von für uns Nebensächlichem. Wir erinnern uns dann genau daran. So betrachtet hat der Nutzgarten einen festeren Platz, denn er wiegt schwerer. Zwischen seinen Beeten hat man deutlich mehr Zeit verbracht. Er fordert, ihn täglich zu betreuen. Er will jeden Tag angesehen werden, allen Beteuerungen der Zeitschriften zum Trotz sieht er eher selten so üppig aus wie dort und doch schmecken die wurzelkrummen Mohrrüben süßlich. Auch der von Läusegenerationen bevölkerte Salat braucht Unmengen an Waschwasser, damit kann man dann an anderer Stelle wässern. Doch ist er knackig frisch und wird widerspruchslos gegessen. Man erkennt noch andere Dinge im Lebenslauf der Gewächse. So lassen sich die Übergänge im Wachstum einer Pflanze, die verschiedenen Stadien von der Blüte zur Frucht und dann die weitere Entwicklung der Samen nicht exakt begrenzen und schwer beschreiben, nicht mit einem Punkt auf der Zeittafel markieren. Sie verfließen ineinander.

Wenn etwas berührt

Erinnerungen an sich altern nicht. Auch wenn ihre Summe mit den Jahren immer länger wird. Das wirkliche tiefe Erinnern, wenn wir es denn zulassen können, ist zeitlos, überdauert die Lebensjahre. Meist sind es nur kurze Augenblicke, nicht einmal Minuten, die sich in unserem Gedächtnis lebhaft bewahrt haben. Das Hervorholen und darin Eintauchen, das ausführliche darüber Nachdenken, und erst recht das genaue Aufschreiben der Ergebnisse benötigen unendlich viel mehr Zeit als der eigentliche Anlass gedauert hat. Dazu kommt die erstaunliche Erfahrung, dass geschriebene Gedanken andere Wege gehen als nur gedachte, andere als rein gefühlte.

Es ist also mitunter ein durchaus anstrengendes, langwieriges und nicht immer erfolgreiches Unterfangen, Vergangenheiten zu Papier bringen zu wollen, sie akkurat niederzuschreiben. Das wörtliche Festschreiben ermöglicht zuerst uns selbst ein Auseinandersetzen und genaues Überprüfen des Erlebten, aber beinhaltet in sich auch die Möglichkeit, andere Menschen gewissermaßen an uns teilhaben zu lassen, sie in unseren Gedanken mitleben zu lassen.

Außergewöhnlich reich an solchen emotionalen Momenten ist die Kindheit, und da finden sich viele Begebenheiten in Zusammenhang mit den Advents- und Weihnachtstagen, es war das Besondere an diesen Tagen, dass sie erhabener, stimmungsvoller daherkamen als andere Zeiten. Aber auch die erste Berührung mit einem Garten oder die geheimnisvollen Erlebnisse mit der Natur, die Veränderung im Wesen der vier Jahreszeiten, sind eine reiche Fundgrube für diese Augenblicke, die sich ziemlich weit ausgreifend, Jahrzehnte überdauernd, in uns eingeprägt haben. Dann scheint es, als ob Erwachsene wieder näher an die eigene Kindheit herangerückt sind. Sie waren nachdenklicher und gefühlvoller. Bestimmte Worte und Sätze lagen in dieser Zeit in aller Munde, sie hatten einen feierlichen Klang.

Am Heiligen Abend in der Christmette. Das Orgelspiel in der eiskalten Kirche, die an solchen Tagen noch viel höher und eindrucksvoller wirkte, gleichzeitig aber auch bedrückender und mahnender. Die Weihnachtsgeschichte, die man schon oft gehört hatte, und doch entwickelten sich jedes Mal andere Gedanken und Betrachtungen aus ihr heraus. Vielleicht war es normal, dass man an diesen Tagen vermehrt an die eigenen, kleinen Lügereien dachte, sie für sich auflistete. Man schaute ehrfürchtig fragend ins Kirchengewölbe hinauf, dann streifte der Blick die schräg vor einem stehenden Bankreihen. Die Plätze der kleineren Kinder. In ihren Gesichtern bemerkte man die glänzenden Augen, die erwartungsvollen, freudigen Mienen. Während man so dasaß und sich umsah, wurde einem klar, dass da noch mehr sein musste als man verstand. Allein schon, dass man dies bemerkt hatte, ließ einen spüren, dass sich etwas verändert hatte. Man saß nicht mehr so da wie früher. Man konnte nicht mehr so dasitzen wie in den Jahren zuvor. Diese Gedanken waren erschreckend, denn man fühlte auch, dass ein Schritt zurück nicht mehr möglich war. Man war älter geworden in diesem Augenblick und hatte es mitbekommen. Die Kleinen neben einem betrachtete man mit einer seltsamen Mischung. Mal erschien es überheblich zu sein, dann sah man wehmutsvoll auf die Jüngeren herab. Man schwankte zwischen aufgeladenen Gefühlen hin und her. Wenn es schon in einem selbst diese Vielfalt gab, die Widersprüche, diese Wildnis, wie sollte da erst die gesamte Menschheit problemlos zusammenleben können? Das Gewissen rührte sich ständig und stellte Fragen. Es beschäftigte einen voll und ganz. Anschließend lief, wie in vielen Familien, alles nach einem feststehenden Programm ab, das war nicht unangenehm. Die Geschenke standen früher nie im Mittelpunkt, sie waren immer sehr überschaubar und grundlegend nützlich. Einzig der harzig duftende Weihnachtsbaum mit seinen roten Wachskerzen direkt neben der großen Steintreppe und seinen beständig im Luftzug flackernden Flammen, spiegelte sich in allen Weihnachtstagen wider, darauf war das gesamte Jahr über sämtliche Vorfreude gerichtet. Wir blieben immer andächtig davorstehen.

Unser Entsetzen war groß, als plötzlich eine der neuen elektrischen Christbaumbeleuchtungen angeschafft war. Von da an war das Interesse an den Lichtern als Symbol der Festtage ziemlich erloschen. Im Zusammenhang mit der eiskalten Kirche fällt noch eine Begebenheit auf. Üblicherweise wanderte ein Korb für die Kirchenkollekte durch die Bankreihen. Jeder hatte ein Geldstück in seiner Manteltasche und legte es andächtig hinein. Der Korb sollte gerade weitergereicht werden, als etliche Augen daran hängenblieben. Da lag ein großer, graumelierter Knopf mit vier Löchern und einem erhabenen Rand noch ziemlich obenauf. So ein Lump war also nicht weit entfernt, im nächsten Umkreis. Das war bestimmt ein jugendlicher Scherz, das tröstete etwas. Man versuchte sich wieder dem Geschehen am Altar zuzuwenden, die wunderbare, aufrecht gewachsene Fichte mit ihrem zwar anderen Glanz, aber immerhin geschmückt mit den bisherigen, weihnachtlichen Strohsternen, tief in sich aufzunehmen. Nicht weiter in den Gesichtern der Menschen nach einem sichtbaren, schlechten Gewissen zu forschen.

Immerhin hatte jemand zum Gottesdienstende die ehrenvolle Aufgabe, den Korb noch einmal den Kirchgängern hinzureichen. Dieser stand dann am zugigen Ausgang, an den Stufen vor der Kirchentür und hielt ihn fest in beiden Händen. Es gab für niemanden eine Verpflichtung etwas zu spenden, schon gleich gar nicht ein zweites Mal. Die Erinnerung an jenen Vorfall hatte uns nicht verlassen. So etwas würde nicht nochmal passieren, man war wachsam. So musterte man jede sich erhebende Hand, den fallenden Inhalt und das dazugehörige Gesicht sorgfältig. Man kannte den Klang von Münzen, die auf ihresgleichen fielen. Papiergeld war selten darunter. Und wahrhaftig! Es ertönte ein dumpfes Klicken und mehrere Augen entdeckten zeitgleich erneut einen

Knopf. Dieses Mal war er etwas kleiner und gelblicher. Es war eine speckige Männerhand, die zurückgezogen wurde, aber schon sprang einer der Jungen mittleren Alters los und baute sich vor diesem Mann auf. „Sie haben aus Versehen ihren Anzugknopf in den Korb geworfen", rief er erbost. Dafür, dass die Umstehenden neugierig hersahen, konnte er nichts. Das war ihm auch egal. Man sah nur den feuerroten Kopf eines ertappten Mannes vor sich und spürte die Genugtuung des Buben, einen Schwur erfüllt zu haben. Auf dem Nachhauseweg wurde er allerdings in sich gekehrter. Er begann, sich mögliche Gründe für dieses Tun zu überlegen. Sein Mitgefühl wuchs. Sollte er sich wohl dafür entschuldigen? Auf diese Frage gibt es sicherlich nicht nur eine einzige, allgemeingültige Antwort.

Eine ganz andere bleibende Gedankenspur boten die jährlichen Ausflüge zu den Maiglöckchenlichtungen, die so dicht mit Blüten übersät, dort so eng beieinanderstanden, dass man darauf treten musste. Das innerliche Zögern beim Gehen, der unbeholfene Versuch keine dieser Blumen zu beschädigen, was mit Übung auch fast gelang. Rundgeformte, üppige Sträuße, wie sie Jahrhunderte lang als Sinnbild für die Rückkehr des Glücks, das Ende allen Kummers, galten, wurden schon damals nicht mehr zusammengestellt. Dieser süße, tiefdringende Duft, der in dem Waldstück und dem Übergang zur Wiese wie ein Teppich lag, schwer und gleichmäßig, der so betörend war an den Stellen der Sonnenstrahlen. Diese Blüten lösten einen Duft heraus, den man ein ganzes Leben lang nie mehr vergisst, wenn man ihn einmal erfahren hat. Erstaunlicherweise kann die spätere Berührung mit einem Duft augenblicklich die dazugehörigen Bilder und Stimmungen hervorzaubern. Wir speichern diesen Wohlgeruch als Teil der Erinnerung in einem anderen Bereich als die Bilder oder die Worte. Falls ein Stück unseres Gehirns einmal schwächer wird, übernimmt ein anderes einen Anteil an Gedächtnisleistung und bietet seinen Inhalt an. Die in der Luft fein verteilten Duftpartikel stehen den Gefühlen am nächsten, ermöglichen uns ein direktes Eintauchen in Geschehenes. Es ist ein Hervorholen verlorener Welten, die es so nur in den Kindertagen zu erleben gibt. Sei es, weil der Lauf der Zeit, die gesellschaftlichen Veränderungen, massiv umwälzende Einschnitte, ein solches Erleben unwiderruflich überholt haben, oder aber ganz einfach die kindliche Welt den Erwachsenen irgendwann völlig verschlossen bleibt und sie nur auf diese in ihrem Kopf fest verankerten, besonderen Momente zurückgreifen können, ansonsten aber eine immer abgeklärtere Sicht der Dinge angelegt haben. Das Leben prägt und treibt vieles an Gefühlen weiter. Es ist genau dieses unvoreingenommene, offene Staunen, das Kindern zu eigen ist. Die Grundvoraussetzung, mit Wissbegier die Welt zu erobern, zu lernen, zu begreifen, um sie vielleicht einmal erfassen zu können. Doch immer ist dieses Wollen und Staunen gepaart mit einem gewissen Anteil Ehrfurcht. Wie überhaupt ehrfurchtsvolles Verhalten ein wesentlicher Bestandteil reiner

Kindertage ist. Demut setzt bereits das bewusste sich Verneigen vor etwas Eindrucksvollem voraus. Kindheit ist auch das verstärkte Sehen des Schönen und Einfachen, noch völlig ohne das angehängte, ausgeprägte Bedürfnis nach einer neuerlichen Steigerung. Vielleicht sollten wir Erwachsenen uns wieder stärker auf manche kindlichen Werte besinnen, Staunen und Ehrfurcht wären ein guter Anfang. Es würde sich lohnen, darüber nachzudenken.